중학생이 되기 전에 미리 읽는

세계대표명작소설

중학생이 되기 전에 미리 읽는

세계대표명작소설

1판 1쇄 펴낸날 2012년 4월 20일
1판 5쇄 펴낸날 2022년 6월 15일
지은이 최승랑
그린이 백명식
디자인 김민경
펴낸이 은보람
펴낸곳 도서출판 달과소
출판등록 2010년 6월 21일 제2010-000054호
주소 우)140-902 서울시 용산구 후암동 403-15
전화 02-752-1895 | **팩시밀리** 02-6499-1897
전자우편 book@dalgwaso.com | dalbooks@daum.net
홈페이지 www.dalbooks.com

ISBN 978-89-91223-44-8 [43800]'

중학생이 되기 전에 미리 읽는

세계대표명작소설

최승랑 글 | 백명식 그림

달과소

머리말

　우리들 마음 속 깊은 곳에는 착한 마음씨가 자리 잡고 있습니다. 아름답고 고귀한 그 마음씨는 어른이 되기까지 누구나 가슴 한편에 조용히 자라고 있습니다. 하지만 그 마음씨는 따스한 가슴을 가지고 있지 않으면 잘 자라지 않습니다.

　왜냐하면 씨앗이 자라 꽃을 피우고 열매를 맺기 위해 햇빛이 있어야 하듯, 우리에게는 고운 마음씨를 키우기 위해 따스한 가슴이 있어야 하기 때문입니다.

　어린이의 마음씨는 맑고 깨끗합니다. 많은 시간이 지나면서 느껴 보고, 생각하고, 이야기하며 어른이 되어 갑니다. 어른이 되어 가면서 욕심이 생겨 잘못된 것에 눈길을 돌리고 맑고 순수했던 마음은 조금씩 사라지게 됩니다. 모든 사람이 어린이처럼 깨끗하고 순수한 마음을 가지고 있기를 바랍니다. 서로 배려하고 존중하며 사랑하길 바랍니다.

　우리가 읽는 명작에는 이런 마음들이 속속 들어가 있습니다. 명작 속에 있는 좋은 글, 아름다운 글들은 읽는 이로 하여금 아름답고 탐스러운 마음씨를 영글게 합니다. 어린 시절에 읽은 글들은 오랜 세월 동안 마음의 등불이 되어 그 사람의 인생을 환하게 밝혀 줍니다.

　이 책은 세계의 문학 거장들이 쓴 13편의 단편을 엄선하여 실었습니다. 이 소설들은 동서고금을 통해 널리 알려진 글입니다. 각 나라의 고전 문학이라 할 수 있는 이 작품들은 오래전에 발표되었음에도 불구하고 여전히 우리 곁에 남아 널리 읽히고 있습니다. 이는 시대를 초월하여 인생의 본질, 내면을 함축해서 보여주는 작품들이기 때문일 것입니다.

　이해를 돕기 위해 줄거리를 읽고 전체를 파악할 수 있도록 간단하게 요약·정리하였으며, 감상의 포인트를 제시하고 배경지식, 활동 문제를 더하여 작품을 여러 면에서 생각해 볼 수 있도록 도왔습니다. 뿐만 아니라 어린이와 청소년들에게 상상력과 창의력을 길러 주고 서로를 이해하며 보다 넓은 세계를 보게 해주는 디딤돌이 될 것입니다.

2012년 4월
작가 최 승 랑

차례

Victor Marie Hugo

가난한 사람들

빅토르 위고(Victor Marie Hugo, 1802~1885)

프랑스의 시인이자 극작가, 소설가. 빅토르 위고는 1822년 첫 시집 《송가(Les Odes)》를 발표하면서 문인의 길로 들어섰어요. 이후 본격적인 작품 활동에 들어간 그는 여러 편의 시집과 비평을 발표하며 이름을 알렸습니다. 작가로서의 공로를 인정받은 위고는 23세의 젊은 나이에 프랑스 왕실로부터 레지옹 도뇌르 기사 훈장을 수여받기도 했고, 지금까지도 많은 사람들이 읽고 있는 《노트르담의 꼽추》와 같은 훌륭한 작품을 많이 발표했지요. 왕성한 작품 활동과 비평 활동으로 낭만주의 문학의 수장이 된 것은 물론, 아카데미 프랑세즈라는 프랑스의 유명 지식인 학술 단체의 일원이 될 만큼 높은 명성을 얻었습니다.

훗날 위고는 국회의원 자리에 오르기도 했지만 국민을 억압하는 나폴레옹 3세의 쿠데타에 반대하다 추방당하여 벨기에를 거쳐 영국에서 19년 동안 망명 생활을 하게 됩니다. 나폴레옹 3세가 정권을 잃고 새로운 공화정치가 시작되자, 프랑스로 돌아온 그는 《징벌의 시집》, 《관조의 시집》 등 여러 편의 시집과 평론집을 썼습니다. 그리고 너무나도 유명한 장편소설 《레 미제라블(장발장)》을 써서 정치 변혁기에 박애주의, 인도주의 정신을 작품 속에 녹여냈습니다.

시, 소설, 희곡 등 여러 방면에서 나타난 그의 서정적이고, 서사적인 작품 세계는 지금까지도 전 세계인의 사랑을 받고 있지요. 작품 속에 담겨 있는 어린이와 가족에 대한 사랑, 가난한 사람, 억압받는 사람, 약한 사람에 대한 연민은 인도주의와 박애사상으로 퍼져 나갔으며 빅토르 위고는 프랑스의 '국민시인'으로 추앙받으며 여전히 많은 이들의 존경을 받고 있습니다.

폭풍우가 매섭게 휘몰아치는 캄캄한 밤이었다. 가난한 오막살이 집 안에서 쟈니는 꺼져 가는 난로 옆에 앉아 다 낡아빠진 돛을 기우고 있었다.

밖에는 시간이 갈수록 바람이 더 사나운 기세로 기승을 부리고 장대 같은 비가 사정없이 유리창을 두드렸다. 바닷가 암벽을 때리는 성난 파도 소리가 깨어지듯 요란하게 들려 왔다. 어부의 아내 쟈니는 무서운 파도 소리가 너무도 싫었다.

몸서리쳐지는 폭풍우가 끊임없이 계속되고 있는 바깥과는 달리 어부의 오막살이 집안은 포근하고 아늑했다. 바닥은 비록 흙으로 된 집이었지만 모든 가재도구들은 깨끗하게 잘 정돈되어 있었다.

난로 안에선 마른 장작들이 소리를 내며 타고 있었다. 방 한쪽 구석 찬장에는 접시와 그릇들이 가지런히 놓여 있었고 방 저편에 있는 낡은 침대도 하얀 시트로 깔끔하게 덮여 있었다.

오래된 카페트가 깔린 방바닥에는 폭풍우 소리와 상관없다는 듯 어부의 다섯 아이들이 쌔근거리며 고이 잠을 자고 있었다.

쟈니의 남편은 고기를 잡으러 지금 바다에 나가 있다. 이렇게 비바람이 몰아치는 험한 날씨에 바다로 나가는 것은 위험한 일이었다. 하지만 먹고 살기 위해선 어쩔 수가 없었다. 식구들을 그냥 굶어죽게 할 수는 없었기 때문이다.

쟈니는 바느질을 하면서도 집중을 못하고 마음은 줄곧 바다에 있는 남편에게 가 있었다. 오늘처럼 비바람이 거세게 몰아치는 날이면

기승 기운이나 힘 따위가 성해서 좀처럼 누그러들지 않음.

단 한순간도 마음을 놓을 수가 없었다. 때로는 바람소리를 가르며 어린아이 울음소리 같은 갈매기 소리가 들려 왔다.

하지만 비는 계속 퍼붓고 있었다. 시간이 지날수록 쟈니는 불안하고 불길한 예감이 들었다. 거친 파도에 휩쓸려서 암초에 부딪쳐 배가 난파당하는 장면이 자꾸만 머릿속에 떠올랐다. 산산이 부서진 배, 물에 빠진 어부들은 살려 달라고 아우성치고…….

'아아, 너무 끔찍해!'

쟈니는 몸을 웅크렸다.

그때 낡은 괘종시계가 땡땡 울리며 시간을 알려 주었다. 그래도 여전히 아이들은 아무것도 모른 채 잠에 빠져 있었다.

쟈니는 생각했다.

'살아가는 일이란 결코 쉬운 일이 아니구나.'

남편은 자신을 전혀 돌보지 않고, 추위와 비바람을 헤치고 바다와 싸우며 가족들을 위해 위험 속에 자신의 몸을 던지고 있다.

그리고 쟈니도 이른 새벽부터 밤늦게까지 쉬지 않고 이렇게 바느질을 하고 있다.

하지만 한편 생각을 다시 해 보면, 힘들어도 부지런히 일할 수 있다는 것은 얼마나 보람 있고 행복한 일인가!

아이들은 사시사철 신발도 없이 맨발로 다니고 있다. 그들에겐 검은 빵도 고급 빵이다. 귀리밥이라도 배불리 먹일 수만 있다면 얼마나 좋을까.

난파 배가 항해 중에 폭풍우 따위를 만나 부서지거나 뒤집힘.

그래도 바닷가에 사는 덕분에 생선 요리는 가끔 먹을 수 있으니 다행스러운 일이었다. 아이들이 아무 탈 없이 건강하게 자라 주는 것만으로도 하느님께 감사할 뿐이었다.

쟈니는 눈을 감고 마음속으로 기도했다.

"하느님, 지금 남편은 어디쯤에 있을까요? 제발 그이를 지켜 주세요!"

기도가 끝난 후에도 비바람은 그치지 않고 기승을 부렸다.

쟈니는 더 이상 집에만 있을 수 없었다. 외투를 걸치고 램프를 켜 든 채 집밖으로 나갔다.

남편이 돌아오고 있는지, 바다는 조금 잔잔해졌는지, 등대의 불빛은 켜져 있는지 알아보고 싶었다.

그러나 밖은 춥고 여전히 폭풍우는 사납게 휘몰아치고 있었다.

쟈니는 아랫마을로 내려가 해변 가까이에 있는 마을로 걸어갔다. 얼마 후 쟈니는 해변의 낡은 오두막집 앞을 지나게 되었다.

그 오두막의 허물어져가는 벽에 매달려 있는 낡은 문짝은 바람이 불 때마다 삐걱거리며 이상한 소리를 내고 있었다. 사나운 바람은 이 오두막을 금방이라도 삼키려는 듯 세차게 불어 닥쳤다.

문는 계속 삐걱거렸고, 지붕 위의 지푸라기들은 살려달라고 외치듯 바람에 파닥거렸다.

쟈니는 한동안 머뭇거리며 생각했다.

'가엾은 여인! 저 불쌍한 사람을 내가 진작 돌봐 주었어야 했는

데. 우리 남편도 저 외로운 여인은 아무도 돌봐 줄 사람이 없다고 늘
걱정을 했는데……'

쟈니가 그 집의 문을 두드렸다. 아무도 없는지 대답이 없었다.

그 집에 사는 여자는 병을 앓고 있었다. 둘째아이를 임신한 상태
에서 남편을 잃은 과부였다.

쟈니는 다시 여러 차례 문을 두드렸지만 여전히 집안에 인기척이
없었다.

"안에 아무도 안 계세요?"

쟈니는 소리쳤다.

"주무시나요? 그럼 나오지 말고 그냥 계세요."

쟈니는 돌아서려고 했다. 비에 온몸이 흠뻑 젖어 몸이 떨려왔다.
발길을 돌리려고 하는 순간, 세찬 바람이 쟈니의 몸에 덮쳤다.

그때 몸이 오두막의 문에 부딪히면서 문이 열렸다. 쟈니는 그제야
비바람도 피할 겸 그 집 안으로 들어갔다.

그녀가 들고 있는 램프 불빛에 집 안 모습이 보이기 시작했다. 집
안은 바깥보다 더 춥고 황량했다.

천장 구석구석마다 빗물이 새고 있었고 벽 주변에는 지저분한 지
푸라기 더미가 쌓여 있었다. 그 위에 주인 여자가 누워 있었는데 한
눈에 보아도 여자가 죽어있음을 알 수 있었다.

머리를 뒤로 젖힌 채 입을 커다랗게 벌리고, 싸늘하니 푸르스름한
얼굴은 절망과 고뇌로 얼어붙은 듯한 모습을 보여 주고 있었다.

인기척 사람이 있음을 알 수 있게 하는 소리나 기색.
황량하다 황폐하여 거칠고 쓸쓸하다.　고뇌 괴로워하고 번뇌함.

죽기 직전까지 뭔가 붙잡으려고 애쓴 것처럼 길게 뻗은 여자의 핏기 없는 손은 지푸라기 침대 아래로 축 쳐져 있었다.

그런데 죽은 여인의 발치 아래 누워 있는 아기들이 보였다.

비록 얼굴은 핼쑥하지만 곱슬머리에 귀여운 얼굴을 한 금발머리 두 아기가 서로 이마를 맞댄 채 자고 있었다.

언제 어디서 죽음의 그림자가 다가오는 줄도 모르고, 사나운 폭풍우도 까맣게 잊은 채, 아기들은 잠들어 있었다.

아기들의 엄마는 죽기 전 마지막 순간까지 아기들의 발을 헌 이불로 감싸 주고 자기의 옷으로 몸을 덮어 주는 것을 잊지 않았다. 죽음보다 강한 어머니의 사랑이었다.

아기들의 숨소리는 꺼져갈 듯 조용하고 가녀렸다.

어느 누구도 이 포근한 잠을 깨우지 못할 만큼 달콤한 잠에 빠져 있는 것 같았다.

이때 지붕을 타고 내리던 빗줄기 한 방울이 죽은 여인의 얼굴에 떨어져 뺨을 타고 주르륵 흘려 내렸다. 그것은 아이들을 남겨두고 죽어야 했던 근심과 걱정이 섞인 어머니의 한스러운 눈물 같았다.

잠시 후 쟈니는 외투 자락 속에 뭔가를 훔쳐들고 도망치듯 그 집을 빠져 나왔다. 심장이 뛰며 누군가 뒤에서 자기를 뒤쫓아 오는 것만 같았다.

쟈니는 집에 오자마자 외투 속에 싸들고 온 것을 침대위에 올려놓고 재빨리 이불로 덮었다. 그리고 침대 끝에 이마를 대고 엎드렸다.

___

가녀리다 물건이나 사람의 신체 부위 따위가 몹시 가늘고 연약하다.

그녀는 흥분했고 얼굴은 창백해졌다.

그녀는 양심의 가책을 받고 있는 것처럼 보였으며, 정신 나간 사람처럼 중얼거렸다.

"아, 남편이 뭐라고 할까? 대체 내가 무슨 짓을 한 거지? 난 바보야. 흑흑……. 아, 나는 몹쓸 짓을 했어. 차라리 그이가 와서 나를 실컷 때려 주기라도 했으면 좋겠어."

그때 문에서 인기척이 나는 것 같았다. 쟈니는 떨리는 몸으로 자리에서 일어났다. 바람 소리였다.

쟈니는 다시 중얼거렸다.

"하느님, 왜 제가 이런 짓을 했을까요? 이런 일을 하고도 일에 지쳐 돌아오는 남편의 얼굴을 바로 볼 수 있을까요?"

쟈니는 한동안 침대 옆에 앉아 괴로워했다.

비가 멎고 동이 트기 시작했다. 그러나 여전히 바람은 세차게 불고 있었고, 바다의 파도는 성난 듯 했다.

갑자기 문소리가 나며 문이 열리면서 축축하고 시원한 바람이 방 안으로 불어왔다.

그때 햇볕에 그을린 키가 큰 건장한 남자가 물에 젖은 그물을 들고 오막살이집 안으로 들어왔다. 쟈니의 남편이었다.

"쟈니! 나 왔소."
하며 그는 반갑게 말했다.

"오, 당신이 오셨군요."

가책 자기나 남의 잘못에 대하여 꾸짖어 책망함.

하고 고개를 숙인 채 쟈니가 대답했다.

"정말 무서운 밤이었어! 날씨 한번 대단하더군."

"그래요. 고기는 많이 잡았나요?"

"한 마리도 잡지 못했어. 그물만 다 찢어지고 말았지. 글쎄 이런 폭풍우는 생전 처음이야. 바다가 미친 악마 같았어. 배가 마구 흔들리고……, 밧줄이 금방 끊어졌지. 이렇게 살아 돌아온 것만으로도 다행이야. 그렇지? 그런데 당신은 혼자서 어떻게 지냈소?"

남편은 그물을 끌고 들어와 바닥에 놓고 난로 옆에 앉았다.

"바느질을 하고 있었어요. 지난밤에 비바람 소리가 어찌나 무섭던지…… 내내 당신 걱정만 했어요."

"그래, 정말 지독한 날씨였어."

남편은 걱정스럽게 말했다.

부부는 잠시 말없이 멍하니 앉아 있었다.

잠시 후 쟈니는 마치 죄라도 지은 듯 더듬거리며 말을 시작했다.

"아랫마을 시몬 아주머니가 죽었어요. 언제 죽었는지는 몰라요. 당신이 그 집에 다녀온 엊그제쯤이 아닐까 해요. 죽을 때 몹시 고통스러웠던 모양이에요. 어린 자식들을 두고 죽어야 했으니 얼마나 가슴이 아팠겠어요. 더구나 젖먹이 둘을 남겨 두고 죽었으니…… 큰아이는 겨우 걷기라도 하지만 작은 아이는 아직 말도 못하더군요.”

쟈니는 더 이상 말을 할 수가 없었다. 남편은 쟈니의 말을 듣고 엄숙한 표정을 지었다. 순박하고 정직한 그의 얼굴이 굳어졌다. 그리고 목덜미를 긁으며 두 아이들이 안쓰럽다는 듯 말했다.

“정말 안됐군! 그 집 아기들이라도 우리 집으로 데려와야 하지 않겠소? 잠에서 깨면 엄마를 찾을 텐데. 쟈니, 어서 어린 것들을 데리러 갑시다.”

그런데 쟈니는 좀처럼 일어서려고 하지 않았다.

“여보, 빨리 갑시다. 왜 싫소? 아이들을 데려 오는 것이 내키지 않다는 말이오? 오늘은 정말 당신답지 않군!”

그제서 쟈니는 자리에서 일어났다. 그리고 말없이 남편을 침대 곁으로 데리고 가서, 덮어 놓은 이불을 천천히 걷었다.

이불 속에는 죽은 여인의 두 아기가 얼굴을 맞댄 채 평화롭게 깊은 잠에 빠져 있었다.

순박하다 거짓이나 꾸밈이 없이 순수하며 인정이 두텁다.

작품 줄거리

폭풍우가 심하게 몰아치던 밤, 낡은 오두막에 사는 가난한 어부의 아내 쟈니는 고기를 잡으러 나간 남편을 걱정하며 헌 돛을 꿰매고 있었어요. 그녀 곁에는 다섯 명의 아이들이 잠들어 있었지요. 쟈니는 너무도 가난해 아이들에게 신발도 사 주지 못하고, 끼니도 배불리 먹이지 못하지만 아무 탈 없이 잘 자라고 있는 것에 감사하며, 이른 새벽부터 밤늦게까지 쉬지 않고 일하는 남편이 폭풍우 속에서 무사히 돌아오기만을 기도해요.

폭풍우가 점점 심해지자, 걱정스러운 맘에 밖으로 나갔던 쟈니는 아랫마을 시몬이라는 과부가 어린 두 아이들을 남겨둔 채 병으로 죽은 것을 발견하고 그 아기들을 집으로 데리고 와요. 그리고 나서 쟈니는 가족을 먹여 살리느라 힘겨운 남편이 더 힘들게 될까봐 걱정해요.

다음날 무사히 돌아온 남편에게 시몬 아주머니의 죽음을 전하자, 남편은 쟈니에게 그 집 아기들을 데려오자고 해요. 그러자 쟈니는 침대에 덮인 이불을 걷고 평화롭게 자고 있는 죽은 과부의 두 아기를 보여 줍니다.

이해와 감상

이 작품은 가난하지만 그 속에서 감사함을 찾고, 모든 것이 불가능해 보이는 너무나 힘든 현실 속에서도 오히려 다른 사람에게 사랑을 베풀며 살아가는 아름답고 정직한 부부의 이야기랍니다.

작가 빅토르 위고의 문학정신인 박애주의와 휴머니즘이 명확히 나타난 단편 소설로, 인간의 선한 본성을 보여줌으로써 세상을 아름다운 곳으로 그려냈어요. 때문에 이 작품을 읽는 사람들의 마음을 따뜻하게 해 주지요.

1. 빅토르 위고의 작품세계

빅토르 위고는 따뜻한 시선으로 사람을 바라보던 작가였습니다. 사람의 평등한 인격과 존엄성을 중요하게 여기고, 인간애를 바탕으로 인종, 민족, 국적, 종교 등의 차이를 초월해 인류 전체의 행복을 기원했지요. 인간의 생명과 감정, 인간성을 중요시하는 인도주의 이념이 그의 작품 곳곳에 배어 있지요. 인도주의는 다른 말로 휴머니즘이라고도 합니다. 그 외에도 사람들의 무관심 속에 방치돼 있는 가난한 사람들, 권력으로 무장한 지배층에 고통 받는 사람들, 이렇게 외롭고 소외된 약자들을 보듬으며 모든 사람을 차별 없는 사랑으로 대하려는 박애정신 역시 그의 작품 전반에 깔려 있습니다.

위고는 소설만 쓴 것이 아니라 시로도 아주 유명했어요. 시의 운율과 리듬이 대담하고 다양한 소재들을 그림처럼 풀어내기도 했습니다. 특히 그는 프랑스에서 추방당해 유럽 곳곳을 떠돌아다니기도 했는데 다양한 나라에 머무르다 보니 그의 작품엔 자연스레 이국적인 색채가 더해졌지요. 특히 위고는 낭만주의(자유로운 공상의 세계를 동경하며 정서, 감정, 개성 등을 중요시하는 예술의 흐름)의 거장으로 많은 작품을 남겼습니다.

〈가난한 사람들〉은 빅토르 위고가 프랑스에서 추방당한 뒤 이곳저곳을 떠돌며 망명 생활을 할 때 발표한 소설로, 당시 어촌 마을에 머물렀던 동안 써내려간 작품이라고 합니다. 그때의 경험이 바탕이 되어 가난한 어촌을 배경으로 살아가는 마을 사람들의 삶을 생생하게 그려냈지요. 가난하고 고단한 삶을 사는 가운데에도 정을 나누고, 순수한 마음을 지키며 살아가는 순박한 인물들을 통해 인류애를 강조하고 있습니다.

2. 프랑스의 존경과 사랑을 받는 작가

성대하게 치러진 빅토르 위고의 장례식, 개선문과 거리에 모여든 인파.

1885년 5월 22일 빅토르 위고가 세상을 떠난 그 날, 프랑스의 많은 국민들은 그에게 애도를 표하기 위해 파리의 개선문 광장으로 나왔습니다. 그의 장례식은 국장(나라에 큰 공이 있는 사람이 죽었을 때 나라가 주관하여 지내는 장례)으로 성대하게 치러졌고 그의 마지막 모습을 보려는 행렬은 거리를 가득 메울 정도로 길게 이어졌어요.

2002년 그의 탄생 200주년이 되던 해에는 프랑스의 모든 초·중·고등학교에서 첫 수업을 일제히 빅토르 위고의 작품을 암송하는 것으로 시작했다고 합니다. 프랑스 사람들이 얼마나 빅토르 위고를 아끼고 사랑하는지 충분히 알 수 있는 대목이지요.

그뿐만 아니라 빅토르 위고가 발표했던 모든 작품들을 모아 다시 책으로 내고, 그의 생애를 담아낸 전기 및 작품 비평서 출판, 각종 세미나, 전시회, 공연에 이르기까지 그의 삶을 재조명하는 많은 움직임들이 이어졌어요.

교육과 사회복지 확대, 이익의 공평한 분배, 사형제 폐지, 사상과 표현의 자유, 여성과 아동을 배려하자던 그의 목소리는 200년이 훌쩍 넘은 지금까지도 사회에서 소외받은 사람들의 목소리를 힘껏 대변해 주고 있습니다.

1. 폭풍우가 세차게 내리치던 그날 밤, 쟈니는 병을 앓고 있던 시몬 아주머니가 걱정되어 늦은 밤 집을 나섭니다. 집에 들어가 보니 시몬 아주머니는 이미 세상을 떴고, 그녀의 곁에는 젖먹이 둘이 잠들어 있었지요. 쟈니는 아기들이 걱정되어 당장 자신의 집으로 데리고 오지만 남편에게는 그 이야기를 선뜻 건네지 못합니다. 쟈니의 마음이 무거웠던 이유는 무엇 때문일지 생각해 보세요.

2. 시몬 아주머니의 아기들을 키우기로 한 쟈니 부부의 뒷이야기를 상상해 봅시다. 가난하지만 따뜻한 마음씨를 가진 쟈니 부부와 아이들에게는 어떤 미래가 펼쳐졌을까요?

Nathaniel Hawthorne

큰 바위 얼굴

나다니엘 호손(Nathaniel Hawthorne, 1804~1864)

미국의 소설가. 메사추세츠 주 세일럼의 청교도 집안에서 태어난 그는 4세 때 아버지를 여의고 외삼촌의 집에서 자랐어요. 그는 21세 때 보든 대학교를 졸업한 뒤, 여러 편의 단편을 발표했지만 호응을 얻지 못하다가, 그의 나이 33세 때 《두 번 들려준 이야기》를 출간하여 좋은 평을 얻게 되면서 본격적인 작가의 길로 가게 되어요. 호손은 1850년 〈주홍 글씨〉를 발표하여 명성을 얻게 되었으며, 대학 동창인 대통령 피어스가 그의 인생에 많은 영향을 주었어요. 호손의 작품들은 구성이 치밀하고 비유와 상징이 뛰어나며, 인간 도덕과 양심에 관심을 두고 있어요. 또 낭만주의와 우화적, 신비적인 색채를 띠고 있지만, 인물을 지나치게 상징화하여 현실성이 부족하다는 지적도 받지요. 대표작품으로는 장편소설 〈주홍 글씨〉, 〈일곱 박공의 집〉, 〈대리석 목양신〉이 있고, 단편소설집 《두 번 들려준 이야기》, 《낡은 저택의 이끼》, 《눈사람》 등이 있어요.

어느 날 해가 질 무렵, 어머니와 어린 아들이 오막살이집 문 앞에 앉아 큰 바위 얼굴에 대해 다정하게 이야기를 나누고 있었다. 큰 바위 얼굴은 몇 마일 떨어진 곳에 있었지만, 해만 뜨면 햇빛에 비쳐 그 모양이 뚜렷이 보였다. 그 큰 바위 얼굴은 무엇일까?

높은 산으로 둘러싸인 넓은 골짜기에 많은 사람들이 살고 있었다. 그곳에는 가파른 산등성이 수풀이 빽빽하게 들어선 곳에 통나무집을 짓고 사는 사람들도 있고, 또 비탈이나 평평한 땅에서 농사를 지으며 안락하게 사는 사람들도 있으며, 또 한 곳에선 옹기종기 모여 마을을 이루고 있는 사람들도 있었다.

거기에서는 높은 산악 지대에서 흘러내리는 거센 물줄기를 이용하여 방직공장의 기계를 돌리고 있었다.

여하튼 이 골짜기에선 많은 사람들이 여러 가지 모습으로 살아가고 있지만, 큰 바위 얼굴에 대해선 누구나 친근감을 가지고 있었다. 그 사람들 중에서는 그 위대한 자연 현상에 대해 경외심을 가지는 사람도 있었다.

이렇게 모든 사람들이 우러러보는 장엄한 큰 바위 얼굴은 깎아지른 듯한 절벽 위에 거대한 바위들로 이루어져 있는 자연의 작품이다. 그리고 그 바위들이 잘 조화를 이루어 적당한 거리에서 바라보면 꼭 사람의 얼굴 같았다. 마치 거대한 거인이나 타이탄이 절벽 위에서 자신의 얼굴을 조각한 것처럼 보이는 것이었다.

넓고 둥근 이마는 높이가 30여 미터나 되었고, 갸름한 콧날에 넓

경외심 공경하면서 두려워하는 마음.
타이탄 그리스 신화에 나오는 거인족.

고 두툼한 입술, 만일 그 커다란 입으로 말을 한다면 천둥소리 같아 골짜기 끝까지 울릴 것만 같았다.

아주 가까이에서 보면 그 엄청난 얼굴의 윤곽은 없어지고, 무겁고 큰 바위들이 마구 포개져 있는 것으로만 보일 것이다.

하지만 조금씩 뒤로 물러나서 보면 그 형상을 알아볼 수 있게 뚜렷이 드러나고, 점점 멀어질수록 사람의 얼굴과 같은 그 위대한 모습을 볼 수 있게 된다. 그리고 희미해질 정도로 멀리서 보면, 구름과 안개에 싸여 정말 살아 있는 것처럼 보였다.

이곳 아이들은 이 큰 바위 얼굴을 바라보며 자라는 것이 큰 행운이었다. 그 얼굴은 웅장하고 숭고했으며, 다정스러운 표정은 사랑이 넘쳐 인류를 모두 포용하고도 남을 것만 같았기 때문이다. 그 얼굴을 바라보는 것만으로도 좋은 교육이 되었다.

또 이곳 사람들은 골짜기 땅이 기름진 것은 항상 이 골짜기를 내려다보고 있는 이 자비로운 얼굴 덕분이라고 믿고 있었다.

이러한 얼굴을 보며 오막살이집 앞에서 어머니와 이야기를 나누고 있던 그 어린 소년의 이름은 어니스트였다.

"어머니!"
하고 소년이 말했다.

"저 큰 바위 얼굴이 말을 할 수 있다면 얼마나 좋겠어요. 친절해 보이니까 목소리도 틀림없이 좋겠지요? 만약에 제가 저런 얼굴을 가진 사람을 만난다면, 전 정말 그 사람을 좋아하게 될 거예요."

숭고하다 뜻이 높고 고상하다. 드높다.

"만일 옛날 사람들의 예언대로 된다면, 우리는 언젠가 저런 얼굴을 가진 사람을 만날 수 있을 거란다."

그의 어머니가 말했다.

"어떤 예언인가요, 어머니? 어서 얘기해 주세요."

어니스트는 호기심 찬 목소리로 졸라대며 물었다.

어머니는 어렸을 때 자신의 어머니에게서 들은 이야기를 어니스트에게 하기 시작했다.

그것은 앞으로 일어날 일에 대한 이야기였다. 아주 오래전부터 전해 내려오는 이야기인데, 옛날 이 골짜기에서 살던 인디언들도 그들의 조상들로부터 그 이야기를 들어 왔다고 한다. 그 이야기는 최초에 산골짜기를 흐르는 시냇물과 나무를 스치는 바람이 속삭여 주었는데, 언젠가 이 근처에 위대한 사람이 될 한 아이가 태어날 것이며, 그 아이는 장차 커가면서 큰 바위 얼굴을 닮아 간다는 것이다.

아직도 많은 사람들이 희망과 신념으로 이 예언을

굳게 믿고 있었다. 그러나 오래 기다려도 그러한 얼굴을 가진 사람을 만나지 못한 사람들은 점차 그 예언을 허황된 이야기라고 여기게 되었다.

"어머니, 내가 커서 그런 사람을 만날 수 있다면 좋겠어요."

어니스트는 손뼉을 치며 외쳤다.

"너는 꼭 그런 사람을 만나게 될 거야."

생각 깊은 어머니는 그렇게 말해 주었다.

그 후 어니스트는 어머니가 해 주신 이야기를 늘 잊지 않았고 큰 바위 얼굴을 쳐다볼 때마다 그 이야기가 떠올랐다.

그는 그곳에서 어린 시절을 보내면서 어머니의 말씀을 잘 따르고 사랑으로 어머니가 하시는 일을 도와 드렸다. 어니스트는 조용하고 부드러우며 겸손한 소년으로 자라갔다. 햇볕에 검게 그을린 얼굴이지만 유명한 학교에서 교육을 받은 소년들보다 더 총명해 보였다. 선생님이 없는 어니스트는 큰 바위 얼굴이 그의 단 하나뿐인 선생님이었다. 그는 하루 일이 끝나면 시간가는 줄 모르고 그 바위를 존경의 눈빛으로 쳐다보곤 했다. 그러면 그 얼굴이 자기를 알아보고, 격려하듯 친절한 미소를 보내 준다고 생각했다.

이 무렵, 그곳에 옛날부터 전해 내려오던 대로 큰 바위 얼굴을 닮

허황되다 헛되고 황당하며 미덥지 못하다.

은 위인이 나타났다는 소문이 돌았다.

여러 해 전에 이곳을 떠난 한 젊은이가 먼 항구로 가서 가게를 차렸고, 나중에는 거상이 되어 엄청난 부자가 되었다. 그의 이름은 '개더골드(Gather Gold : 금을 긁어모으는 사람)'라고 하는데, 본명인지 성공한 뒤에 붙은 별명인지는 알 수 없었다.

그의 재산은 계산하는 데만도 너무나 오랜 시일이 걸렸으며, 가늠할 수 없을 정도로 많았다.

그는 자신의 고향으로 돌아가 여생을 마치겠다고 결심하고 자기와 같은 백만장자가 살기에 적합한 집을 짓기 위해 유능한 목수를 고향으로 보냈다. 그때부터 이 골짜기에는 개더골드가 지금까지 기다려왔던 예언의 주인공이며, 그의 얼굴은 분명 큰 바위 얼굴 그대로라는 소문이 떠돌았다.

지금까지 그의 아버지가 살고 있던 낡은 농가 터에 들어선, 요술을 부린 듯한 웅장한 건물을 본 사람들은 이 소문이 틀림없는 사실이라고 점점 더 믿게 되었다.

어니스트는 고귀한 예언의 주인공이 나타났다는 생각에 몹시 마음이 설레었다. 그리고 그는 어마어마한 재산을 가진 개더골드가 천사처럼 자선을 베풀어 자비로운 큰 바위 얼굴의 미소를 가지고 너그럽게 모든 사람들을 돌보아 줄 거라고 생각했다.

그는 늘 그렇듯이 큰 바위 얼굴이 친절하게 자기를 보아 주리라 상상하면서 큰 바위 얼굴을 쳐다보고 있었다.

거상 밑천을 많이 가지고 크게 하는 장사. 또는 그런 장수.
여생 앞으로 남은 인생.

그때 빠르게 달려오는 마차소리가 들렸다.

"드디어 위대한 개더골드씨가 오신다."

도착하는 광경을 보려고 모인 사람들이 소리쳤다.

속력을 내어 달리는 마차 밖으로 조그마한 늙은이가 얼굴을 내밀었다. 그의 피부는 마치 자신의 손으로 빚어 만든 것 같은 누른빛이었고 이마는 좁고 작고 매서운 눈가에는 잔주름이 잔뜩 있었으며, 얇은 입술은 굳게 다물려 있었다.

"큰 바위 얼굴과 똑같다!"

사람들이 외쳤다.

"예언이 이루어졌어. 마침내 우리에게 위인이 오신 거야."

사람들이 그를 보고 큰 바위 얼굴이라고 외치는 것을 보고 어니스트는 어리둥절했다. 그때 마침 길가에는 떠돌이 늙은 거지 한 명과 어린 거지들이 있었다. 이 가엾은 거지들은 마차가 지나갈 때 손을 내밀고 슬픈 목소리로 구걸을 하였다.

그때 재물을 긁어모은 바로 그 누런 손이 마차 밖으로 나오더니 동전 몇 닢을 땅에 떨어뜨렸다. 이 사람을 개더골드라고 부르게 된 것도 그럴 듯하지만, '스캐터카퍼(Scatter Copper : 동전을 뿌리는 사람)'라고 불러도 어울릴 것만 같았다. 그런데도 사람들은 계속해서 신념을 가지고 큰 바위 얼굴이라고 외쳐댔다.

하지만 너무나 실망한 어니스트는 주름살이 잔뜩 잡히고 탐욕스러운 개더골드의 얼굴에서 고개를 돌렸다. 그리고 산등성이를 쳐다

탐욕 지나치게 탐하는 욕심.

보자 거기에는 온화한 미소를 띤 큰 바위 얼굴이 햇빛을 받아 빛나고 있었다. 그 모습은 그를 한없이 즐겁게 했고, 그 자비로운 입술은 이렇게 말하는 것 같았다.

"그 사람은 온다. 걱정하지 마라. 그 사람은 꼭 온다."

세월은 흘러 어니스트도 이제 소년이 아니었다. 그의 일상생활은 특별한 것 없이 평범했다. 그가 남다른 점이 있다면 하루 일을 끝내고 혼자 조용히 큰 바위 얼굴을 바라보며 명상을 한다는 점이다. 그런 어니스트는 부지런하고 친절하며 사람이 좋고, 자기 할 일은 반드시 하기 때문에 아무도 그를 비난하지 않았다.

사람들은 큰 바위 얼굴이 그의 선생님이라는 것과 큰 바위 얼굴에 나타난 따뜻한 미소가 어니스트의 마음을 보다 더 깊고 넓게 만들었으며, 인정미 넘치게 했다는 것을 몰랐다. 그들은 그 큰 바위 얼굴이 책에서 배우는 것보다 더 많은 지혜를 주는 것도 몰랐다. 어니스트 자신도 들 한가운데서나, 또 난롯가에서 그리고 그가 깊이 생각하는 어느 곳에서나 자연스럽게 떠오르는 사상과 감정이 사람들과 만나면서 생겨나는 것보다 더 품격이 높은 것임을 몰랐다.

어느덧 개더골드는 세상을 떠나 땅속에 묻혔다. 그의 육체이자 영혼이었던 재산은 그의 생전에 사라져 버리고 쭈글쭈글하고 누런 살

갖으로 덮인 산 해골만 남은 기이한 일이 일어났다. 그렇게 빛나던 황금이 다 녹아 스러지면서 사람들은 천박한 상인의 얼굴과 산위의 장엄한 얼굴과는 서로 닮은 점이 하나도 없다는 것을 인정했다.

그래서 사람들은 이미 그를 존경하지 않았으며, 죽고 나자 그를 까맣게 잊어버리고 말았다.

그런데 이 골짜기 태생으로 군대에 가서 여러 전쟁을 겪은 후, 이제는 저명한 장군이 된 사람이 있었다.

본명은 무엇인지 모르지만 전쟁터에서 '올드 블러드 앤 선더(Old Blood-and-Thunder : 피비린내 나는 천둥 같은 노인)'라는 별명으로 알려져 있었다. 늙고 상처가 많아 몸이 허약해진 이 백전의 용사도 긴장되고 소란스런 군대 생활에 그만 싫증이 나서 고향으로 돌아가 쉬고 싶다는 희망을 발표했다.

그래서 이 골짜기의 사람들은 흥분에 휩싸였고 만찬으로 그를 환영하기로 하였다. 그리고 이제 정말 큰 바위 얼굴과 똑같은 사람이 나타났다고 했다. 많은 사람들은 올드 블러 앤 선더 장군이 어떻게 생겼는지 알기 위해 지난 몇 해 동안 거들떠보지도 않던 큰 바위 얼굴을 날마다 쳐다보았다.

큰 잔치가 있던 날, 어니스트는 골짜기 사람들과 숲 속의 잔치가 벌어지고 있는 곳으로 갔다. 어니스트는 먼발치로나마 그 저명한 장군을 보려 했다. 그러나 많은 사람들은 축사나 연설, 장군의 말하는 답사를 한마디도 놓치지 않으려는 듯 식탁 주위로 몰려들었고, 그를

백전 수많은 싸움.
저명 세상에 이름이 널리 드러나 있음.

따라온 호위병들은 총검으로 사람들을 사정없이 마구 밀어 붙였다. 성품이 겸손한 어니스트는 뒤로 밀려나 그의 얼굴을 볼 수 없었다. 그래서 마음을 달래기 위해 큰 바위 얼굴 쪽으로 몸을 돌렸다. 큰 바위 얼굴은 마치 오랜 친구를 대하듯 다정히 어니스트를 향해 미소를 짓고 있었다.

이때 이 장군의 모습과 산등성이의 얼굴을 비교하는 사람들의 목소리가 들렸다.

"두 얼굴이 판에 박은 것처럼 똑같아!"

한 사람이 기뻐하며 말했다.

"바로 그 얼굴이야!"

또 다른 사람이 맞장구치며 말했다.

"정말 그렇군, 저건 장군이 바로 커다란 거울 속에 비쳐 있는 것 같아."

하고 세 번째 사람이 외쳤다.

"장군이야말로 고금을 통해 가장 위대한 인물이야."

그러고는 이 세 사람이 함께 소리쳤다. 그 소리가 군중에게 퍼져서 수천 명의 입으로부터 큰 고함 소리를 일으키고, 그 소리는 멀리 울려 퍼져 큰 바위 얼굴이 천둥 같은 목소리로 고함을 지른 것처럼 여겨질 정도였다.

"장군이다. 장군!"

마침내 사람들의 함성이 들렸다.

고금 예전과 지금을 아울러 이르는 말.

"조용히들 하시오. 장군께서 연설을 하실 겁니다."

식사가 끝나고 박수갈채 속에 축배를 든 다음, 장군은 감사의 뜻을 표하기 위해 일어났다. 그때 어니스트는 그를 보았다. 그리고 숲이 트인 곳으로 큰 바위 얼굴도 볼 수 있었다. 그러나 어니스트는 수많은 사람들이 말한 것과 같은 비슷한 점을 찾을 수가 없었다. 그는 많은 전쟁과 갖은 풍상에 찌든 장군의 얼굴을 유심히 바라보았다. 그 얼굴에는 정력이 넘치고 강한 의지는 나타나 있었지만 선량한 지혜와 넓고 깊고 따사로운 자비심은 찾아볼 수 없었다.

"예언의 인물이 아니야."

어니스트는 군중 사이를 빠져 나오면서 한숨을 쉬었다.

"아직도 더 기다려야만 하나?"

그러나 변함없이 큰 바위 얼굴은 어니스트에게 속삭이듯이 말하는 것 같았다.

"걱정마라, 어니스트. 그는 올 것이다."

또 다시 여러 해가 흘렀다. 아직도 자신이 태어난 그 골짜기에 사는 어니스트도 이제는 중년의 나이에 접어들었다.

그리고 조금이나마 사람들 사이에 점점 알려지게 되었다. 그는 예전과 같이 생계를 위해서 일하는, 여전히 순박한 사람이었다.

풍상 바람과 서리. 모진 세상의 어려움과 고생을 비유적으로 이르는 말.

그러나 그는 여러 가지 많은 일을
생각하고 느끼며, 생애의 가장 좋은 시
절의 절반을 인류를 위해 훌륭한 일을 해 보
겠다는 신성한 희망을 가지고 지내 왔다. 그렇기
때문에 그의 일상은 고요하고 사려 깊은 자애심으로 가
득 찼다. 그는 자기가 가고자 하는 길에서 한 번도 벗어난 적이 없으

자애심 아랫사람에게 도타운 사랑을 베푸는 마음.

며 항상 이웃에게 축복을 베풀었다.

그의 맑고 순박한 사상은 소리 없이 덕행으로 나타나기도 하였고 그가 말할 때도 흘러 나왔다. 그의 설교는 듣는 사람에게 깊은 감명을 주었으며 그들이 새로운 생활을 이룩해 나가는 데 도움을 주는 진리가 되었다.

하지만 사람들은 그들의 이웃이자, 친근한 벗인 어니스트가 평범한 사람이 아니라고 생각해 본 적이 없었을 것이다.

더욱이 어니스트 자신은 꿈에도 그런 생각을 하지 않았다.

시간이 흘러 사람들이 이성을 되찾자, 올드 블러드 앤 선더 장군의 험상궂은 얼굴과 산 위에 있는 자비로운 얼굴과는 비슷한 점이 없다는 것을 알게 되었다.

그러나 또다시 어떤 유명한 정치가와 큰 바위 얼굴이 똑같다는 소문이 들려오고, 신문에는 그것을 확인하는 기사들이 실렸다.

그도 역시 이 골짜기에서 태어났으며, 일찍이 이곳을 떠나 법률과 정치에 종사하여 왔다. 그는 부자의 재산과 병사의 칼 대신에 오로지 한 개의 혀를 가졌을 뿐이나, 그 두 가지를 합친 것보다도 더 강력한 힘을 가졌다고 한다.

그의 말솜씨는 너무나 유창하여, 그가 말하는 것이 무엇이든 듣는 사람들은 모두 믿게 되어서, 옳지 않은 것도 옳게 보고, 바른 것도 바르지 않다고 여기게 되었다.

그의 말은 때로는 천둥처럼 무섭게 울리기도 하고, 때로는 한없이

덕행 어질고 너그러운 행실.
설교 ①종교의 이론을 설명함. ②어떤 일의 견해나 관점을 다른 사람이 수긍하도록 가르침.

은은한 음악소리와 같이 속삭이기도 했다. 그는 마치 혀 속에 심장을 지니고 있는 듯했다.

사실 놀라운 사람이었다. 혀로 하는 말로써 그가 온 나라와 전 세계에 그 명성을 떨칠 만큼 엄청난 성공을 이루었을 때, 마침내 그의 말솜씨는 국민이 그를 대통령으로 선출하도록 만들었다.

그전에 이미 그의 이름이 알려지기 시작하자 그의 숭배자들은 그와 큰 바위 얼굴 사이에 비슷한 점을 찾아내기 시작했다.

그래서 이 유명한 신사는 '올드 스토니 피즈(Old Stony Phiz : 늙은 바위 얼굴)'라는 이름으로 전국에 알려지게 되었다.

친구들이 그를 대통령으로 추대하려고 전력을 다하고 있을 때, 마침 그는 고향인 이 골짜기를 방문하려고 했다.

기마대가 그를 맞으려 주 경계선으로 출발했다. 그리고 모든 사람들은 일손을 멈추고 그가 지나가는 것을 보기 위해 길가에 모여 있었다. 어니스트도 그 사람들 속에 있었다. 요란한 말굽소리를 내고 먼지를 뽀얗게 일으키면서 달려오는 기마행렬 때문에 어니스트는 큰 바위 얼굴을 볼 수가 없었다. 그리고 악대가 연주하는 감격적인 음악 소리가 골짜기에 우렁차게 메아리로 퍼져, 골짜기 곳곳마다 그 저명한 손님을 환영하는 소리로 가득 찼다. 사람들은 모자를 벗어 위로 던지며 열광적으로 환호성을 질렀다. 어니스트의 마음도 불타올랐다. 그도 모르게 모자를 위로 던지며 소리쳤다.

"올드 스토니 피즈 만세!"

추대 윗사람으로 떠받듦. 옹립.

하지만 아직 그 사람을 보지는 못했다.

"이제 온다!"

"저기 저쪽에! 올드 스토니 피즈를 봐라. 그리고 저 산 위의 노인을 봐. 마치 쌍둥이 같지 않아?"

어니스트 근처에 서 있던 사람들이 외쳤다.

화려한 행렬 한가운데에 네 마리의 흰말이 끄는 뚜껑 없는 네 바퀴 달린 마차가 왔다. 그 마차 안에는 모자를 벗어든 유명한 정치가 올드 스토니 피즈가 앉아 있었다.

"어때, 정말 신기하게 닮았지?"

어니스트 옆에 있는 사람이 말했다.

"큰 바위 얼굴이 드디어 제 짝을 만났군!"

어니스트도 처음에 마차 속에서 고개를 끄덕이며 미소를 짓고 있는 얼굴을 보았을 때, 산 위의 얼굴과 비슷하다고 생각했다. 넓게 벗어진 이마와 얼굴 형상이 대담하고 힘 있게 보여, 마치 타이탄과 경쟁하려고 만들어진 것 같았다.

그러나 산등성이의 얼굴처럼 장엄함이나 위풍당당함, 신과 같은 사랑의 위대한 표정은 찾아볼 수 없었다.

그건 원래부터 없었거나, 있었어도 사라져 버린 것만 같았다.

이 정치가의 눈시울에는 지친 우울한 빛이 깃들어 있었다. 그의 인생은 높은 업적을 쌓았으면서도 현실성이 있는 높은 목적을 가지고 있지 못해서 공허했다.

형상 ①사물의 생긴 모양이나 상태. ②마음과 감각에 의하여 떠오르는 대상의 모습을 떠올리거나 표현함. 공허 ①아무것도 없이 텅 빔. ②실속이 없이 헛됨.

그때 어니스트 곁에 있던 사람이 팔꿈치로 그를 쿡쿡 찌르면서 어니스트의 대답을 기다렸다.

"어때? 이 사람이야말로 저 산의 얼굴과 똑같지 않아?"

"아니오! 조금도 닮지 않았소."

어니스트는 무뚝뚝하게 대답했다.

"그렇다면 저 큰 바위 얼굴에게 미안한걸."

이렇게 대답하고 곁에 선 사람은 올드 스토니 피즈를 위해 다시 환호성을 질렀다.

그러나 어니스트는 낙심하며 우울하게 돌아섰다. 예언을 실현시킬 수 있는 사람이 없는 것 같아서 그는 슬퍼했다.

세월은 덧없이 지나갔다. 그리고 이제 어니스트도 백발이 되었다. 이마에는 점잖은 주름살이 잡히고, 양쪽 뺨에는 고랑이 생겼다. 그는 노인이 되었다.

그러나 헛되이 나이만 먹은 것은 아니었다. 머리 위의 백발보다 더 많은 현명한 생각이 머릿속에 깃들어 있고, 얼굴의 주름살에는 인생의 시련을 통해 얻은 슬기와 지혜가 간직되어 있었다.

그리고 어니스트는 이미 이름 없는 존재가 아니었다.

수많은 사람들이 얻고자하는 명성이, 찾지도 원하지도 않는 그에

명성 세상에 널리 퍼져 평판 높은 이름.

게 찾아왔다. 그의 이름은 그가 살고 있는 산골을 넘어 세상에 널리 알려지게 되었다.

어니스트가 이와 같이 늙어가고 있을 무렵, 하느님의 섭리로 새로운 시인 한 사람이 나타났는데, 그도 이 골짜기에서 태어난 사람이었다. 그는 고향을 멀리 떠나 도시의 혼란과 잡음 속에서 아름다운 음률을 노래했다. 또 그는 때때로 어린 시절에 친숙했던 산들을 시로 읊었고, 큰 바위 얼굴도 잊지 않아서, 위대한 큰 바위 얼굴의 후덕한 입으로 읊어도 손색이 없을 만큼 장엄한 송가로 그 바위를 찬양한 적도 있었다. 이 천재 시인은 훌륭한 재능을 몸에 지니고 하늘에서 이 세상에 내려온 것 같았다.

그가 산을 노래하면 한층 더 장엄함이 그 산등성이와 산꼭대기에 깃들었고, 그가 호수를 노래하면 하늘은 미소를 보내 그 아름다운 호수를 영원히 비추려 했다.

이 시인이 행복한 눈으로 세상을 축복하면, 온 세상은 과거와는 다른 훌륭한 모습을 드러냈다. 창조주는 손수 창조한 세계에 마지막으로 손질을 하기 위해 가장 훌륭한 솜씨를 가진 그를 내려 보낸 것 같았다.

이 시인의 시는 마침내 어니스트의 손에까지 들어오게 되었다.

그는 항상 하루 일과가 끝난 뒤에, 집 앞에 놓인 긴 의자에 앉아 그 시들을 읽었다. 그 자리는 오래 전부터 그가 큰 바위 얼굴을 쳐다보며 사색에 잠기는 곳이었다.

그리고 그는 지금 자기의 영혼에 깊은 충격을 주는 그 시들을 읽으면서 고개를 들어 인자하게 미소 짓고 있는 그 거대한 얼굴을 쳐다보았다.

"위대한 벗이여! 이 사람이야말로 그대를 닮을 자격이 있는 사람이 아닙니까?"

그는 큰 바위 얼굴을 향해 중얼거렸다.

그 얼굴은 미소를 지었지만 아무런 대답이 없었다.

한편 어니스트의 소문을 들은 이 시인은, 배우지 않은 지혜와 고아한 순수성을 간직하고 있는 그의 인격을 사모했다. 그래서 비록 멀리 떨어져 있었지만 어니스트를 무척 만나고 싶어 했다.

마침내 어느 여름 아침, 그 시인은 기차를 타고 어니스트의 집에서 멀지않은 곳에 내려 그의 집에 찾아가 하룻밤 묵으려고 했다.

집 앞에 다가가니, 점잖은 노인이 책을 읽다가 책갈피에 손가락을 끼운 채 큰 바위 얼굴을 쳐다보고 또 그 책을 들여다보고 하는 모습이 보였다.

"안녕하십니까? 저는 지나가는 나그네입니다. 하룻밤 묵어갈 수 있겠습니까?"

시인이 말했다.

"예, 그렇게 하십시오."

하고 어니스트는 웃으면서,

"저 큰 바위 얼굴이 저처럼 다정한 얼굴로 손님을 맞이하는 것을

고아(高雅)하다 뜻이나 품격 따위가 높고 우아하다.

본 적이 없답니다."

하고 말했다.

시인과 어니스트는 서로 이야기를 주고받았다. 시인은 전에도 재치 있고 지혜로운 사람들과 이야기를 나누어 본 적이 있었으나, 어니스트와 같이 사상과 감정이 자유자재로 우러나오고, 소박한 말씨로 위대한 진리를 그렇게 알기 쉽게 이야기하는 사람을 만나 본 적이 없었다.

한편 어니스트는 그 시인이 마음속에서 쏟아낸 즐겁고 아름다운 살아 있는 이미지에 감동을 받고 동요되었다.

이 두 사람의 감정은 혼자서는 얻지 못했던 것들을 서로에게 가르쳐 주었다. 어니스트는 시인의 말을 들으며, 마치 산 위의 큰 바위 얼굴도 그의 이야기를 들으려고 몸을 앞으로 굽히고 있는 것 같다고 생각했다. 그는 열심히 시인의 빛나는 눈을 들여다보았다.

"비범한 재주를 가진 손님께서는 대체 누구십니까?"

하고 어니스트가 물었다. 그러자 시인은 어니스트가 읽고 있던 책에 손을 얹으며,

"당신께서 이 시들을 읽으셨다면 저를 아실 겁니다. 제가 이 책을 지은 사람입니다."

하고 시인이 대답했다.

어니스트는 다시 한 번 시인을 유심히 살핀 뒤, 큰 바위 얼굴을 쳐다보고는 이상하다는 듯 다시 그 시인을 쳐다보았다. 그리고 그의

사상 어떠한 사물에 대하여 가지고 있는 구체적인 사고나 생각. 판단, 추리를 거쳐서 생긴 의식 내용. 동요 물체 따위가 흔들리고 움직임. 생각이나 처지가 확고하지 못하고 흔들림. 비범한 보통 수준보다 훨씬 뛰어난.

얼굴에는 실망하는 빛이 떠올랐다. 그는 머리를 흔들며 한숨을 내쉬었다.

"무엇 때문에 슬퍼하십니까?"

시인이 물어보았다.

"저는 일생 동안 예언이 이루어지기를 기다리고 있었습니다. 그리고 제가 이 시들을 읽으면서 이러한 시들을 쓰신 분이야말로 바로 예언을 실현시켜 주실 분이 아닐까 하고 생각했었습니다."

어니스트가 대답했다.

시인은 엷은 미소를 띠며 이렇게 말했다.

"당신은 제게서 큰 바위 얼굴과 비슷한 점을 찾으려고 했다는 말씀이신가요? 이제 보니 개더골드나 올드 블러드 앤 선더, 올드 스토니 피즈와 같이 저에게도 역시 실망을 했단 말이군요. 그렇습니다. 저 또한 예언의 주인공이 아닙니다. 저 역시 앞의 세 사람과 마찬가지로 당신에게 또 하나의 실망만 안겨 드렸을 뿐입니다. 참으로 부끄럽고 슬픈 이야기이지만 저는 저 인자하고 장엄한 얼굴과는 감히 비교할 수 없는 인간입니다."

"왜요? 이 책에 담긴 생각이 신성하지 않다는 말씀인가요?"
하고 어니스트는 책을 가리켰다.

"그 시들에는 신의 뜻을 전하는 것이 있습니다. 하늘나라 노래의 먼 메아리 정도는 들릴 것입니다. 친애하는 어니스트씨! 그러나 저의 삶은 저의 사상과 일치하지 못했습니다. 저 또한 위대한 꿈을 가

신성하다 함부로 가까이할 수 없을 만큼 고결하고 거룩하다.

졌지만, 그것들은 단지 꿈으로 그치고, 저는 빈약하고 천한 현실 속에 살기를 선택하여 그렇게 살아왔습니다. 솔직히 말씀 드리면 '장엄'이라든지, '선'이나 '미'에 대하여 제 자신이 신념을 가지지 못하는 경우도 있었습니다. 그러니 순수한 선과 진리를 찾으려는 당신의 눈이 저에게서 큰 바위 얼굴을 찾을 수 있겠습니까?"

시인은 두 눈에 눈물을 머금고 슬프게 대답했다. 어니스트의 눈에도 눈물이 고였다.

오래전부터 해 오던 대로, 해질 무렵이 되자 어니스트는 야외에서 동네 사람들에게 이야기를 하기로 되어 있었다. 그와 시인은 계속해서 이야기를 주고받으며 그곳으로 걸어갔다. 그곳은 나지막한 산에 둘러싸인 작고 구석진 곳이었다. 뒤로는 회색 절벽이 솟아 있고, 앞으로는 담쟁이덩굴들이 무성하여 줄기줄기 덩굴이 내려와 험상궂은 바위들을 마치 비단 휘장처럼 덮고 있었다. 그 평지보다 약간 높은 곳에 푸른 나뭇잎으로 둘러싸인 아늑한 곳이 있었는데, 그곳은 한 사람이 들어가서 이야기를 할 수 있을 정도의 공간이었다.

어니스트는 자연이 만든 연단에 올라가서, 따뜻하고 다정한 웃음을 띠며 청중들을 둘러보았다. 그들은 저마다 편한 자세를 취하고 있었다. 서산에 기울어져 가는 해는 그들의 모습을 비춰 주고, 오래된 나무가 울창하여 햇빛이 잘 통하지 않는 숲 속에 빛을 던져 주고 있었다. 또 다른 쪽을 바라보면, 그 큰 바위 얼굴이 언제나 변함없이 장엄하고 유쾌하면서도 인자한 모습으로 보였다.

휘장 천을 여러 폭으로 이어서 빙 둘러치는 장막.
연단 연설이나 강연을 하는 사람이 올라서는 단.

어니스트는 마음속에 있는 생각들을 청중들에게 이야기하기 시작했다. 그의 말은 그의 사상과 일치되어 있었기 때문에 힘이 있었고, 그 사상은 그의 생활과 조화를 이루고 있었으므로 깊이와 현실성이 있었다.

어니스트가 하는 말은 단순한 목소리가 아니고 생명의 부르짖음이었다. 그 속에는 착한 행위와 마치 순결하고 윤택한 진주가 그의 고결한 생명수에 녹아 들어간 것 같았다.

그의 이야기에 귀를 기울이고 있던 시인은 어니스트의 인격이 자기가 쓴 어떤 시보다도 더 고아하고 훌륭하다고 느꼈다.

그는 눈물 어린 눈으로 우러러 그 존엄한 사람을 바라보았다.

그리고 그처럼 온화하고 다정하고 사려 깊은 얼굴에 백발이 휘날리는 모습이야 말로 예언자와 성자다운 모습이라고 생각했다.

그때 멀리 넘어가는 태양의 황금빛 속에 뚜렷하게 큰 바위 얼굴이 보였다. 주위를 둘러싼 흰 구름은 어니스트의 이마를 덮고 있는 백발과도 같았다. 그 자비롭고 광대한 모습은 온 세상을 끌어안는 듯했다.

그 순간 어니스트의 얼굴은 자비심 섞인 장엄한 표정으로 자애로워 보였다. 시인은 참을 수없는 충동을 느껴 팔을 높이 들고 외쳤다.

"보십시오! 어니스트야말로 저 큰 바위 얼굴과 똑같습니다."

그러자 모든 사람들이 어니스트를 쳐다보았다. 그리고 그 시인의 말이 사실인 것을 알았다. 마침내 예언이 이루어졌다.

존엄 인물이나 지위 따위가 감히 범할 수 없을 정도로 높고 엄숙함.
온화하다 ①날씨가 맑고 따뜻하며 바람이 부드럽다. ②성격, 태도 따위가 온순하고 부드럽다.

하지만 할 말을 다 마친 어니스트는 시인의 팔을 잡고 천천히 집
으로 돌아가면서, 아직도 자기보다 더 현명하고 착한 사람이 큰 바
위 얼굴과 같은 모습을 가지고 곧 나타나기를 바라고 있었다.

Nathaniel Hawthorne

주인공 어니스트는 어렸을 때 어머니로부터, 언젠가 이 마을에서 숭고하고 웅장하며 다정한 얼굴을 지닌, 전 인류를 사랑으로 품고 있는 큰 바위 얼굴을 닮은 위대한 인물이 태어날 거라는 전설을 들어요. 그때부터 어니스트는 가슴속에 그 사람을 꼭 만나고 싶다는 생각을 키우며 자라게 되지요.

세월이 흐르면서 엄청난 부자, 수많은 전쟁을 승리로 이끈 전쟁 영웅, 저명한 정치가 등 여러 사람이 예언의 인물이라는 소문이 들려요. 그러나 어니스트의 눈에 비친 그 사람들의 모습은 실망스럽게도 예언의 주인공이 아니었어요. 한때 큰 바위 얼굴을 닮았다고 칭송받던 인물들도 끝내 사람들에게 실망을 안겨 주었고 조금씩 부족한 위인들이 나타나고 사라지는 동안 오랜 시간이 흘렀습니다.

그 사이 어니스트는 백발의 노인이 되었고, 긴 인생을 살면서 겪어 온 시련을 통해 많은 지혜를 얻었으며 현명하고 고결한 성품을 가진 성숙한 사람이 되었습니다. 그의 넉넉한 인품과 자애로운 미소, 지혜로운 생각은 자연스럽게 주변의 사람들을 감동시켰고 이것을 계기로 어니스트는 많은 사람들로부터 존경을 받게 됩니다.

때마침 그 고장에서 태어난 유명한 시인이 어니스트의 소문을 듣고 그를 만나러 찾아와요. 그 시인은 어니스트가 마을 사람들에게 전하는 설교를 듣다가 그의 얼굴에서 큰 바위 얼굴의 모습을 발견하고 어니스트야말로 큰 바위 얼굴을 닮은 사람이라고 소리쳤어요.

그때 어니스트의 모습을 본 모든 사람들은 예언의 주인공은 바로 어니스트라는 것을 깨닫게 되어요.

이 작품은 호손이 즐겨 다루는 주제 '도덕'의 문제를 이야기하고 있어요. 위대한 인물이란 부나 명예를 가진 성공한 사람이 아니라, 삶 속에서 얼마나 진실하고 성실한 태도로 임하는지 다른 사람을 배려하고 사랑을 직접 행동으로 실천하는지에 따라 가치 있는 삶을 살 수 있다고 강조하고 있습니다.

주인공 어니스트는 산골 소년으로 학교 교육도 제대로 받지 못하고 평생 태어난 골짜기 마을 안에서만 산 평범한 인물이지요. 그러나 그는 큰 바위 얼굴을 스승 삼아 그 얼굴에 깃든 품격 높은 사상과 지혜를 배워 나가고, 인자하고 충실하며 지혜로운 인격자로 성숙해 나가요. 마을 사람들은 겉으로 드러나는 성공에 마음을 빼앗겨 부자, 전쟁·영웅, 정치가 등을 예언의 인물로 지목합니다. 사람들은 그렇게 위인들을 추켜세우며 칭송했지만, 그들 역시도 말과 행동이 일치하지 않는 거짓된 삶을 살다 간 사람이었다는 것을 뒤늦게 깨닫게 됩니다.

큰 바위 얼굴 예언에 대한 기대가 차츰 사라져 갈 무렵, 너무나도 평범한 어니스트가 그토록 사람들이 기다려 왔던 그 예언의 주인공임을 알게 되지요.

이 작품은 상징과 비유에 탁월한 호손의 문학적 특징이 잘 나타나 있습니다. 소설의 제목이기도 한 〈큰 바위 얼굴〉 자체가 상징과 비유를 나타내는 대표적인 예입니다. 큰 바위 얼굴이 자연적인 형상이라는 것과 멀어질수록 그 모습이 뚜렷해진다는 표현은 앞으로 나타날 예언의 인물을 짐작케 하지요.

다시 말해서 작가는 큰 바위 얼굴이라는 상징물을 통해 어니스트의 모습을 넌지시 그려내고 있습니다. 자연과 일체되어 살아가는 그를 통해 말과 사상, 생활이 일치하는 삶을 살아가는 사람이야말로 진정 위대한 인물이라는 교훈을 전해 주고 있어요.

배경 지식

1. 소설 속에서 배경의 역할이란?

배경이란, 행위나 사건이 일어난 시간과 장소를 말합니다. 배경은 작품의 분위기를 적절하게 형성하여 인물과 사건을 생생하고 구체적으로 느낄 수 있게 하는 역할을 하지요. 때로는 주제를 구체적으로 전달하는 데 도움을 주고 등장인물의 성격을 부각시키기도 합니다.

〈큰 바위 얼굴〉을 보면, 산 정상에 있는 큰 바위 얼굴의 모습이나 마을의 풍경을 자세히 그려낸 부분이 많아요. 이런 식으로 작품 배경을 정성스레 설정을 해두면 작품에는 생동감이 생겨나고, 어니스트가 사는 마을이 마치 실제로도 존재하는 것처럼 느껴진답니다.

특히 어니스트가 연설하는 마지막 장소에 대한 묘사는 장중하면서도 온화한 분위기를 이루고 있어서 극중 인물 어니스트의 성격과 잘 조화됩니다. 끊임없는 성찰을 통해 성숙해지고, 인격을 수양하고, 그렇게 생각과 말과 생활이 일치하는 사람이야말로 훌륭한 사람이라고 믿는 작가는 이 작품의 배경을 통해서도 간접적으로 글의 주제를 전하고 있습니다.

2. 큰 바위 얼굴이 실제로 존재할까요?

미국 뉴 햄프셔주의 화이트 산맥에 자리 잡고 있는 캐논 산에 가면 큰 바위 얼굴이 있습니다. 1832년, 작가 나다니엘 호손이 이 곳을 방문했다가 큰 영감을 받고, 노년에 〈큰 바위 얼굴〉이라는 단편소설을 쓰게 됐다고 해요. 가까이에서 보면 그저 돌덩어리일 뿐이지만 멀리서 바라보면 선이 굵직하게 생긴 남자를 닮았다고 합니다. 아쉽게도 큰 바위 얼굴은 지난 2003년 5월 3일 자연적으로 붕괴되어 사라져버렸고, 지금은 그 흔적만이 남아 있습니다.

1. 어니스트에게 〈큰 바위 얼굴〉은 어떤 존재인가요?

2. 사람들은 큰 바위 얼굴 예언의 주인공이라고 생각하며 부자, 군인, 정치가에게 존경을 표했지만, 어니스트는 예언에 못 미치는 인물이라고 생각했습니다. 아래 보기를 보고 어니스트가 그들에게 실망했던 이유를 연결해 보세요.

말솜씨가 좋은 정치가 •

• 거지들에게 동전 몇 닢을 던져주던 탐욕스러운 개더골드의 얼굴을 보고

백전노장의 군인 •

• 삶과 사상이 일치하지 않아서

어마어마한 부자 •

• 선량한 지혜와 넓고 깊고 따사로운 자비심을 찾아볼 수 없어서

어니스트를 알아본 시인 •

• 현실성 있는 높은 목적을 가지지 못한 그에게서 공허함이 느껴져서

3. 평소에 존경해왔던 사람의 이름을 한번 적어 보세요. 그 사람의 어떤 점이 대단하다고 느꼈는지, 그리고 그 사람이 갖고 있는 많은 장점 중에 특히 어떤 부분을 닮고 싶은지 자세한 이유도 함께 써 보세요.

• 내가 존경하는 사람 :

• 닮고 싶은 모습 :

Edgar Allan Poe

검은 고양이

에드거 앨런 포(Edgar Allan Poe, 1809~1849)

미국의 시인이자 소설가이며 문학평론가. 미국 보스턴에서 유랑극단을 하는 부모 아래에서 태어난 그는 3세에 부모를 여의고 앨런 가에 입양되어 자랐어요. 17세에 버지니아 대학에 입학했으나 술과 도박 등으로 빚을 지고 퇴학당했으며, 그 후 40세의 나이로 거리에서 죽음을 맞을 때까지 절망과 가난 등 경제적인 문제에 시달리며 힘겨운 삶을 살았습니다.

그는 추리소설, 탐정소설 영역을 개척한 작가로 특히 유명하답니다. 뛰어난 추리력과 구성, 암울한 공포의 감정들이 뒤섞여 있는 환상적인 그의 작품 세계는 그의 실생활과 깊은 관계를 가지고 있지요. 의외의 결말과 환상적이면서도 괴기스러운 독특한 작품세계를 만들었지요. 프랑스의 상징파 시인 보들레르는 그의 작품에 큰 감동을 받아 극찬을 하며 번역하고 소개하는 데 앞장서기도 했습니다.

대표작품으로는 소설 〈황금벌레〉, 〈어셔 가의 몰락〉, 〈모르그 가의 살인사건〉, 〈검은 고양이〉, 〈병속의 수기〉, 〈도둑맞은 편지〉 등이 있고, 시 〈애너벨 리〉, 〈애니를 위하여〉, 〈갈가마귀〉 등이 있어요.

지금부터 내가 하려는 이야기는 아주 끔찍하고도 솔직한 이야기이다. 나는 이 이야기에 대해 다른 사람들이 믿어 주기를 바라지도 않을 뿐만 아니라 믿어 달라고 애원하지도 않겠다.

내가 겪었으면서도 나 자신도 믿기 어려운 일을 다른 사람에게 믿어 달라고 한다면 그것은 미치광이나 다름없을 것이다.

나는 미치지 않았고, 꿈을 꾸고 있는 것도 아니다.

어차피 나는 내일이면 이 세상을 떠날 신세이기 때문에 내 영혼의 무거운 짐을 훌훌 털어 버리고 싶을 뿐이다.

나는 평범한 한 가정에서 일어난 사건을 있는 그대로 솔직하게, 되도록 간결하게 세상 사람들에게 알려 주고 싶다.

이 사건은 나를 공포에 떨게 했고, 결국에는 나를 파멸시키고야 말았다. 하지만 그 사건이 일어난 이유는 설명하고 싶지 않다. 그 사건을 두고 나는 단지 공포감만 느꼈지만 다른 사람들은 공포보다는 오히려 기괴한 일이라고 여길 수도 있다.

나는 어린 시절부터 너무 온순하고 인정이 많았는데, 때로는 그 여린 마음 때문에 친구들의 놀림감이 되기도 했다.

유난히 동물을 좋아하는 나에게 부모님은 여러 종류의 애완동물을 사다 주셨다. 나는 대부분의 시간을 동물들을 돌보며 지냈으며, 그들에게 먹이를 주거나 머리를 쓰다듬어 줄 때 큰 즐거움을 느끼곤 했다. 그 후 어른이 되어서도 나는 여전히 동물들을 좋아했다.

충실하고 영리한 개를 길러본 적이 있는 사람은 동물들이 얼마나

파멸 파괴되어 없어짐.
기괴하다 외관이나 분위기가 괴상하고 기이하다.

의리가 있는지 잘 알 것이다. 인간들이 그들의 변하기 쉬운 감정에 실망하고 돌아설 때도 동물들은 사람의 마음에 감동과 사랑을 주는 존재이다.

나는 일찍 결혼했는데, 다행히 아내도 나처럼 동물을 좋아했기 때문에 기회만 있으면 여러 가지 귀여운 동물을 사들였다.

우리는 새, 금붕어, 개, 토끼, 작은 원숭이, 그리고 고양이 한 마리를 길렀다. 우리 집 고양이는 몸집이 크고 온몸이 새까맣고 아름다운데다가 놀랄 만큼 영리했다. 그래서 아내는 그 고양이를 두고 마녀가 둔갑한 것일지도 모른다고 했다.

그 녀석의 이름은 플루토였다. 플루토는 나의 가장 친한 장난 친구였다.

내가 직접 먹이를 주어서인지 플루토는 내가 가는 곳마다 졸졸 따라다녔다. 심지어 내가 외출할 때도 따라오려고 해서 떼어 놓느라 여간 힘든 게 아니었다. 이처럼 나와 플루토는 몇 년 동안 사이좋게 지냈다. 그런데 그동안 나의 술버릇은 점점 심해져 조금씩 성격이 변해갔다. 나는 날이 갈수록 침울해지고 포악해졌으며, 다른 사람의 감정 따위는 전혀 생각하지 않게 되었다.

아내에게도 함부로 욕을 했으며, 주먹질까지 했다. 물론 내가 돌봐 주던 동물들에게도 마찬가지였다. 나는 그것들을 돌보기는커녕 학대했다. 개나 원숭이가 반가워 달려오면 발로 걷어차거나 던져 버렸다. 하지만 플루토에게만은 그렇게 할 수 없었다. 하지만 나의 술

주정은 날로 심해져 마침내 플루토에게마저 손찌검을 했다.

어느 날 밤, 나는 머리끝까지 술에 취해 집으로 돌아왔는데 그날 따라 플루토가 나를 슬슬 피하는 것 같았다. 그래서 달아나려고 하는 그 녀석을 붙잡았다. 그러자 깜짝 놀란 플루토는 발버둥 치다 날카로운 이빨로 내 손에 작은 상처를 내고 말았다. 그 순간 나는 악마 같은 분노가 치밀어 올랐다. 이성을 잃은 나는 외투주머니에서 칼을 꺼내어 불쌍한 플루토의 목을 잡고 한쪽 눈을 도려냈다. 그때의 잔인무도한 행동을 떠올리면 지금도 얼굴이 화끈거리고 온몸이 덜덜 떨린다.

다음날 아침, 술이 깨자 나는 정신을 차렸다.

그리고 내가 저지른 죄에 대한 공포와 후회의 감정을 반반씩 느꼈다. 그나마 그런 마음도 잠시뿐 내 마음은 달라진 것이 없었다. 나는 여전히 주정뱅이 생활을 계속했고, 그 잔인한 사건의 기억들도 모두 술로 인해 잊혀 갔다.

그러는 동안 플루토의 상처는 점점 아물어갔다. 눈알이 없는 눈은 보기에 너무도 끔찍했지만, 이제 플루토는 별로 아프지 않은 것 같았다. 그리고 예전처럼 집안을 이리저리 돌아다녔지만 내가 가까이 가기만 하면 겁을 먹고 멀리 달아났다.

지난날 나를 따르던 동물이 이렇게까지 변했다는 사실은 나를 아주 슬프게 했다. 그러나 그런 감정조차 분노로 바뀌어 플루토가 괘씸해지기 시작했다. 그 분노는 나의 이상한 충동을 부추겼고, 마침

충동 ①순간적으로 어떤 행동을 하고 싶은 욕구를 느끼게 하는 마음속의 자극. ②어떤 일을 하도록 남을 부추기거나 심하게 마음을 흔들어 놓음.

내 돌이킬 수 없는 일을 저지르고 말았다. 이런 뒤틀린 감정이 나를 최후의 파멸의 구렁텅이까지 몰아넣었다. 아무 죄도 없는 플루토를 계속 괴롭히고 모진 학대를 계속했다.

어느 날 아침, 나는 플루토의 목을 줄로 묶어 나뭇가지에 매달아 버렸다. 마음속으로 눈물을 흘리며 후회하면서도 목을 매단 것이다. 나는 플루토가 나를 사랑했고 정말 내게 아무런 해도 끼치지 않았다는 것을 잘 알고 있었다. 그러나 나는 결국 플루토를 죽이는 용서받을 수 없는 일을 저질렀다. 자비로운 하느님도 이런 나를 용서치 않을 것이다.

그런 잔인한 짓을 저지른 날 밤이었다.

나는 "불이야!" 하고 누군가 고함치는 소리에 잠이 깨었다.

불길은 이미 침실까지 번져 내 침대 커튼을 태우고 있었다. 집은 온통 불길에 휩싸였고, 나와 아내 그리고 하인들은 간신히 화염 속을 빠져나왔다. 나의 전 재산은 잿더미가 되었고 나는 더욱 더 깊은 절망감에 빠졌다.

화재가 난 다음날, 나는 불타 버린 자리에 가 보았다. 집은 이상하게도 벽 하나만을 남겨 놓고 모두 무너져 내렸는데, 그 남은 벽은 방 중앙에 있는 내 침대와 가까운 곳에 있는 것이었다. 석회를 바른 지 얼마 안 되어 아직 덜 마른 탓에 불에 견딘 것 같았다.

그런데 그 앞에서 많은 사람들이 모여 웅성거리고 있었다.

"정말 이상하군, 신기한데!"

화염 타는 불에서 일어나는 붉은빛의 기운.

나는 사람들 사이를 뚫고 그곳으로 가 보았는데 이게 웬일인가! 새로 바른 벽 위에 마치 조각이라도 한 듯 큰 고양이의 모습이 새겨져 있었다. 게다가 놀랍게도 고양이의 목에는 밧줄이 감겨 있었다. 처음에 나는 내 눈을 의심했지만 다음 순간 나는 놀라움과 공포에 떨었다. 나는 지난밤의 일을 떠올려 보았다.

'불이 났을 때 사람들이 마당에 잔뜩 모여들었고, 그중 한 사람이 나를 깨우기 위해 그 죽은 고양이를 나무에서 내려 열린 창을 통해 내 방으로 내던진 게 분명해. 고양이의 시체는 새로 바른 벽에 부딪혀 박힌 걸 거야. 그래서 벽의 석회분과 시체에서 나오는 암모니아 가스 열을 받아 이런 형태를 남기게 된 걸 거야……'

그러나 그렇게 이성적으로 생각해도 내 안의 공포는 쉽게 사라지지 않았다. 그 후 나는 여러 달 동안 플루토의 환영에 시달렸고, 죄책감 때문에 괴로워했다.

그래서 나는 플루토를 대신할 만한 고양이를 찾기 시작했다.

어느 날 밤, 나는 술집에서 술에 취한 채 앉아 있었다. 그때 큰 술통 위에 검은 물체가 웅크리고 있는 것이 갑자기 눈에 띄었다. 아까부터 그 술통을 바라보고 있었는데, 그때는 그것이 보이지 않았다. 나는 가까이 가서 만져 보았는데, 그것은 아주 큰 고양이였다. 그 고양이는 플루토와 매우 비슷했다. 다만 플루토는 온 몸이 검은 털로 뒤덮였지만, 이 녀석은 가슴팍에 하얀 털이 나 있다는 것이 조금 달랐다.

내가 쓰다듬자, 그 고양이는 곧 일어나 목을 길게 늘이며 내 손에 몸을 비벼대며 기뻐하는 듯했다. 바로 내가 찾던 고양이였다. 나는 술집 주인에게 그 고양이를 사겠다고 했다. 그러자 주인은 그 고양이는 자기네 것이 아니며 어디서 왔는지도 모르고 전에 한 번도 본 적이 없다고 말했다.

내가 고양이를 쓰다듬어 주다가 집에 돌아가기 위해 일어서자 그 고양이도 나를 따라 몸을 일으켰다. 나는 고양이가 따라오도록 그냥 내버려 두었다. 집으로 돌아왔을 때 아내도 무척 반가워했고 우리는 금방 한 식구가 되었다.

그러나 나는 얼마 안 가 그 고양이에게도 싫증을 느꼈다. 고양이가 나를 따르는 것이 불쾌하고 진저리까지 났다. 갈수록 이 불쾌감과 혐오감은 점점 증오로 바뀌었다. 나는 플루토의 죽음이 자꾸만 생각나 다시 그런 일을 저지르지 않기 위해 그 고양이를 슬슬 피해 다녔다.

그 후 여러 주일 동안은 고양이를 때리거나 학대하지 않았다. 하지만 점점 그 고양이를 볼 때마다 이루 말할 수 없는 증오심을 갖게 되었다.

그 검은 고양이를 집으로 데리고 온 다음날, 나는 그 고양이가 플루토처럼 한쪽 눈이 없다는 것을 알았다. 나는 섬뜩했지만 아내는 그 고양이를 불쌍히 여겨 더욱 잘해 주었다. 아내는 인정이 넘치는 사람이었다. 실은 예전에 나도 그랬다.

그런데 그 고양이는 내가 싫어하면 할수록 나를 더 따랐다.

내가 의자에 앉으면, 의자 밑에서 웅크리고 있다가 무릎 위로 뛰어 올라 내 손을 핥거나 몸을 비벼댔다. 그리고 내가 걸어가려고 하면 어느새 내 두 다리 사이로 들어와 걸려 넘어질 뻔한 적도 있으며, 때로는 길고 뾰족한 발톱으로 내 옷에 매달려 가슴까지 기어 올라오는 바람에 옷이 찢어지기도 했다.

나는 그 모든 것이 너무나 증오스러워 그럴 때마다 그 고양이를 때려죽이고 싶었다. 하지만 꾹 참았다. 지난 번 플루토의 기억이 떠올랐기 때문에 그럴 수가 없었다. 솔직하게 말하면, 까닭 없이 그 고양이가 정말 무서웠다.

아내는 내게 고양이의 가슴에 있는 하얀 털이 좀 이상하다고 말했다. 이 하얀 털은 처음엔 희미했었는데 시간이 갈수록 그 형태가 뚜렷해졌다. 오랫동안 나는 그것을 대수롭지 않은 헛된 상상이라고 여기려 했지만, 그것은 등골이 오싹해지도록 무시무시한 교수대의 모습이었다. 나는 밤낮으로 공포에 떨어야 했다.

낮에는 고양이가 잠시도 내 곁을 떠나지 않았고, 한밤중에는 그 녀석이 내 얼굴 위로 뜨거운 입김을 내뱉고 있었기 때문이다.

밤마다 악몽에 시달리느라 잠을 이룰 수가 없었다. 내가 벗어날 수 없는 힘으로 그 녀석이 내 마음을 꼼짝도 못하게 짓누르는 것 같았다.

이렇게 괴로운 날들이 계속되자 내 마음 속에 아련히 남아 있던

교수대 교수형을 받은 사람의 목을 매어 죽이는 대(臺). 또는 그 장치.

양심마저도 그만 사라져 버리고, 잔혹한 생각만이 내 마음속에 쌓이게 되었다. 내 성질은 점점 변해 모든 사물, 모든 인간들을 미워하기 시작했다. 나 자신조차도 내 감정을 억제하지 못할 정도로 나는 난폭해져갔다. 착한 아내에게도 이유 없이 화를 냈다. 우리는 찌든 가난 때문에 낡고 오래된 집에 살고 있었는데, 어느 날 나와 아내는 물건을 꺼내기 위해 낡은 지하실로 내려가게 되었다. 늘 그랬듯이 그 고양이도 가파른 계단을 쫓아 내려왔는데, 고양이가 발에 걸려 하마터면 내가 지하실 바닥에 거꾸로 처박힐 뻔했다. 나는 너무나 화가 나서 참을 수가 없었다. 나는 지하실에 있던 도끼를 집어 들고 그 고양이를 내리치려 했는데, 그때 아내는 애원하며 나를 말렸다. 갑자기 나는 나를 방해하는 아내에게 분노가 폭발했다. 순간 나는 아내의 손을 뿌리치고 그 고양이 대신 아내의 머리를 도끼로 내리찍었다. 그녀는 비명도 지르지 못하고 그 자리에서 죽고 말았다.

그런 끔찍한 살인을 저지르고 나서도 나는 주저하지 않고 곧 아내의 시체를 감출 방법을 생각하기 시작했다. 사람들의 눈에 띄지 않고는 시체를 집밖으로 가지고 나갈 수 없었다.

내 머릿속에는 여러 가지 생각이 떠올랐다.

'시체를 불에 태워 버릴까, 그렇지 않으면 지하실 마루 밑에 구멍을 파고 거기에 묻어 버릴까, 아니면 마당 우물에 던져 버릴까, 그것도 아니면 상자에 넣고 포장해 인부를 시켜 집 밖으로 실어 보낼까.'

그러다가 마침내 정말 좋은 방법이 생각났다.

중세의 사제들은 그들이 죽인 희생자를 벽에 묻었다는 이야기가 전해지는 것처럼 나도 벽과 벽 사이에 시체를 넣고 발라버릴 생각을 한 것이었다.

그런 일을 하기에 우리 집 지하실은 안성맞춤이었다.

지하실 벽은 아무렇게나 쌓아올린 엉성한 흙벽이었고 최근에 칠을 한 것이 습기 때문에 아직 굳지도 않았던 것이다. 더욱이 벽한 쪽은 연통과 난로를 묻어 놓아 그 부분은 툭 튀어 나와 있었다.

벽돌을 떼어내고 시체를 집어넣은 다음, 다시 벽을 원래대로 막아 버리면 감쪽같을 것 같았다.

내 계획은 빈틈이 없었다. 쇠막대기로 쉽게 벽돌을 떼어 시체를 안쪽 벽에 기대 세운 후, 아주 간단하게 그 전처럼 벽돌을 쌓아 올렸다. 그리고 시멘트와 모래를 섞어 원래대로 벽돌과 벽돌 사이를 꼼꼼히 발랐다.

일을 끝낸 후 나는 아주 만족스러워 하며 안도감을 느꼈다. 그 벽은 전혀 다시 바른 것 같지 않게 완벽해서 처음과 똑같은 상태가 되었다. 나는 주위 쓰레기들을 치우며 흐뭇하게 지하실을 둘러보았다. 그 다음으로 할 일은 일을 이렇게 만든 고양이를 찾는 일이었다.

나는 당장 그 녀석을 찾아 죽여 버려야겠다고 생각했다. 그때 만약 그 고양이가 눈에 띄었더라면 플루토처럼 내 손에 죽었을 텐데 그 교활한 녀석은 내가 몹시 화가 난 것을 알고 어딘가로 숨어버렸다. 어쨌든 고양이가 사라지고 나자 나는 마음이 홀가분해졌다.

사제 종교인. 주교와 신부를 통틀어 이르는 말.

그 고양이는 밤이 되어도 나타나지 않았다. 그래서 살인이라는 엄청난 죄를 저질렀음에도 그날 밤은 모처럼 잠을 푹 잘 수가 있게 되었다.

그 후 며칠 동안이나 고양이는 나타나지 않았다. 나는 비로소 자유로워졌다는 생각에 안도감이 느껴졌다. 나는 그 괴물이 영원히 사라졌다고 생각하니 정말 즐겁고 행복했다.

나는 내가 저지른 일에 대해 어떤 죄의식이나 불안도 느끼지 않았다. 사람들이 아내에 대해 물으면 대충 얼버무리거나 쉽게 둘러댔다. 또 어떤 사람은 우리 집에 들러 살펴보기도 했지만 아무것도 발견 되지 않았다. 나는 앞으로 계속해서 행복할 것이라고 생각했다.

아내를 죽이고 나흘째 되던 날, 갑자기 경찰들이 들이닥쳐 다시 한 번 가택 수색을 했다. 그러나 나는 절대 시체를 찾지 못할 것이라고 확신했기 때문에 조금도 긴장하지 않았다. 경찰들은 나와 함께 동행 하며 집안을 샅샅이 뒤져 보았다. 그리고 마침내 그들이 지하실로 내려갔지만 나는 조금도 떨리지 않았다. 나는 팔짱을 끼고 유유히 지하실을 왔다갔다했다. 경찰들은 이상한 점을 찾지 못하자 돌아가려 했다. 나는 억제할 수 없을 정도로 기뻤다. 나의 무죄는 증명되었지만, 나는 나의 결백을 더 확실하게 해두고 싶은 욕망이 끓어올라 한마디 하지 않고는 배길 수가 없었다.

그래서 경찰들이 계단을 올라가려 할 때, 참다못한 나는 그들을 불러 세웠다.

가택 사람이 살고 있는 집. 또는 살림하는 집.

"무엇보다 저에 대한 의심이 풀려 기쁩니다. 그런데 여러분, 보시다시피 이 집은 말이오, 아주 튼튼하게 만들어졌지요. 기가 막히게 잘 지어진 집이라고 할 수 있어요. 이 벽만 봐도 얼마나 견고한지 알 수 있어요."

나는 쓸데없는 말을 늘어놓기 시작했다. 그렇게 흥분한 나는 말을 멈추고 지팡이를 들어 힘껏 벽을 후려쳤다. 그 벽은 바로 아내의 시체가 숨겨져 있는 벽이었다.

그러자 벽을 내리친 메아리가 채 가시기도 전에 난데없이 벽안에서 대답하는 듯한 소리가 들려왔다. 처음에는 어린아이의 울음소리 같았는데, 갑자기 아주 이상하고도 괴상한 비명소리로 변하여 계속 들렸다. 그것은 지옥의 비참한 신음소리이며, 악마의 목소리 같았다. 공포와 승리가 반반씩 섞인 울부짖음이었다.

나는 정신이 아득해져 비틀거리며 반대쪽 벽에 기대어 섰다. 계단을 올라가던 경찰들도 놀라서 잠시 우두커니 서 있더니, 곧 정신을 차리고 벽을 허물기 시작했다.

벽은 순식간에 무너져 내렸다. 그때 우리 눈앞에 나타난 것은 벽안에 서 있는 아내의 시체였다. 시체는 이미 썩어서 피와 살이 말라 붙어 있었다. 그런데 놀랍게도 시체 위에는 검은 고양이 한 마리가 앉아 있었다. 그 고양이는 시뻘건 입을 크게 벌리고 무섭게 빛나는 한쪽 눈을 부릅뜨고 나를 노려보고 있었다.

내가 끝내 죽이지 못하고, 나를 살인이라는 끔찍한 죄를 짓게 만

견고 ①굳고 단단함. ②사상이나 의지 따위가 흔들림 없이 확고함.

든 그 고양이. 결국은 그 고양이 때문에 나는 사형수가 되어 교수대
에 끌려가게 된 것이다. 나는 그 괴물을 아내의 시체와 함께 벽 속에
넣고 발라버렸던 것이었다.

Edgar Allan Poe

작품 줄거리

성격이 온순하며 유난히 동물을 좋아하는 '나'는 결혼 후에도 아내와 함께 여러 동물들을 키우며 삽니다. 그중에 가장 아끼던 것은 플루토라는 검은 고양이였지요.

그런데 온순했던 나는 술 때문에 성격이 점점 포악해지면서 동물들을 학대하며 아내에게 욕설과 손찌검을 합니다.

어느 날 술에 취해 집에 온 나는 칼로 플루토의 한쪽 눈을 도려내 버리고, 얼마 뒤에는 아예 플루토를 나무에 목매달아 죽이고 말아요. 그 후 죄책감과 공포에 시달리던 나는 술집에서 플루토와 너무도 닮은 고양이를 만나 집에 데려오게 되지요. 그 고양이는 나를 몹시 따랐지만 그럴수록 그 고양이에 대한 미움과 공포심은 심해져만 갑니다.

그러던 어느 날, 나는 지하실에 볼일이 있어 아내와 함께 내려가다가 고양이에 걸려 계단에서 넘어질 뻔한 것 때문에 극도로 화가 나 도끼로 그 고양이를 죽이려 합니다. 하지만 그것을 말리는 아내를 보고 흥분된 감정을 주체하지 못해 그만 살인이라는 크나큰 죄를 짓고 말아요. 그러고는 시체를 지하실의 벽 속에 감쪽같이 감춥니다. 그 후 고양이는 온데간데없이 사라져 버렸고요.

며칠 후 경찰이 나의 집을 수색하던 중 벽 속에서 소름 돋는 소리가 들려옵니다. 벽을 허물어 보니 그 속에는 어디론가 사라진 것으로 알았던 검은 고양이가 아내의 시체 위에서 시뻘건 입을 쩍 벌리고 앉아 있는 것이었어요.

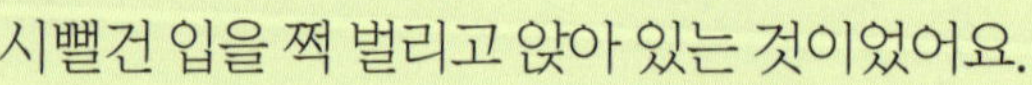

이 작품은 고백 형식을 띤 1인칭 소설로 주인공의 내면 세계를 잘 나타내고 있어요. 인정 많고 온순했던 주인공의 성격이 술로 인해 포악해지고 마침내 끔찍한 범죄를 저지르고 맙니다. 그러면서 주인공이 겪는 양심의 가책, 우울, 분노, 슬픔 등의 복잡하고도 미묘한 감정이 잘 드러나 있지요.

특히 그런 주인공의 심리는 검은 고양이를 통해 더 생생하게 표현되었습니다. 마녀의 화신이라는 전설을 가진 검은 고양이에게 그리스 신화에 나오는 지옥의 마왕 '플루토' 라는 이름을 붙여 준 점, 한쪽 눈이 도려내진 괴기스러운 모습으로 고양이를 묘사한 점, 불 탄 벽에 찍힌 고양이의 형상 등은 독자들로 하여금 공포와 전율을 느끼게 합니다.

이 작품은 자기감정을 제어 못하는 한없이 나약한 인간을 보여 주는가 하면, 한편으로는 그나마 남은 양심을 가지고 끝없이 싸워 나가는 처절한 인간의 모습을 대조적으로 보여 주고 있습니다. 에드거 앨런 포는 인간의 밑바닥에 깔려 있는 광기, 공포, 복수심과 같은 어두운 감정을 풀어내는 괴기스러운 작품을 많이 썼고, 그의 개성이 담긴 이러한 작품들은 사람들의 인정을 받아 19세기에 가장 독창적인 작품 세계를 선보인 천재 작가로 손꼽히고 있습니다.

1. 단편소설이란?

길이가 짧은 소설로 보통 200자 원고지 70매 안팎의 분량입니다. 작가는 예리하고 독특한 시선으로 인생의 단면을 관찰하고, 사람들이 대수롭게 생각하지 않는 일상생활의 순간순간들을 날카롭게 포착한 뒤 그 틈을 파고들어 독자들에게 신선한 이야기를 전합니다.

하나의 의미 있는 사건과 장면을 통해서 생겨나는 단일한 효과를 중요하게 생각하고, 워낙에 분량이 짧다보니 간결한 문장으로 상황을 서술합니다. 작품의 배경 역시도 장황하게 늘어놓는 것이 아니라 딱 필요한 만큼만 이야기를 압축해서 제시합니다. 단순한 줄거리를 토대로 단일한 주제를 독자에게 전하는 것이 대부분이며, 작가가 얼마나 치밀하게 이야기의 처음-중간-끝을 촘촘하게 구성해 두었는지에 따라 작품에 대한 평가가 달라집니다.

2. 에드거 앨런 포가 제시한 단편소설의 5가지 특징

에드거 앨런 포의 초상

에드거 앨런 포는 단편소설에 대한 많은 특징 중에 5가지 규칙을 찾아내 이렇게 정리한 바 있습니다.

두 시간 이내로 읽을 수 있는 **짧은 분량**, 유일하거나 단일한 **효과**가 작품의 세부적인 부분까지 영향을 줄 것, 군더더기 없이 이야기의 주요 부분만 제시하는 **압축성**, 현실 속 이야기인 것처럼 느껴지게 만드는 **실제성**, 끝으로 **인상적인 결말**.

특히 그는 짧지만 탄탄한 구성을 갖춘 추리소설로 이름을 날렸습니다. 독특한 심리묘사, 괴기스럽고 공포스러운 내용 때문에 사람들의 관심을 끌었습니다.

그의 작품뿐만 아니라 19세기에 발표되었던 초기의 단편소설들은 작품 안에 사건을 치밀하게 넣어두고, 사건을 보다 극적으로 터뜨리기 위해 차근차근 단계를 밟아 갑니다. 그리고 끝에 가서는 예외 없이 앞에서 예측할 수 없었던 의외의 결말이나 반전을 선사하며 독자들에게 놀라움을 주었어요.

반면 20세기 이후에 나온 단편소설들은 극적인 사건을 과하게 보여주려고

한다거나, 너무 꾸며놓은 느낌을 주는 구성, 충격적인 결말을 내세우기보다
좀 더 자연스럽고 차분한 느낌으로 이야기를 전하고 있습니다.

이 책에 모아둔 단편소설들은 오랜 시간 많은 사람들에게 사랑받아 온 유명
작가들의 명작입니다. 찬찬히 정독하면서 독자들을 놀래켜 주려고 작품 안
에 숨겨둔 작가의 치밀한 장치를 찾아내 보고, 에드거 앨런 포가 말한 단편
소설의 5가지 특징들이 두루두루 나타나 있는지도 확인해 보세요.

3. 소설의 종류

여러 가지 기준에 따라 소설을 분류할 수 있습니다. 앞서 설명한 단편소설은
'소설의 길이'를 기준으로 구분한 것이지요. 그렇다면 소설을 분류하는 다
양한 기준을 조금 더 알아보도록 할까요?

1) 소설의 길이에 따라

- **꽁트** : 단편소설보다도 짧은 소설. 인생의 한 단면을 예리하게 포착하며 그
  리는데 유머, 풍자, 재치를 담고 있다.
- **단편소설** : 길이가 짧은 형태의 소설. 보통 200자 원고지 70매 내외의 분
  량.
- **장편소설** : 구성이 복잡하고 다루는 세계도 넓으며 등장인물도 다양한 긴
  소설.
- **대하소설** : 일반적인 장편소설보다도 훨씬 긴 소설을 대하소설이라고 합
  니다. 사람들의 생애나 가족의 역사 따위를 사회적 배경 속에서
  시대의 흐름에 따라 포괄적으로 다루는 소설로, 박경리 작가가
  쓴 〈토지〉나 조정래 작가가 쓴 〈태백산맥〉 같은 작품이 이에 해
  당하지요.

2) 소설의 가치에 따라

- **순수소설** : 소설의 본질에 충실한 소설. 통속 소설이나 계몽 소설과는 상대되는 개념으로 '예술성을 추구'하는 소설을 말한다.
- **통속소설** : 일반 사람을 독자층으로 하여 읽기 쉽게 쓰인 흥미 위주의 소설. 대중소설과 비슷한 의미를 가진다.

이밖에 **문예사조**(문학작품을 창작하는 데에 근원이 되는 사상의 흐름)에 따라 사실주의, 자연주의, 낭만주의, 사회주의, 상징주의, 심리주의 소설 등으로 분류하고, **구성의 초점**에 따라 테마소설, 성격소설, 사회소설, 정치소설, 계몽소설, 심리 소설 등으로 분류하기도 합니다.

1. 이 작품에 등장하는 고양이의 이름은 플루토입니다. 플루토(하데스)는 그리스 로마 신화에서 '지옥의 신'을 뜻하는 무서운 이름이지요. 작가는 왜 고양이에게 저런 무시무시한 이름을 붙여준 걸까요? 작가의 의도를 한번 생각해 보세요.

2. 〈검은 고양이〉의 주인공 '나'는 선한 마음과 악한 마음 모두를 갖고 있는 인간의 이중성 가득한 인물입니다. 술에 빠지면서 점점 성격이 포악해지고, 결국엔 돌이킬 수 없는 잘못을 저지르고 맙니다. '나'가 비극적인 결말을 맞이하기까지 작품 전체에 깔려 있던 불길한 징조들을 아래 보기에서 찾아낸 뒤 문항 옆에 체크해 보세요.

□ 동물을 좋아하는 아내와 나
□ 불이 나던 날 새로 바른 벽 위에 박혀 있던 고양이의 사체
□ 고양이 가슴에 점점 선명해지는 교수대 모양의 흰 털
□ 고양이를 때리려 하자 그것을 말리는 부인
□ 플루토처럼 눈이 없는 술집의 검은 고양이
□ 자고 있는 동안 얼굴 위로 뜨거운 입김을 내뱉는 고양이
□ 부인의 시체를 벽에 숨기고 나니 사라진 고양이
□ 경찰이 집을 수색하러 왔을 때 벽을 내려치자 울려퍼진 어린아이의 울음 소리 같은 비명소리

Leo Nikolaevich Tolstoy

바보 이반

레오 니콜라예비치 톨스토이(Leo Nikolaevich Tolstoy, 1828~1910)

러시아의 대문호이자 사상가, 종교지도자, 사회 개척자입니다. 러시아의 야스나야 폴랴나 출신인 톨스토이는 부유한 명문 귀족 집안에서 태어났으나 일찍이 부모를 잃고 모스크바의 친척집에서 자랍니다. 카잔대학에 입학했으나 중퇴하고 농민계몽활동, 군 입대를 거치면서 창작 활동을 시작했어요.

자전적 소설 〈유년 시대〉로 소설을 쓰기 시작했고, 크림전쟁에 참전했던 체험을 토대로 쓴 〈세바스토폴리 이야기〉로 더욱 유명해졌어요. 농민 자녀를 위한 학교 건설, 교육 등에 힘쓰다가 1862년 결혼 후에는 문학에 주력하게 되어 〈안나카레리나〉, 〈 전쟁과 평화〉, 〈부활〉등 대작을 쓰게 됩니다.

노년에는 종교적 소신과 자기생활에 모순을 느끼고 집을 떠나게 되는데, 여행 도중 급성폐렴으로 사망합니다. 그는 그 당시 국가적, 사회적, 경제적 질서를 비판하며, 모든 폭력을 부정하고 기독교적 인간애와 도덕적 자기완성을 추구했어요. 앞서 언급한 작품 말고도 《인생론》, 《참회록》, 《예술론》 등의 많은 저서를 남긴 톨스토이는 현재까지도 많은 사람들에게 사랑과 존경을 받는 문학계의 큰 별입니다.

옛날 어느 나라에 재산이 많은 농부가 아들 셋, 딸 한 명과 살고 있었다. 큰 아들 세몽은 병사로, 왕을 모시고 전쟁터에 나갔으며, 둘째인 배불뚝이 탈라스는 도시에서 장사를 하고 있었다.

셋째 아들인 바보 이반은 벙어리 여동생 말라냐와 집에 남아 하루 종일 집안일을 했다.

장교인 세몽은 전쟁터에서 공을 많이 세워 높은 지위를 얻고 땅을 받아 귀족의 딸과 결혼했다. 그런데 세몽은 돈을 많이 벌었지만 남는 돈이 없었다. 그것은 귀족 행세를 하려는 부인이 돈을 홍청망청 써버렸기 때문이었다. 돈이 궁해진 세몽은 고향에 있는 부모님을 찾아와 말했다.

"아버지, 왕의 신하인 제가 돈에 쪼들린다는 것이 말이 됩니까? 저에게 아버지의 재산 3분의 1을 나누어 주십시오."

"너는 맏아들이면서 집을 위해 한 일이 아무것도 없으면서 어떻게 3분의 1이나 달라고 하느냐? 열심히 일만 하는 이반과 말라냐가 알면 섭섭해 할게다."

그러자 세몽이 말했다.

"이반은 바보이고 말라냐는 시집도 못 간 벙어리인걸요."

"그렇다면 내가 이반에게 물어보마."

아버지가 이런 세몽의 생각을 이반에게 전하자 이반이 말했다.

"형님이 달라고 하면 드리세요."

그렇게 해서 세몽은 자기 몫을 받아 돌아갔다.

홍청망청 ①흥에 겨워 마음대로 즐기는 모양. ②돈이나 물건 따위를 마구 쓰는 모양.

둘째인 배불뚝이 탈라스도 도시에서 장사를 하여 크게 돈을 벌어 돈 많은 장사꾼의 딸과 결혼했다. 그 역시 돈을 마구 쓰고 투기를 하다가 망해 돈에 쪼들리게 되었다.

그러자 탈라스도 아버지를 찾아와 자신의 몫을 달라고 했다.

아버지는 탈라스에게도 재산을 물려두고 싶지 않았다.

"너는 이 집을 위해 한 것이 아무것도 없어. 이 집에 있는 모든 것은 이반과 말라냐가 일해서 마련한 것이니 네게 재산을 나누어 준다면 그 아이들이 싫어할 거야."

"이반은 바보라서 아무도 시집오지 않을 거예요. 그러니 재산은 필요 없을걸요."

그러고는 탈라스가 이반에게 말했다.

"이반, 네가 추수한 곡식의 반과 회색 수말 한 마리만 다오. 그 말은 농사짓는 데 필요 없을 테니까."

이반은 웃으며 말했다.

"네, 드리고말고요. 가져가세요."

자기 몫을 챙긴 탈라스도 고향을 떠나고, 이반은 늙은 암말로 밭일을 하며 아버지와 어머니를 모셨다.

예전부터 이반의 집을 눈여겨보고 있던 심술쟁이 악마는 세 형제

투기 기회를 틈타 큰 이익을 보려고 함. 또는 그 일.

가 싸우지 않고 재산을 나누어 가지며 사이좋게 지내는 것을 보고 약이 올라 견딜 수가 없었다.

그래서 작은 악마 셋을 불러서 말했다.

"얘들아, 저 이반네 세 형제들에 대해 알지? 나는 그 녀석들에게 싸움을 붙이고 싶은데, 그 많은 재산을 나누면서도 싸우지 않고 의좋게 지낸단 말이야. 특히 바보 이반 녀석 때문에 싸움이 일어나질 않아. 그러니 너희가 무슨 수를 써서라도 저 형제들을 싸우도록 만들어다오. 할 수 있겠지?"

"그럼요, 할 수 있고말고요."

작은 악마들이 대답했다.

"어떻게 할 생각이냐?"

"우선 저 녀석들을 모두 먹을 것 하나 없는 빈털터리로 만든 후, 삼형제를 한자리에 모이게 하면 틀림없이 싸울 거예요."

"좋아, 지금 즉시 떠나도록 해라. 하지만 만약 저 녀석들 사이를 갈라놓지 못하면, 내가 너희들 가죽을 몽땅 벗겨놓을 테다."

작은 악마들은 늪 속으로 들어가 앞으로의 일에 대해 의논했다. 서로 쉬운 일을 하려고 다투다가 제비뽑기를 해서 각자 할 일을 정했다. 그리고 일을 빨리 끝낸 악마가 다른 악마의 일을 도와주기로 하고, 작은 악마들은 다시 만날 날짜를 정한 뒤 흩어졌다.

마침내 약속한 날이 되자, 작은 악마 셋이 다시 모였다.

첫째 세몽을 맡은 악마가 먼저 말했다.

"나는 세몽의 마음을 잔뜩 부풀게 만들었어. 그러자 세몽은 왕에게 전 세계를 정복해 바치겠노라 허풍을 떨며 맹세하더군. 그랬더니 왕은 세몽에게 군대를 주고 인도를 치라고 명령했어. 싸움이 시작되기 전에 나는 세몽의 군대가 가진 화약을 모두 물에 푹 적셔 못 쓰게 만들었지. 그리고 인도 군에게는 짚으로 수많은 병사들을 만들어 주었어. 싸움이 시작되자 어마어마하게 많은 인도 군을 보고 세몽의 군대는 겁을 먹었어. 게다가 화약이 젖어 총도 대포도 쏠 수가 없었지. 이렇게 세몽의 군대는 뿔뿔이 흩어지고, 세몽은 지위도 잃고 재산도 모두 빼앗긴 채, 내일 사형 당하기로 되어 있어. 나는 내일 녀석을 감옥에서 슬쩍 꺼내 주기만 하면 돼. 그러면 갈 곳 없는 그 녀석은 아버지 집으로 도망치겠지. 이제 내 일은 끝났으니 너희 중 누굴 도와줄까?"

둘째 탈라스를 괴롭히고 온 작은 악마도 이야기를 늘어놓았다.

"내 일은 도와주지 않아도 돼. 난 탈라스의 욕심을 키워 욕심쟁이로 만들었어. 그랬더니 값나가는 남의 물건을 마구 사들이는 거야. 주머니를 몽땅 털어서 사고도 모자라 남의 돈을 빌려서까지 사들이고 있지. 앞으로 1주일 지나면 남의 돈을 갚아야 하는데, 그러기 전에 내가 산더미처럼 많은 물건들을 쓰레기로 만들어 버릴 거야. 그러면 돈을 갚을 길이 없어진 그 녀석은 분명 아버지한테 가겠지."

마지막으로 이반을 맡았던 작은 악마가 말할 차례였다.

다른 두 작은 악마가 물었다.

정복 ①남의 나라나 이민족 따위를 정벌하여 복종시킴. ②다루기 어렵거나 힘든 대상 따위를 뜻대로 다룰 수 있게 됨.

“너는 어떻게 되었니?”

“난 아무래도 잘되지 않은 것 같아. 먼저 나는 녀석이 배탈이 나도록 그 놈의 물병에 침을 뱉었지. 그리고는 밭에 가서 땅을 돌처럼 딱딱하게 만들어 버렸어. 그런데 이반 녀석은 아픈 배를 움켜쥐고 밭에 나와 끙끙 앓으면서도 일을 하는 거야. 그래서 내가 쟁기를 못 쓰게 부러뜨려 놓았더니 집에 가서 다른 쟁기를 가져와서 밭을 갈더군. 나는 땅 속으로 들어가 쟁기 끝에 매달려 움직이지 못하게 하려 했지만 녀석이 날카로운 날로 쟁기질을 열심히 하는 바람에 내 손은 상처투성이가 되고 말았어. 이제 밭을 다 갈고 한 이랑만 남았어. 그러니 날 좀 도와줘. 그 바보가 농사를 계속 짓는 한 두 형들도 어려움에서 벗어날 거야. 그러면 우리 계획은 모두 망치고 말게 돼.”

그래서 세몽을 맡았던 작은 악마가 다음날부터 도와주기로 하고 모두 헤어졌다.

이반은 배가 아픈데도 다음날도 밭을 갈러 나갔다.

이제 하나 남은 마지막 이랑을 일구려고 할 때였다. 쟁기에 무엇이 걸린 듯 움직이질 않았다. 작은 악마가 쟁기 끝에 매달려 힘껏 버티고 있기 때문이었다.

“이상하네, 나무뿌리에 걸렸나?”

이랑 갈아 놓은 밭의 한 두둑과 한 고랑을 아울러 이르는 말.

이반은 고개를 갸웃거리며 흙 속에 손을 넣어 더듬어 보았다. 그러자 손에 뭔가 말랑말랑한 것이 잡혔다. 꽉 잡고 끌어내 보니, 나뭇가지모양의 새까만 것이 꿈틀거리고 있었다.

"이게 뭐야? 이상한 녀석인데?"

그러고는 멀리 던져 버리려고 했다. 그러자 작은 악마는 울면서 애원했다.

"제발 목숨만 살려 주세요. 무엇이든지 시키는 대로 다 할게요."

이반은 한참을 생각하다가 말했다.

"난 지금 배가 아픈데, 낫게 해 줄 수 있겠어?"

작은 악마는 흙을 여기저기 뒤지더니 세 가닥으로 된 나무뿌리를 이반에게 내밀었다.

"이 뿌리를 한 가닥만 먹어도 어떤 병이든 다 낫지요."

이반은 그 뿌리를 받아먹었다. 그랬더니 아프던 배가 감쪽같이 나았다.

"그럼 이제 저를 놓아 주세요. 땅속에 들어가 다시는 나오지 않을 게요." 꼬마 악마가 말했다.

"그래 놓아 주마. 하느님께 가거라."

이렇게 이반이 '하느님'이란 말을 하자마자 작은 악마는 땅속으로 쏙 들어가 사라져 버렸다. 그리고 그 자리엔 작은 구멍 하나만 남았다.

밭을 모두 간 이반은 남은 뿌리 두 가닥을 모자 속에 넣고 집에 돌아왔다. 이반이 집에 돌아왔을 때 마침 큰형 세몽과 형수가 함께 저녁을 먹고 있었다.

세몽은 재산을 모두 빼앗기고 가까스로 감옥에서 빠져 나와 아버지 집에 온 것이었다.

세몽이 이반을 보자 말했다.

"새 일자리를 구할 때까지 여기서 지내야겠다."

"걱정 마시고 얼마든지 계세요."이반은 웃으며 말했다.

그리고는 이반도 저녁을 먹으러 식탁에 앉았다. 그러자 세몽의 아내가 코를 막고 얼굴을 찌푸리며 남편에게 말했다.

"참을 수가 없군요. 나는 저처럼 고약한 냄새를 풍기는 농사꾼과 함께 식사할 수 없어요."

이 말을 듣고 세몽이 이반에게 말했다.

"이반, 네 형수가 네 몸에서 나는 거름 냄새 때문에 식사를 할 수 없으니 너는 나가서 먹어라."

"그래요, 형님. 마침 말에게 먹이도 주어야 하거든요."

이반은 빵을 들고 밖으로 나갔다.

그날 밤, 세몽을 맡았던 작은 악마가 이반을 괴롭히던 작은 악마를 도우러왔다. 그런데 아무리 찾아도 이반을 괴롭히던 작은 악마는

보이지 않고 밭에 조그만 구멍 하나가 뚫려 있을 뿐이었다.

'이상한데? 아무래도 이 친구가 이반에게 당한 모양이군. 내가 대신 이반 녀석을 괴롭혀야겠어. 오늘 밭을 다 갈았으니 내일 분명 풀베기를 할 거야. 그걸 못하게 해야겠어.'

작은 악마는 강물을 넘치게 해서 이반 풀밭의 풀들을 모두 물에 젖어 쓰러지게 만들었다.

다음날 아침, 이반은 큰 낫을 들고 풀을 베러 나왔다.

그렇지만 물에 젖고 흙투성이가 된 풀은 잘 베어지지 않았고, 낫은 금방 무뎌졌다.

이반은 숫돌까지 가지고 나와 낫을 갈고 다시 풀을 베면서,

"이 풀을 모두 벨 때까지 집에 가지 않을 테다."라고 중얼거렸다.

작은 악마는 풀 속으로 들어가 낫자루를 잡고 훼방을 놓으며 낫을 흙 속에 처박기도 했다. 이반은 낫을 움직이기가 너무도 힘들었지만 꾹 참고 풀을 베었다. 이젠 풀을 거의 다 베었고, 늪지대에 있는 조그만 풀밭만 남았다. 화가 난 작은 악마는 늪지대로 가서 이반을 기다리고 있었다.

'이번에는 정말 이 녀석이 풀을 베지 못하게 해야 할 텐데.'

이반은 늪지대로 들어와 풀을 베어 나가기 시작했다. 그런데 이번에도 풀이 도무지 베어지지 않았다. 이반은 화가 나서 낫을 힘껏 휘둘렀고, 낫을 붙잡고 있던 작은 악마는 겁에 질려 풀 속으로 숨어 버렸다. 하지만 이반이 휘두르는 낫에 작은 악마의 꼬리가 절반이나

잘리고 말았다.

풀을 다 벤 이반은 이번에 보리를 베러 보리밭으로 갔다.

꼬리가 잘린 작은 악마는 더욱 화가 나서 이반이 가는 보리밭으로 앞질러 달려가 보리를 마구 짓밟아 놓았다. 그러나 이번에도 이반은 자루가 짧은 낫으로 깨끗이 베어버렸다. 그리고 내일은 귀리를 베어야겠다며 집으로 향했다.

이 말을 들은 작은 악마는 귀리 밭으로 가서 이반에게 복수를 해야겠다고 다짐하며 그 다음날 아침 귀리 밭에 도착했다.

하지만 귀리는 이미 베어져 있었다. 마른 귀리 낟알이 떨어져 버릴까봐 밤사이에 이반이 모두 베었기 때문이다.

약이 오를 대로 오른 작은 악마는 중얼거렸다.

'이번에는 이반네 귀리를 몽땅 썩혀 버릴 테야.'

작은 악마는 귀리더미로 들어가 귀리를 썩히기 시작했다. 귀리들이 썩기 시작하자 더미 속이 따뜻해져 작은 악마는 자기도 모르게 그만 잠이 들고 말았다.

여동생 말라냐와 함께 짐수레에 귀리를 싣고 있던 이반은 귀리 속에 자고 있는 작은 악마를 보고는 녀석을 꽉 움켜쥐었다.

"이 녀석이 또 나타났군."

이반이 소리쳤다.

"아니에요. 예전에 당신이 본 것은 제 친구에요. 저는 세몽을 따라다니던 악마예요."

귀리 볏과의 한해 또는 두해살이풀. 높이는 60~90cm이며, 잎은 가늘고 길다.

"어쨌든 다 똑같은 놈들이야. 네 녀석을 혼내 주어야겠다!"

이반이 작은 악마를 땅에 내동댕이치려고 하자 작은 악마는 사정하듯 말했다.

"제발 용서해 주세요. 한번만 용서해 주시면 당신의 소원이 무엇이든 들어드리겠어요."

"그래, 그럼 넌 뭘 할 수 있지?"

"나는 병사를 만들 수 있어요."

"병사를 뭣에 쓰지?"

"무슨 일에나 마음대로 쓸 수 있어요."

"노래도 부를 수 있니?"

"그렇고말고요."

그래서 이반은 병사들을 만들라고 말했다.

그러자 작은 악마가 설명했다.

"우선 귀리다발을 묶어서 땅에 세우고 흔들면서 '너희는 내 부하이다. 지금부터 귀리다발이 아니다. 귀리의 수만큼 병사가 되어라!' 하고 주문을 외우세요."

이반은 악마가 가르쳐준 대로 했다. 그러자 귀리다발이 흩어져 수많은 병사로 변했다. 이반이 또 명령하자 병사들은 어느새 악기를 연주하며 노래를 부르기 시작했다.

이반은 웃음을 터뜨렸다.

"재미있구나. 그런데 병사를 만드는 데 귀리를 쓰다니 아깝군. 그

내동댕이치다 아무렇게나 힘껏 마구 내던지다.

러니 다시 병사들을 귀리다발로 돌아가게 해줘.”

“그럼 이렇게 말하시면 됩니다. ‘너희는 지금부터 병사가 아니다. 병사의 수만큼 다시 귀리가 되어라’ 라고 주문을 외우세요.”

이반이 악마가 가르쳐 준 대로 그렇게 말하자 병사들은 어느새 다시 귀리다발로 변했다.

약속대로 이반은 작은 악마를 풀어 주면서 말했다.

“이제, 하느님께로 돌아가거라.”

하느님이란 말을 하자마자 작은 악마는 마치 물속에 돌멩이가 빠지듯 땅속으로 쏙 들어가 버렸다. 그리고 그 자리에는 작은 구멍 하나만 남게 되었다.

이반이 저녁을 먹으러 집에 돌아와 보니, 이번에는 빈털터리가 된 둘째 형 탈라스 부부가 저녁을 먹고 있었다.

그는 이반에게 말했다.

“이반, 이제부터 내가 다시 장사를 시작할 때까지 네 형수와 여기서 먹고 지내야겠다.”

“형님, 아무 걱정 말고 이곳에서 함께 지내도록 해요.”

이반은 이렇게 말하고 식탁에 앉았다. 그러자 탈라스의 아내가 코를 쥐고 말했다.

“이렇게 고약한 냄새가 나는 사람이랑 밥을 함께 먹을 수가 없어요.”

이 말을 듣고 탈라스가 말했다.

“이반, 너에게서 정말 지독한 냄새가 나니, 넌 다른 곳에서 밥을
먹도록 해라.”

“네, 그럴게요.”

이반은 빵을 들고 밖으로 나왔다.

탈라스를 괴롭히던 작은 악마는 약속대로 다른 악마들을 도우러
왔다. 그런데 친구들은 보이지 않고 단지 구멍 두 개만 뚫려 있을 뿐
이었다.

‘이상하군, 아무래도 다들 이반에게 당한 게 틀림없어.’

작은 악마는 이반을 찾아 나섰다. 이반은 이미 밭일을 마치고 숲
으로 가서 형들이 살 집을 짓기 위해 나무를 베고 있었다.

작은 악마는 재빨리 나무 꼭대기로 올라가 이반이 나무 베는 것을
방해했다. 그래서 이반이 베는 나무는 엉뚱한 방향으로 쓰러졌다.
이반은 잘못 쓰러진 나무의 방향을 잡느라 몹시 힘들었다. 이반은
지렛대를 만들어 나무를 바로 세운 다음 빈자리로 힘껏 밀었다. 그
렇게 다시 하느라 일이 훨씬 늦어져 50그루쯤 베려고 했던 나무를
10그루 밖에 베지 못했다.

구슬땀을 비 오듯 흘리며 일하던 이반은 도끼를 옆에 놓고 잠시
앉아 쉬고 있었다. 이반이 지칠 대로 지쳐 쉬고 있자 작은 악마가 아

지렛대 무거운 물건을 움직이는 데에 쓰는 막대기.

주 즐거워했다. 그러면서 쉬려고 나무 밑에 기대어 앉는 순간, 갑자기 이반이 벌떡 일어서더니 도끼를 뽑아 반대쪽에서 나무를 힘껏 찍었다. 나무는 순식간에 '쿵' 하고 요란한 소리를 내며 작은 악마 쪽으로 쓰러졌다. 갑자기 당한 일이라 작은 악마는 미처 피하지 못하고 한쪽 다리가 나무에 깔리고 말았다.

작은 악마를 발견한 이반은 깜짝 놀라며 소리쳤다.

"아니, 이 더러운 놈아. 어째서 또 나타난 거냐?"

"아니, 저는 당신을 처음 본 걸요. 저는 탈라스를 따라다녔어요."

"어찌되었건 마찬가지야. 이런 고얀 놈! 어디, 혼 좀 나봐라."

이반이 도끼를 들고 내리치려 하자, 작은 악마는 살려달라고 애원했다.

"제발 살려 주세요. 저를 살려 주시면 당신이 원하는 건 뭐든지 들어 드릴게요."

"그래, 넌 무슨 일을 할 수 있지?"

"저는 금화를 만들 수 있어요."

"그럼 어서 만들어봐라."

작은 악마는 떡갈나무 잎을 손바닥에 올린 채 비비며 말했다.

"이렇게 잎사귀를 두 손으로 비비면 금화로 변해요."

과연 나뭇잎은 금화로 변하여 땅에 떨어졌다.

"이제 저를 놓아 주세요."

작은 악마가 말했다.

"알았어. 자, 이제 하느님께로 가거라."

이번에도 역시 이반이 하느님이란 말을 꺼내자마자 작은 악마는 작은 구멍 하나를 남긴 채 땅속으로 쏙 들어가고 말았다.

이반이 새로 집을 지어 주어서 두 형들은 따로 살게 되었다.

어느 날 추수를 끝낸 이반은 형들을 초대해 잔치를 열고 싶었다. 그러나 형들은 오지도 않고 비웃었다.

"우리가 농사꾼 잔치에 왜 가?"

"나는 농사꾼이 잔치 벌이는 것을 본 일이 없어."

하는 수 없이 이반은 동네 사람들을 초대해 맛있는 음식과 술을 대접하며 놀았다. 기분이 좋아진 이반은 말했다.

"저를 위해 노래를 불러 주면 제가 멋진 걸 보여 드릴게요."

사람들이 노래를 부르기를 마치자, 이반은 바구니를 들고 숲으로 뛰어갔다. 얼마 후, 이반은 금화가 가득 담겨 있는 바구니를 들고 다시 돌아와서 말했다.

"자, 모두 이걸 받으세요!"

이반은 금화를 한 움큼 쥐고 아낙네들 앞에 뿌렸다.

그러자 사람들은 금화를 주우려고 서로 엎치락뒤치락하며 한바탕 소동을 벌였다. 어떤 할머니는 사람들에게 하마터면 짓밟힐 뻔했다.

이반은 그런 모습을 보고 말했다.

"어리석은 사람들이로군. 그 따위 것이 뭐라고 할머니를 떠밀고 야단들이지? 조용히 주우면 될 텐데."

어느새 바구니에 있던 그 많던 금화가 모두 동이 났다. 사람들은 더 갖고 싶어 했다.

"오늘은 이것 밖에 없어요. 다음에 또 드릴 테니 이제 즐겁게 노래 부르며 춤이나 춥시다."

사람들은 노래를 부르기 시작했다. 그러자 이반이 말했다.

"당신들이 부르는 노래는 별로 재미가 없어요."

그러고 나서 이반은 혼자 창고로 달려가 귀리다발을 세워놓고 주문을 외웠다. 그러자 귀리다발은 금세 흩어지며 병사가 되어 북을 치고 나팔을 불며 노래를 부르기 시작했다.

이반이 병사들을 이끌고 오자 사람들은 깜짝 놀랐다.

잔치가 끝나고 이반은 동네 사람들이 아무도 따라오지 못하게 한 후 병사들을 창고로 데리고 와 다시 귀리다발로 되돌려 놓았다. 잠시 후 집으로 돌아와 잠자리에 들었다.

다음날, 큰형 세몽은 어젯밤 소문을 듣고 이반을 찾아왔다.

"이반, 대체 그 병사들은 어디서 데려 온 거니?"

"그건 알아서 뭐하시려고요?"

"이반, 군대만 있으면 무엇이든지 할 수 있단다."

"형님이 원하시는 대로 얼마든지 병사를 만들어 드릴게요."

이반은 세몽을 창고로 데리고 갔다.

"하지만 병사들을 만들면 형님이 모두 데려가야만 해요. 그들을 먹이려면 이 마을의 식량을 모두 털어도 부족할 테니까요."

세몽은 병사들을 데려가겠다고 약속하고, 이반은 귀리다발을 들고 나와 엄청나게 많은 병사들을 만들어 세몽에게 넘겨 주었다.

세몽은 다시 장수가 되어 군대를 이끌고 싸움터로 향해 떠났다. 세몽이 떠나자 배불뚝이 둘째형 탈라스가 이반을 찾아왔다.

"이반, 너는 어디서 그렇게 많은 금화를 얻었니? 내게도 그 많은 금화가 있다면 나는 정말 행복할 텐데."

"진작 말하시지 그랬어요. 형님이 갖고 싶어 하는 대로 얼마든지 만들어 드릴게요."

"그러면 나에게 바구니 세 개에 들어갈 만큼만 만들어 다오."

"그럴게요. 이제 숲 속으로 가요. 너무 무거울 테니 수레를 끌고 가야겠어요."

숲으로 간 이반은 나뭇잎으로 금화를 만들어 탈라스에게 주었다. 탈라스도 이반이 준 금화를 짐수레에 잔뜩 싣고 멀리 떠났다. 이렇게 두 형은 집을 떠났다.

세몽은 전쟁에서 이겨 여러 나라를 정복했고, 탈라스는 장사를 하여 많은 돈을 벌었다.

어느 날 두 형제는 한 자리에 모여 어떻게 군대를 가지게 되고, 어떻게 금화를 가지게 되었는지 서로 이야기했다.

세몽이 먼저 말했다.

"나는 나라를 빼앗아서 잘 지내고는 있는데 돈이 좀 모자라서 걱정이야. 군대를 먹여 살려야 하니 말이다."

그러자 탈라스가 말했다.

"나는 돈을 산더미같이 벌었지만 그걸 지켜 줄 사람이 없어 큰일이에요."

"그럼 이반에게 가 보자. 나는 병사를 더 만들어 달라고 해서 네 돈을 지켜줄 테니, 너는 금화를 더 달라고 해서 내 군대를 먹여 살리는 거야."

두 사람은 곧바로 이반을 찾아갔다. 이반의 집에 도착하자 세몽이 부탁했다.

"이반, 병사가 조금 더 필요한데, 좀 더 만들어 주지 않겠니?"

그러나 이반은 고개를 저었다.

"안돼요. 이제 더 이상 병사를 만들지 않을 거예요."

"왜? 원하는 대로 만들어 주기로 약속했잖아?"

"형님의 병사들은 죄 없는 많은 사람들을 죽였어요. 얼마 전 한 여자가 관을 옮기면서 울고 있기에 왜 우느냐고 물었더니 형님의 군대가 전쟁터에서 남편을 죽였다고 하더군요. 전 형님이 노래를 부르게 하려고 군대를 만든 줄 알았는데……. 이제 다시는 병사를 만들지 않겠어요."

이반은 이렇게 말하며 세몽이 아무리 사정해도 들어 주지 않았다.

이번에는 탈라스가 이반에게 금화를 더 만들어 달라고 말했다.

"이젠 함부로 금화를 만들지 않겠어요."

"왜 그러니? 너는 얼마든지 만들어 주겠다고 약속했잖니?"

"형님이 제가 준 금화로 가난한 미하일로브나의 암소를 빼앗았기 때문이에요. 그동안 그 암소 덕분에 그 집 아이들이 매일 우유를 마시곤 했지요. 그런데 며칠 전 그 집 아이들이 저에게 와서 우유를 달라고 하는 거예요. 탈라스네 하인이 와서 금화 한 개를 주고 억지로 암소를 끌고 가서 우유를 마실 수 없게 되었다더군요. 저는 형님이 놀려고 금화를 달라고 하는 줄 알았는데, 남의 집 암소를 빼앗는 데 쓰다니, 다시는 만들어 주지 않겠어요."

이번에도 이반은 탈라스가 아무리 부탁해도 들어주지 않았다.

할 수없이 형들은 그대로 돌아가야 했다. 돌아가는 길에 세몽이 탈라스에게 제안을 하나 했다.

"내게 네 재산의 절반을 주면, 나는 군대의 절반을 너에게 줄게. 그러면 그 돈으로 나는 군대를 먹여 살리고, 너는 병사들에게 네 돈을 지키게 하면 어떻겠니?"

탈라스는 좋은 생각이라고 말했다. 그래서 두 사람이 가진 것을 반씩 나누어 가지게 되자, 둘은 모두 부자이면서 왕이 되었다.

이반은 여전히 부모님을 잘 모시며 벙어리 여동생과 농사를 열심히 지었다.

그러던 어느 날 집에서 기르던 개가 온 몸에 종기가 나서 죽게 되었다. 이반은 무척 가여워했다. 이반은 모자 속에 넣어둔 빵을 꺼내 개에게 던져 주었는데, 모자 속에는 전에 작은 악마가 준 나무뿌리 한 가닥이 들어 있었다. 개는 빵과 함께 그 뿌리도 주워 먹었다. 개는 금세 병이 나아 종기는 말끔히 사라지고 여기저기 뛰어 다니기까지 했다.

이 모습을 본 이반의 부모님은 깜짝 놀라 물었다.

"죽어가던 개가 살아났네, 이반 도대체 어떻게 된 거냐?"

"저에게 어떤 병도 낫게 하는 나무뿌리가 두 개 있었는데, 그중 하나를 저 개에게 먹였어요."

그 무렵, 이반이 살던 나라의 공주가 죽을병에 걸려 시름시름 앓고 있었다. 왕은 공주의 병을 고치는 사람에게 큰 벼슬을 내리고 공주와 결혼도 시키겠다고 전국 방방곡곡에 알렸다.

이반의 부모님은 이반을 불러 말했다.

"이반, 너에게 무슨 병이든 고치는 나무뿌리가 있으니 그것으로 공주님의 병을 낫게 해 보렴. 그러면 너는 한평생 행복하게 살 수 있을게다."

방방곡곡 한 군데도 빠짐이 없는 모든 곳.

“그렇게 할게요.”

이반이 곧 떠날 채비를 하고 막 문밖으로 나서려는데 손이 심하게 굽은 여자 거지가 길을 막았다.

“당신에게 무슨 병이든 고치는 신통한 약이 있다면서요. 제발 저를 가엾게 여기셔서 제 손을 낫게 해 주세요.”

이반은 불쌍한 생각이 들어 하나 남은 나무뿌리를 거지에게 주었다. 그 거지는 그 자리에서 굽은 손이 펴지며 병이 씻은 듯 나았다. 마침 이반이 떠나는 것을 배웅하러 나왔던 부모님이 이 사실을 알고 화를 냈다.

“이 녀석아, 하나 밖에 없는 나무뿌리를 거지에게 주어 버리면 어떡해? 너는 거지만 불쌍하고 공부님은 가엾지도 않냐?”

이반은 아무 말 없이 마차에 올라타 떠나려 했다.

“나무뿌리도 없이 어딜 가는 거냐?”

“공주님의 병을 고치려고요.”

이반은 마차를 몰아 궁궐로 갔다. 그런데 이상하게도 이반이 궁궐 안에 발을 들여 놓자마자 공주의 병은 씻은 듯이 나았다.

왕은 매우 기뻐하며 이반에게 많은 상을 내리고 말했다.

“이제부터 그대는 내 사위가 되도록 해라.”

이반은 공주와 결혼했다.

얼마 후 왕이 죽자, 이반은 그 뒤를 이어 새로운 왕이 되었다.

이제 이반 삼형제는 모두 한 나라를 다스리는 왕이 된 것이다.

신통하다 ①신기할 정도로 묘하다. ②효험이 빠르고 훌륭하다.

삼형제는 각각 나라를 다스리며 살고 있었다.

큰 형 세몽은 귀리짚단으로 만든 병사들 말고도 진짜 병사들을 모아 막강한 군대를 만들었다. 온 나라에 명령을 내려 열 집에 한 명씩 건장한 남자들을 병사로 뽑았다.

이렇게 세몽은 모집한 병사를 훈련시켰다. 그리고 백성들 중 누구든 자신에게 반항을 하면 병사들을 보내 혼내 주었다.

그래서 백성들은 모두 세몽을 두려워했다. 날이 갈수록 세몽의 욕심과 횡포는 더욱 심해졌고, 강한 군대를 거느린 세몽은 갖고 싶은 것을 닥치는 대로 빼앗아 오게 했다.

배불뚝이 탈라스 역시 호화로운 생활을 했다. 이반이 만들어 준 금화로 장사를 하여 엄청난 돈을 번 그는 멋대로 법을 만들어 백성들에게 돈을 거두어들였다. 들어보지도 못한 다양한 세금을 거두었다. 그래서 백성들은 늘 돈에 쪼들리며 살았다.

이반도 아쉬운 것 없이 잘 지내고 있었다. 며칠 동안 왕 노릇을 해 본 그는 입고 있던 왕의 옷을 왕비에게 주고 농부의 옷으로 갈아입었다.

"이런 생활은 너무 따분하군. 일을 안 하고 가만있으니 밥맛도 없고, 밤에는 잠도 잘 오질 않아."

이반은 부모님과 여동생을 데리고 다시 들로 나가 농사를 짓기 시

횡포 제멋대로 굴며 몹시 난폭함.

작했다. 이것을 본 신하가 말했다.

"당신은 이 나라의 왕이신데, 농사일을 하시다니요."

"왕은 먹지 않고 사나? 왕도 밥을 먹으려면 일을 해야지."

이때 또 다른 신하가 와서 말했다.

"전하, 지금 나라에 돈이 다 떨어져 관리들에게 봉급을 줄 수가 없습니다."

"그래? 돈이 없으면 주지 마라."

"그러면 아무도 나랏일을 하지 않을 텐데요."

"하지 않아도 좋아. 자기가 하고 싶은 일을 하든지 농촌에 가서 일을 하라고 해라."

하루는 두 사나이가 재판을 받으러 이반에게 찾아왔다.

한 사람이 화가 나서 말했다.

"이 놈이 제 돈을 훔쳤습니다."

"그래? 돈이 필요했겠지. 어서 가봐."

마침내 사람들은 이반이 바보라는 것을 알아차리게 되었다.

왕비가 이반에게 말했다.

"사람들이 당신을 바보라고 비웃고 있어요."

"괜찮아. 나는 원래 바보였는걸."

왕비는 곰곰이 생각한 끝에 자기도 바보가 되기로 마음먹었다.

'아무리 놀림을 받아도 하나밖에 없는 내 남편인걸.'

왕비도 아름다운 옷을 벗어 두고 이반의 여동생 말라냐에게 농사

일을 배워 남편을 도왔다.

이반의 나라에는 똑똑한 사람들은 모두 떠나고 바보들만 남게 되었다. 돈을 가진 사람은 한 사람도 없었다. 그래도 모두 열심히 농사일을 하고 이웃과 사이좋게 서로 도와가며 살았다.

한편 늙은 악마는 작은 악마들을 기다렸지만 나타나지 않자, 찾아나섰다. 그런데 작은 악마들은 보이지 않고 밭에 구멍 세 개만 뚫려 있을 뿐이었다. 늙은 악마는 생각했다.

'작은 악마들이 실패한 모양이야. 내가 가서 해치워야겠다.'

이반네 삼형제는 각기 딴 나라에 흩어져 살고 있었기 때문에 무척 찾아내기 힘들었다. 고생 끝에 찾고 보니 모두 왕이 되어 잘살고 있었다. 늙은 악마는 화가 나서 견딜 수가 없었다.

늙은 악마는 장군의 모습으로 변신한 후 먼저 세몽을 찾아갔다. 장군이 된 늙은 악마는 갖가지 좋은 말로 세몽의 신임을 샀다.

"임금님, 강한 군대를 가질 수 있는 좋은 방법이 있습니다."

"어서 말해 보아라."

"먼저, 되도록 많은 병사를 모아 지금보다 몇 배나 더 많은 병사들을 거느려야 합니다. 그리고 나서 한꺼번에 총알을 100발씩 쏠 수 있는 총을 제가 만들어 드리겠습니다. 그리고 성벽이나 사람 모두

불태울 수 있는 대포도 만들어야 합니다."

세몽은 장군의 말을 받아들여 젊은 남자는 모조리 병사가 되게 하고 무기도 많이 만들어 이웃나라를 공격해 순식간에 점령했다. 이웃나라 왕은 항복하고 세몽에게 무릎을 꿇었다. 세몽은 의기양양해져서 인도까지 쳐들어갈 생각을 했다.

하지만 세몽이 침략할 것에 대비해 인도의 왕은 병사와 무기를 모두 갖추어 놓고 있었다. 세몽은 기세 좋게 인도에 쳐들어갔지만 훨씬 강한 인도의 병사들에게 지고 말았다. 세몽의 군대는 모두 흩어지고 세몽도 겨우 목숨만 건진 채 도망쳤다.

늙은 악마는 계획대로 세몽을 파멸시키고, 탈라스를 찾아갔다.

이번에 늙은 악마는 돈 많은 상인으로 모습을 바꾸었다.

그리고 상점을 차리고 모든 물건을 비싸게 사들이기 시작했다.

사람들은 많은 돈을 받으려고 무슨 물건이든 늙은 악마의 상점으로 가서 팔았다. 돈을 많이 갖게 된 사람들은 세금도 꼬박꼬박 낼 수 있게 되었다. 탈라스도 많은 세금을 걷게 되자 기뻐했다.

많은 돈을 갖게 된 탈라스는 새 궁전을 짓고 싶었다. 그래서 높은 품삯을 주며 새 궁전을 지을 일꾼들을 구하려고 했지만 한 사람도 구할 수가 없었다. 왜냐면 상인으로 변장한 늙은 악마가 품삯을 더 많이 주기 때문이었다.

나무나 돌도 늙은 악마가 모조리 사들였기 때문에 궁전을 지을 나무나 돌 역시 구할 수가 없었다.

의기양양 뜻한 바를 이루어 만족한 마음이 얼굴에 나타난 모양.

겨울이 되자 탈라스 왕은 새 외투를 만들려고 털가죽을 구해 오도록 명령했다. 그러나 신하들은 모두 빈손으로 돌아왔다.

"그 장사꾼이 가죽을 모두 사들여 어디에서도 털가죽을 살 수가 없었습니다."

탈라스의 궁전에는 돈이 넘쳤지만 탈라스는 아무것도 할 수가 없었다. 백성들이 세금만 갖다 바칠 뿐 모두 그 장사꾼을 위해 일을 했기 때문이었다. 그런데다 궁전에선 먹을 음식까지 부족해졌다. 하지만 음식을 사려고 해도 늙은 악마가 모두 사버려서 살 수가 없었다. 마침내 탈라스의 생활은 끼니조차 이을 수 없는 비참한 지경에 이르렀다.

얼마 후 전쟁터에서 도망친 세몽이 탈라스를 찾아와 말했다.

"나를 좀 도와줘. 인도와 싸우다 지고 말았어."

그러자 탈라스가 기운 없는 목소리로 말했다.

"아이고 형님, 나도 배고파 죽을 지경이에요."

두 형제를 망하게 한 늙은 악마는 장군의 모습으로 변신해 이반의 궁전으로 갔다. 그리고 이반에게 군대를 만들라고 권했다.

"나라를 지키기 위해선 강한 군대가 있어야합니다. 제가 강한 군대를 만들어 드리겠습니다."

"그럼 만들어 주시오. 그리고 노래를 잘 부르도록 훈련을 시켜 주시오. 나는 노래를 좋아하니까."

늙은 악마는 병사가 되는 사람에게는 술 한 병과 모자를 하나씩 주겠다고 하고 병사를 모집했다.

그러나 이반의 나라에 사는 바보들은 아무도 나서지 않았다.

"우리에게 술은 얼마든지 있어. 그리고 여자들이 더 예쁜 모자를 많이 만들어 주는걸."

화가 난 늙은 악마는 누구든 군대에 가지 않으면 사형을 시키겠다고 바보들을 위협했다. 그러자 바보들은 늙은 악마를 찾아가서 말했다.

"당신은 군대에 가지 않으면 사형에 처하겠다고 하면서, 우리가 군대에 가면 어떻게 해 주겠다는 말은 왜 하지 않죠? 군대에 가면 죽을 수도 있다고 하던데요."

"그럴 수도 있지."

"그럼 우리들은 군대에 가지 않겠어요. 전쟁터에서 죽는 것보다 차라리 우리 집에서 죽는 게 낫겠어요."

"이 바보들아, 군대에 간다고 모두 죽는 건 아니야. 하지만 군대에 가지 않으면 이반임금님이 너희를 사형시킬 거라고."

바보들은 생각 끝에 이반을 찾아가 물었다.

"군대에 가지 않으면 우릴 모두 죽이실 건가요?"

이 말을 들은 이반은 웃으며 말했다.

"나 혼자서 너희를 어떻게 다 죽일 수 있단 말이냐?"

"그렇다면 우리는 군대에 가지 않겠어요."

바보들은 늙은 악마를 찾아가 군대에 가지 않겠다고 말했다.

늙은 악마는 일이 뜻대로 되지 않자 이웃나라의 왕을 찾아가 일을 꾸몄다.

"이반의 나라에 쳐들어갑시다. 그 나라가 돈은 없어도 곡식과 가축은 굉장히 많습니다."

늙은 악마의 말에 솔깃해진 이웃 왕은 수많은 병사를 이끌고 이반의 나라로 쳐들어갔다.

바보들은 이반을 찾아가 겁에 질린 채 말했다.

"이웃나라 왕이 쳐들어옵니다."

그러자 이반이 말했다.

"좋아, 그냥 내버려둬."

이웃나라 왕과 군사들이 국경을 넘어 이반의 나라 여기저기를 휩쓸고 다녀도 백성들은 구경만 할 뿐 싸우는 사람은 한 명도 없었다. 소나 말 등 가축이나 곡식을 빼앗으려고 하면 그 전에 달라는 대로 뭐든 다 내주고, 심지어는 여기서 같이 살자고 하는 것이었다.

병사들이 아무리 앞으로 나아가도 적이라고는 없었다. 병사들은 흥을 잃고 이웃나라 왕에게 돌아갔다.

그러자 이웃나라 왕은 화를 벌컥 내며, 집과 곡식을 불사르고 가축을 모조리 죽이라고 명령했다.

　병사들은 할 수 없이 시키는 대로 했다. 그런데도 바보들은 싸우려 하지 않고 울기만 했다.

　"왜 당신들은 우리를 괴롭히나요? 또 죄 없는 짐승들은 왜 죽이지요? 필요하면 그냥 가져가면 될 텐데 왜 불을 지르나요?"

　병사들은 마음이 너무나 괴로워 모두 뿔뿔이 흩어져 버렸다.

　군대로도 이반을 망하게 할 수 없다는 것을 깨달은 늙은 악마가 이번에는 멋진 신사의 모습으로 이반의 나라로 다시 찾아왔다. 돈으로 이반을 괴롭히려 한 것이다.

　신사로 변한 늙은 악마는 금화가 가득 든 자루를 들고 광장으로 가서 사람들을 불러 모아 자기가 가져온 그림을 보여 주며 말했다.

　"여러분은 모두 돼지보다 못한 생활을 하고 있어요. 내가 사람답게 사는 법을 가르쳐 드릴게요. 먼저 이 그림처럼 집을 지어 주십시오. 당신들이 일을 하면 그 대가로 이 금화를 드리겠어요."

　금화를 보자 바보들은 깜짝 놀랐다. 모두가 금화를 처음 보는 것이었다.

　"이게 뭐야? 반짝거리는 것이 참 예쁘다."

　바보들은 일을 하겠다고 했다.

　늙은 악마는 예전에 했던 것처럼 금화를 마구 뿌렸다.

바보들은 늙은 악마에게 물건을 팔거나 일을 해 주고 금화를 얻어 갔다. 여자들은 그 금화에 구멍을 뚫어 목걸이도 만들고, 아이들은 장난감으로 가지고 놀았다.

그러나 모두 금화를 몇 개씩 갖게 되자 더 이상 금화를 필요로 하지 않았다. 늙은 악마의 집은 아직 반도 짓지 못했다.

바보들이 금화에 관심이 없어져 더 이상 일하러 오지 않았기 때문이었다. 곡식이나 가축을 가져오면 금화를 주겠다고 했으나, 아무도 늙은 악마를 찾아오지 않았다. 늙은 악마는 먹을 것조차 부족하게 되었다.

배가 고파진 늙은 악마는 먹을 것을 구하러 마을에 내려갔다.

"배가 고파서 그러는데 금화를 줄 테니 빵을 좀 주시오."

늙은 악마는 사정하듯 말했다. 이 말을 들은 농부는 말했다.

"우리는 돈이 필요 없어요. 세금도 낼 필요가 없고, 그냥 먹을 것과 입을 것만 있으면 된답니다."

"돈이 필요 없다고요?"

"그래요. 하지만 배가 많이 고파 보이니 빵을 좀 나누어 주겠소. 하느님께서 이웃에게 빵을 나누어 주라고 하셨으니까 말이오."

늙은 악마는 하느님이란 말에 깜짝 놀라 도망쳐 나왔다.

배가 고픈 늙은 악마는 다른 집에도 빵을 얻으러 갔다. 그러나 다른 집에서도 하느님 이야기를 했기 때문에 늙은 악마는 달아날 수밖에 없었다.

이집저집을 다니며 끼니를 얻어먹던 늙은 악마는 이반의 궁궐에까지 오게 되었다. 늙은 악마가 갔을 때, 마침 이반의 여동생 말라냐가 식사 준비를 하고 있었다.

말라냐는 게으름뱅이를 아주 싫어했다. 일도 하지 않으면서 다른 사람보다 먼저 자리를 차지하고 더 많이 먹는 사람들을 가장 싫어했다. 그래서 사람의 손을 보고 게으름뱅이를 골라내곤 했다. 손바닥에 굳은살이 박인 사람은 앞자리에 앉히고, 굳은살이 없는 사람은 먹다 남은 찌꺼기를 주었다.

늙은 악마가 식탁에 앉으려고 하자, 말라냐는 그의 손을 살펴보았다. 하지만 늙은 악마의 손은 하얗고 매끄러웠으며 손톱까지 길었다. 말라냐는 당장 늙은 악마의 귀를 잡아 식탁에서 끌어냈다. 그러자 이반의 아내가 말했다.

"언짢게 생각하지 마세요. 말라냐 아가씨는 손에 굳은살이 없는 사람은 식탁에 앉히지 않는답니다. 기다리시면 먹다 남은 음식을 드릴게요."

푸대접을 받자 화가 난 늙은 악마는 이반에게 말했다.

"사람이 손으로만 일해야 한다니, 당신네 나라는 정말 바보 같군요. 어리석은 사람이 힘으로 일을 하지요. 똑똑한 사람은 무엇으로 일을 하는지 아십니까?"

이반이 대답했다.

"우리 같은 바보는 잘 몰라요. 우리는 손이나 몸을 움직여 일을 하지요."

"그건 당신들이 어리석기 때문입니다. 똑똑한 사람은 머리를 써서 일을 합니다. 하지만 손으로 일하는 것보다 훨씬 더 힘듭니다. 때로는 머리가 깨질 듯 아플 때도 있으니까요."

잠시 생각한 후 이반이 물었다.

"그러면 당신은 왜 머리로 일하는 거죠? 머리가 깨질 수도 있는데, 차라리 손으로 일을 하는 게 더 낫지 않겠소?"

늙은 악마가 대답했다.

"바보가 되지 않기 위해서지요. 머리를 써서 일하는 것이 힘들다고 포기하면 언제까지나 바보로 살아야 합니다. 머리로 일하게 되면 나중에는 일이 훨씬 쉬워지기도 합니다. 제가 머리를 써서 일하는 방법을 알려 드리겠습니다."

"가르쳐 주시오. 손이 지쳤을 때, 그 대신 머리로 일할 수 있게 말이오."

이반은 훌륭한 신사가 머리로 일하는 법을 가르쳐 주니까 다들 배우러 오라고 명령했다. 그리고 높은 망루를 세워 사다리를 놓았다. 신사행세를 하는 늙은 악마는 그 망루에 올라가 이야기를 하기 시작했다. 사람들이 많이 모여들었다. 그런데 늙은 악마가 계속해서 지껄이기만 하자 사람들은 저마다 할 일이 있다며 모두들 되돌아갔다. 늙은 악마는 다음날까지 망루에 서서 떠들어 댔다. 배가 몹시 고팠지만 아무도 그에게 먹을 것을 가져다주지 않았다. 손보다 머릴 써

망루 적이나 주위의 동정을 살피기 위하여 높이 지은 다락집. 전망대.

서 일을 하는 사람은 빵쯤은 얼마든지 만들 수 있을 거라 생각했기 때문이었다.

늙은 악마는 그 다음날도 계속해서 망루 위에서 지껄여댔다.

사람들은 가끔씩 모여 잠시 구경하다가 돌아가곤 했다.

"정말로 그 사람이 머리로 일을 하던가요?"

이반은 가끔 백성들에게 물어보았다.

"아니요. 일은 하지 않고 아직도 지껄이기만 하던걸요."

며칠 동안 먹지도 않고 망루 위에서 지껄이던 늙은 악마는 마침내 기운이 빠져 기진맥진해졌다. 그래서 비틀거리다 머리를 기둥에 부딪쳤다. 한 사람이 그것을 보고 이반의 아내에게 알렸고, 이반의 아내는 남편에게 달려갔다.

"그 사람이 드디어 머리로 일하기 시작했답니다."

이반은 깜짝 놀라 망루로 달려갔다.

가까이서 보니 늙은 악마는 힘이 빠진 나머지 비틀거리며 머리를 자꾸만 기둥에 부딪치고 있었다.

이반이 망루 곁으로 다가갔을 때, 늙은 악마는 발을 헛디뎌 사다리의 계단 하나하나를 머리로 받으며 거꾸로 떨어졌다.

"대단하군! 머리가 깨질 수도 있다더니 정말이었구나. 머리로 일하는 것은 손으로 일하는 것보다 더 힘들어 보여."

땅에 떨어진 늙은 악마는 땅바닥에 머리를 처박았다. 이반이 가까이 다가가자 늙은 악마는 땅속으로 쏙 들어가 버렸다.

그 자리에는 그 전에 본 것처럼 작은 구멍 하나만이 남았다.

이반은 구멍을 보고 소리쳤다.

"이게 뭐야? 그 녀석은 바로 그 작은 악마들의 두목일거야. 기분 나쁜 녀석들 같으니라고."

그 후로도 이반은 열심히 일하며 행복하게 살았다. 그래서 수많은 사람들이 이반의 나라로 찾아와 열심히 일하며 살았다.

물론 두 형들도 이반의 나라를 찾아와 그의 도움을 받았다.

누구든 찾아와 "저를 먹여 살려 주세요."라고 말하면 이반과 백성들은 "좋아요. 우리나라엔 무엇이든 많이 있으니 와서 편히 사세요."라고 대답했다.

그러나 단 한 가지, 이 나라에는 규칙이 있었다. 손에 굳은살이 있는 사람은 식탁에 앉아 식사를 할 수 있지만 굳은살이 없는 사람은 남이 먹다 남은 찌꺼기를 먹어야 한다는 것이었다.

어느 나라에 삼형제와 딸 하나를 둔 농부가 살고 있었어요. 큰아들 세몽은 군인이었고, 둘째 탈라스는 장사꾼이었으며, 셋째인 바보 이반은 일만 열심히 하는 농사꾼이었어요.

세몽과 탈라스는 욕심 많고 돈밖에 모르는 사람들이었지만, 착한 이반 때문에 모두 사이좋게 지낼 수 있었어요.

삼형제가 사이좋은 것을 못마땅하게 여긴 늙은 악마가 세 명의 작은 악마에게 이반형제를 서로 싸우게 만들라고 명령해요.

그래서 작은 악마들은 각각 삼형제 중 한 명씩을 맡고, 그들을 괴롭혀 망하게 하는데 이반을 맡은 작은 악마만 실패하게 되지요.

첫 번째 작은 악마는 오히려 이반에게 붙잡혀 병을 낫게 해 주는 나무뿌리를 주고 겨우 풀려나고, 두 형들을 괴롭히던 악마들까지도 이반을 못살게 굴지만 모두 이반에게 들키고 말아요. 이반에게 병사를 만드는 방법과 금화를 만드는 방법을 알려 주고 겨우 풀려납니다.

악마들 때문에 망한 두 형들은 이반의 도움으로 다시 모두 부자가 되고, 돈과 권력으로 왕이 됩니다. 오로지 일만 열심히 하고 돈 따위엔 관심이 없는 이반은 어느 날 병에 걸린 공주를 낫게 하여 공주와 결혼하게 되고 그 나라의 왕이 됩니다.

이들 삼형제가 모두 잘살고 있다는 것을 알게 된 늙은 악마는 몹시 화를 내며, 계략을 써서 이반의 형들을 망하게 하지요. 하지만 이반에게만큼은 갖은 술수를 써도 통하지 않는 거예요. 결국 늙은 악마는 온갖 계략으로 이반의 나라를 망하게 하려다 죽고 말아요. 그 후 이반의 두 형들은 동생의 도움을 받아 잘 살게 되었답니다.

바보 이반을 정말 바보라고 생각하는 사람이 있을까요? 이반은 우직하리만큼 땀의 가치를 믿는 정직하고 근면한 사람입니다. 게으름 피우지 않고, 다른 사람의 것을 탐내지도 않고, 헛된 명예에도 관심을 보이지 않는 이반은 그저 자기에게 주어진 농사일에만 집중하는 성실한 일꾼이지요.

톨스토이는 〈바보 이반〉이라는 작품을 통해 비록 남에게 바보라는 소리를 들으며 무시당해도 결국에는 순박한 사람, 정직한 사람, 성실한 사람이 승리한다고 말하고 있어요. 반면 전쟁을 일으키는 사람, 자기밖에 모르는 이기적인 사람, 일하지 않고 놀고먹는 사람을 강한 어조로 질책하고 있습니다.

특히 일하지 않고 게으름을 부리는 사람에게는 제대로 된 음식이 아니라 다른 사람이 먹고 남긴 음식 찌꺼기를 준다는 이야기만 보아도 톨스토이가 얼마나 땀의 가치를 강조하고 있는지 알 수 있지요. 더불어 군대와 돈을 무기 삼아 힘없는 사람들을 괴롭혀 가며 더 큰 권력과 더 큰 부를 차지한 큰형과 둘째형을 보여줌으로써 19세기 러시아의 지배층을 강도 높게 비판하고 있기도 합니다.

욕심에 눈이 멀어 더 많은 것을 움켜쥐려 하면 할수록 이반에 등장한 악마들의 속삭임에 우리는 쉽게 굴복할 수밖에 없을 것입니다. 당장 내 눈앞의 욕심을 채우는 것에만 관심이 쏠려 있다면 내 곁의 사람들과 좋은 것을 함께 나눔으로써 느낄 수 있는 행복, 친구와의 단단한 믿음, 약자를 위한 배려, 부모님을 공경하는 마음 등 사람을 사람답게 만드는 중요한 가치들을 정작 놓치게 될 수도 있지요.

이반의 착한 마음씨와 부지런함, 그리고 온갖 유혹에도 흔들리지 않는 굳은 신념은 현대를 살아가는 사람들에게도 큰 감명과 깨달음을 줍니다.

1. 러시아 제국

본래 러시아 제국은 모스크바 대공국이라는 작은 나라에서 출발했어요. 14~15세기에 걸쳐 주변의 나라들과 싸워 이기면서 점차 세력을 확대해나갔고, 급기야 북동 러시아를 통일하기에 이르렀습니다. 이반4세는 스스로를 '차르'(러시아에서 왕을 부를 때 사용하던 호칭)라고 부르며 그 위세를 과시했지만, 그가 죽자 급격히 사회가 혼란스러워졌고 나라 안에는 작고 큰 전쟁이 일어났습니다. 오랫동안 혼란기를 겪은 러시아는 다른 유럽 나라에 비해 발전이 많이 더뎌졌고요.

17세기 말, 차르로 즉위한 표트르 대제가 서구화 정책을 실시하면서 점차 국제적 지위는 조금씩 회복되었습니다. 이때 표트르 대제는 로마 황제의 정식 칭호인 '임페라토르'를 들여와 러시아 황제의 칭호로 사용할 것을 널리 알리고, 러시아 제국이라는 나라의 이름도 정식으로 선포했습니다.

2. 러시아의 농노 해방

서구화가 시작되면서 러시아에도 변화의 물결이 찾아왔지만, 정작 근대화가 필요한 농촌에는 개혁이 시작되지 않았습니다. 당시 농노제(농민이 지주에게 노예처럼 속해 있던 제도, 지주의 땅에서 농사를 지으며, 노동력과 물품을 바쳤음.)를 택하고 있던 러시아는 농민들의 불만을 외면한 채 그 제도를 유지했습니다. 불만이 걷잡을 수 없이 거세지자 알렉산드르 2세 황제에 가서야 농노 해방령이 시행되었는데, 정작 농노들이 살 땅을 마련해주지 않아 도시에서는 농민 출신의 빈곤한 노동자들이 등장하게 되었습니다.

〈바보 이반〉의 작가 톨스토이는 백작의 지위를 가진 귀족 신분이었지만 농민의 고단한 삶에 관심이 많았습니다. 전쟁에 사람을 동원하고 많은 세금을 걷는 러시아의 지배층 때문에 농민들이 행복한 삶을 살지 못한다고 여겼고 그 사실에 누구보다 가슴 아파했습니다. 그래서 톨스토이는 문학 활동을 펼치며 러시아의 귀족층을 비판하고, 직접 학교를 운영하면서 어린 나이에도 일을 하느라 배움을 멀리할 수밖에 없는 농민과 아이들을 위해 가르침을 펼쳤습니다.

1. 바보 이반은 머리도 좋지 않고, 계산도 빠르지 않았지만 두 형보다 행복한 삶을 살았습니다. 바보 이반의 어떤 장점 때문에 행복이 찾아올 수 있었을까요?

----

2. 이반은 성실하긴 하지만 지혜롭지는 않아서 왕이 되기에는 약간의 모자람이 있습니다. 여러분이 만약 이반이 다스리는 나라의 왕이 되었다면 어떤 정책을 펼칠 수 있을까요? '백성들의 행복을 위해 나는 이런 법이나 제도를 만들겠다' 하는 생각들을 자유롭게 적어 보세요.

Alphonse Daudet

마지막 수업

알퐁스 도데(Alphonse Daudet: 1840~1897)

프랑스의 소설가이자 극작가. 프로방스의 님에서 태어난 그는 사업을 하던 아버지의 파산으로 알레스에 있는 중학교 사환으로 일하며 청소년 시절을 보냈어요. 1857년, 파리로 나가 작가 수업을 하고 1858년에 시집 《사랑하는 여인들》을 발표합니다. 그 후 문학에 더욱 몰두하게 되면서 미스트랄을 비롯해, 플로베르, 졸라, 공쿠르, 투르게네프 등과 친분을 가지게 되지요. 1871년, 보불전쟁 참전의 체험을 바탕으로 쓴 단편집 《월요이야기》는 나라와 이웃을 사랑하는 일이 무엇인가를 되새기게 하는 작품입니다.

그의 작품은 시적 정서와 고요하고 아름다운 서정적인 느낌으로 따뜻한 유머와 인간미를 보여 주는 것이 특징입니다.

대표작품으로는 장편소설 〈쾌활한 타르타랭〉과 단편집 《풍차 방앗간 소식》, 《월요이야기》와 희곡 〈아를르의 여인〉 등이 있어요.

그날 아침, 나는 학교에 너무 늦게 가서 지각을 했다. 더구나 아멜 선생님께서 프랑스어 분사(分詞)에 대해 질문한다고 하셨는데, 전혀 외우질 못해 꾸중을 들을까 걱정되었다.

순간 나는 차라리 수업을 빼먹고 산으로 놀러나 갈까? 하는 생각이 들었다.

날씨는 너무나 맑고 화창했다. 숲에서는 티티새가 지저귀고, 제재소 뒤의 리페르 벌판에서는 프로이센 병사들이 훈련 받는 소리가 들려왔다.

이런 것들이 모두 분사법을 공부하는 것보다 훨씬 재미있게 느껴졌다. 그러나 나는 마음을 다잡아먹고 학교를 향해 달리기 시작했다. 학교를 가다가 면사무소 앞을 지나면서 게시판 앞에 많은 사람들이 모여 있는 것을 보았다. 지난 2년 동안 게시판 앞에 사람들이 모여 있으면 좋지 않은 소식이 들려오곤 했다.

나는 뛰면서 생각했다.

'또 무슨 일이 일어났나?'

마음 졸이며 내가 막 광장을 가로질러 달려가고 있는데, 견습공과 함께 그곳 게시판을 보고 있던 대장장이 와슈트 영감이 나를 향해 소리쳤다.

"애야, 그렇게 서두를 것 없다. 학교에 지금 가도 늦지 않았어."

나는 속으로 그가 나를 놀린다고 생각하고, 숨을 헐떡이며 학교로 뛰어 들어갔다.

분사 문법 용어 중에 하나. 형용사의 기능을 가지는 동사의 부정형.　프로이센 독일 동북부, 발트 해 기슭에 있던 지방. 1701년에 프로이센 왕국이 세워졌으나 제2차 세계 대전 후 소련 및 폴란드에 점령되었으며 이름도 없어졌다.

그런데 그날은 참 이상한 날이었다. 보통 때 같으면 수업이 시작될 때까지 아이들이 재잘거리는 소리, 책상을 여닫는 소리, 문장을 외우느라 큰소리로 읽어대는 소리, 조용히 하라고 소리치는 아멜 선생님의 목소리 등이 교실 안을 가득 메우곤 했다. 그래서 나는 이런 소란스러운 틈을 타서 선생님 몰래 내 자리에 슬쩍 앉으려는 생각이었다.

하지만 그날은 보통 때와 달랐다. 마치 일요일 아침처럼 조용하기만 했다. 열린 창문 너머로 이미 제자리에 앉아 있는 친구들의 얼굴이 보였다. 그리고 아멜 선생님은 여느 때와 같이 무서운 자막대기를 옆구리에 끼고 말없이 책상 사이를 왔다 갔다 하고 계셨다. 나는 할 수 없이 문을 열고 쥐 죽은 듯 조용한 교실을 들어갈 수밖에 없었다. 나는 너무나 부끄럽고 두려웠다.

그런데 그날은 다른 날과 전혀 달랐다. 아멜 선생님은 화를 내지 않으셨고, 조용히 나를 바라보시면서 부드럽게 말씀하셨다.

"프란츠야, 어서 자리로 가 앉아라. 하마터면 너를 빼놓고 수업을 시작할 뻔했구나."

나는 얼른 내 자리로 가서 앉았다. 그제야 긴장과 두려움이 사라졌다.

그리고 나서 나는 선생님께서 장학관이 오는 날이나 졸업식 때만 입는 초록색 프록코트를 입고 계시다는 것을 깨달았다. 게다가 가늘게 주름 잡힌 레이스 장식을 가슴에 달고, 머리에는 수놓인 검은 비

프록코트 Frock coat. 남자의 서양식 예복의 하나. 보통 검은색이며 저고리 길이가 무릎까지 내려옴.

단 모자를 쓰고 계셨다.

뿐만 아니라 교실 전체에는 평소와는 달리 뭔지 모를 고요함과 엄숙한 분위기가 감돌고 있었다. 더욱 놀라운 것은 늘 비어 있던 교실 뒷자리에 마을 사람들이 조용히 앉아 있는 것이었다.

모자를 쓴 오젤 영감님, 전에 면장을 지냈던 분, 집배원을 하셨던 아저씨, 그리고 여러 사람들이 앉아 있었다.

그들은 모두 어딘가 모르게 슬픈 표정들이었다. 오젤 영감님은 가장자리가 다 닳아버린 프랑스어 문법책을 무릎 위에 올려놓고 커다란 안경을 쓰고 들여다보고 있었다.

내가 이러한 모습들을 보고 놀라고 있는 사이에 아멜 선생님은 교단으로 올라가서 부드럽고 엄숙한 목소리로 말씀하셨다.

"여러분, 오늘 이 시간은 내가 여러분께 가르치는 마지막 수업입니다. 베를린에서 명령이 내려왔는데, 알자스와 로렌 지방의 학교에서는 이제 독일어만 가르치라는 것입니다. 내일 새 선생님이 오십니다. 오늘이 여러분의 마지막 프랑스어 수업인 것입니다. 부디 열심히 들어 주시기 바랍니다."

나는 선생님의 말씀을 듣고 깜짝 놀랐다. 못된 프로이센 놈들!

'면사무소 게시판에 붙어 있던 것이 바로 이 내용이었구나.'

나의 마지막 프랑스어 수업! 나는 아직도 프랑스어를 제대로 쓸 줄도 읽을 줄도 모른다. 그런데 이제 더 이상 배울 수가 없다니……. 이것으로 끝이란 말인가.

엄숙하다 ①분위기나 의식 따위가 장엄하고 정숙하다. ②말이나 태도 따위가 위엄이 있고 정중하다.

나는 지금까지 시간을 헛되이 보낸 것을 얼마나 후회했는지 모른다. 새를 잡겠다고 수업을 빼먹은 것이나 강에서 얼음지치기를 하려고 보내버린 시간 등을 생각하며 얼마나 뉘우쳤는지 모른다. 조금 전까지만 해도 그렇게 지겹고 따분하게 느껴졌던 교과서나 문법책, 성경 등이 좀처럼 헤어지기 섭섭한 오랜 친구처럼 느껴졌다.

아멜 선생님도 마찬가지였다. 보통 때에는 무섭게 야단을 치시고 자막대기로 아프게 매를 때리시던 선생님이셨는데, 이제 다시는 만

얼음지치기 얼음 위를 미끄러져 달림. 또는 그런 운동이나 놀이.

날 수 없다는 생각이 들자 슬픈 생각이 들었다.

가엾은 선생님!

선생님은 마지막 프랑스어 수업에 경의를 표하기 위해 정장을 입고 오신 것이었다. 그리고 나는 그제야 마을 사람들이 교실 뒷자리에 앉아 있는 이유도 알았다. 마을 사람들이 다시는 프랑스어를 배울 수 없다는 생각에 교실 뒤에 와서 수업을 듣는 것이었다. 그들은 지금까지 이 학교에 더 자주 오지 못한 것을 후회하는 것 같았다. 또한 그것은 40년간이나 프랑스어를 가르치신 우리 선생님에 대한 감사의 표시일 뿐 아니라 마침내 사라져가는 조국 프랑스에 대한 의무를 다하려는 뜻이 담겨 있었다.

내가 이런 생각을 하는 동안, 갑자기 선생님이 내 이름을 불렀다. 내가 외워야 할 차례였다.

'내가 어려운 분사의 규칙을 하나도 틀리지 않고, 큰소리로 끝까지 외울 수 있다면 얼마나 좋을까?'

하지만 나는 시작부터 기억이 나질 않아 더듬거렸다. 고개도 들지 못한 채 몸을 비비꼬면서 안절부절 못했다. 그러자 아멜 선생님이 말씀하셨다.

"프란츠야, 너를 꾸짖지는 않겠다. 이것으로 너는 충분히 벌을 받은 거란다. 너뿐만 아니라 우리는 언제나 이렇게 생각했지. '시간은 충분해. 내일이 있잖아. 내일 공부하지, 뭐.' 그 결과가 바로 이런 거란다. 언제나 교육을 다음날로 미룬 것이 우리 알자스의 가장 큰

<hr>

경의 존경하는 뜻. 안절부절 마음이 초조하고 불안하여 어찌할 바를 모르는 모양.

잘못이었어. 프로이센 사람들은 우리에게 이렇게 말할 거야. '당신들은 프랑스 말을 읽고 쓸 줄도 모르면서 어떻게 프랑스 사람이라고 할 수 있죠?' 하지만 프란츠, 이건 너 혼자만의 잘못은 아니란다. 그 책임은 우리 모두에게 있는 거다. 부모님들은 자녀의 교육에 별로 관심을 가지지 않으셨어. 공부를 시키기보다는 한 푼이라도 더 벌기 위해 아이들을 밭이나 공장에 보냈으니까. 하기야 나조차도 수업시간에 공부는 가르치지 않고 정원에 물을 주라고 시키거나 송어 낚시를 가고 싶을 때 너희들을 쉬게 한 적도 있었지. 미안하구나."

이어서 아멜 선생님은 프랑스어에 대한 이야기를 시작하셨다.

프랑스어는 세계에서 가장 아름답고 분명한 언어이며, 우리는 프랑스어를 결코 잊어서는 안 된다고 말씀하셨다. 그러면서 한 민족이 다른 나라의 노예가 되었다고 하더라도 자기 나라말을 잘 간직하고 보전해 나간다면 그것은 마치 감옥의 열쇠를 쥐고 있는 것과 같다고 말씀하셨다.

그리고 난 뒤, 선생님은 문법책을 들고 우리가 배울 부분을 읽어 주셨다. 나는 그렇게 어렵기만 하던 프랑스어를 내가 이토록 쉽게 이해할 수 있다는 사실이 놀라웠다. 선생님이 말씀하시는 것이 그렇게 쉬울 수가 없었다.

나는 사실 지금까지 선생님의 말씀에 그처럼 열심히 귀 기울인 적이 없었다. 선생님 또한 온 정성을 다하여 열정적으로 설명해 주셨다. 선생님은 마치 학교를 떠나기 전에 자신이 알고 있는 모든 지식을 우리에게 가르쳐 주시려는 듯했다.

문법시간이 끝나고 글쓰기 시간이 되었다. 아멜 선생님은 모두에게 나누어 줄 새 글씨본을 꺼내 놓으셨다. 거기에는 아름다운 글씨로, '프랑스, 알자스, 프랑스, 알자스'라고 쓰여 있었다.

그것은 마치 우리들의 책상 위에 꽂힌 깃발처럼 온 교실을 둘러싸고 펄럭이고 있었다.

우리 모두는 얼마나 열심히 썼는지, 종이 위로 사각거리며 써 내려가는 펜 소리 외에는 아무 소리도 들리지 않았다. 그때 갑자기 창문으로 풍뎅이 한 마리가 날아 들어왔지만 아무도 그쪽을 쳐다보지 않았다. 어린 꼬마들조차도 선하나 긋는 데 마치 그것이 프랑스어인 것처럼 용기와 신념을 가지고 신중하게 한 획, 한 획 그어나갔다.

학교 지붕 위에 비둘기 몇 마리가 날아와 '구구구' 울었다.

나는 그 소리를 들으며 생각했다.

'내일부터 저 비둘기들도 독일말로 울어야 할지 몰라.'

가끔 고개를 들어 아멜 선생님을 쳐다보면, 선생님은 교단 위에서 주위의 사물들을 뚫어지게 바라보고 계셨다. 마치 눈에 보이는 모든 것을 선생님의 눈 속에 담아가려는 듯……. 그러실 만도 했다.

선생님은 지난 40년 동안 이 교실에서 한결같이 프랑스어를 가르쳐 왔으니까. 변함없는 교실과 학교 교정. 다만 의자와 책상이 오랜 세월 동안 닳아서 반질거리고 운동장의 호두나무들이 크게 자랐으며, 선생님이 직접 심으신 호프나무가 커져서 창과 지붕을 가려 주는 것이 달라졌을 뿐이었다. 이 모든 것과 헤어져야 한다는 것이 선생님에게는 얼마나 가슴 아픈 일이었을까? 선생님의 여동생이 2층에서 왔다 갔다 하며 짐을 챙기는 소리가 들렸다.

내일이면 이들은 이 고장을 떠나야 한다. 그리고 언제 돌아올지 기약할 수 없었다.

선생님은 침착하게 수업을 이끌어 가셨다. 글쓰기 다음 시간은 역사시간이었다. 역사시간이 끝난 후 어린 학생들은 모두 다같이 '바(Ba), 베(Be), 비(Bi), 보(Bo), 부(Bu)'를 노래했다.

교실 뒤쪽에 있던 오젤 영감님도 안경을 낀 채 두 손으로 프랑스어 책을 들고 아이들과 함께 한 글자씩 더듬더듬 따라 읽고 있었다. 영감님은 무척 열심이었고, 너무나 감동하여 목소리가 떨리고 있었다. 그 목소리가 우스워서 우리는 웃어야 할지 울어야 할지 모를 지경이었다.

나는 이 마지막 수업을 결코 잊지 못할 것이다.

그때 교회의 시계가 12시를 알렸고, 이어서 삼종기도를 알리는 종소리가 들렸다. 그와 동시에 훈련을 마치고 돌아오는 프로이센 병사들의 나팔 소리가 바로 우리 교실 창밑에서 요란하게 울려 퍼졌다. 아멜 선생님은 창백한 얼굴로 교단에 올라섰다. 선생님의 키가 그렇게 커 보인 적은 지금까지 한 번도 없었다.

선생님께서 말씀하셨다.

"여러분, 나, 나는⋯⋯."

선생님은 목이 메어 더 이상 말을 잇지 못하셨다. 그는 칠판 쪽으로 가서 분필 하나를 집어 들고 온 힘을 다해 아주 커다란 글씨로 이렇게 쓰셨다.

'프랑스 만세!'

선생님은 그대로 칠판에 머리를 기대고 꼼짝도 않고 한참을 서 계셨다. 그리고 말없이 우리에게 손짓하셨다.

"이제 수업은 끝났습니다……. 모두 돌아가십시오."

작품 줄거리

프랑스 알자스의 한 시골마을. 어느 날 아침, 이 마을에 사는 소년 프란츠는 학교에 지각을 하게 됩니다. 학교에 가면 혼이 날까봐 마음을 졸이며 교실로 들어갔는데, 아멜 선생님께서는 화도 내지 않으셨고, 게다가 특별한 날에만 입는 정장을 입고 계셨어요.

아멜 선생님은 엄숙한 표정으로 오늘이 프랑스어를 가르치는 마지막 수업이라고 하시면서 열정적으로 아이들을 가르칩니다. 프란츠가 분사 규칙을 외우지 못하자 야단치지 않고, 그것은 아이들만의 잘못이 아니고 교육에 관심이 없는 어른들의 책임이 크다고 말합니다. 프랑스어와 역사를 배우는 아이들의 태도는 진지하며, 수업에 참석한 어른들도 아이들과 함께 책을 들고 따라 읽습니다.

아멜 선생님은 40년을 가르쳐 왔던 학교를 떠나 다른 곳으로 가야하는 처지임에도 끝까지 온 힘을 다해 수업을 해 나가요.

그리고 정오가 되어 훈련을 마친 프로이센 병사들이 돌아오자, 더 이상 수업을 할 수 없게 된 선생님은 칠판에 '프랑스 만세'라고 쓰시고 수업을 마칩니다.

이해와 감상

이 작품은 애국심과 따뜻한 인간애가 돋보이는 알퐁스 도데의 대표작입니다. 작가는 나라를 빼앗기고, 그 결과 한 민족의 말과 글을 빼앗기게 된 현실을 슬퍼하는 것에 그치지 않고, 그러한 일이 왜 일어났는가를 냉철하게 돌아보게 합니다. 그리고 모국어가 언어 이상의 힘을 가지고 있다는 것을 알려 주고, 또 프랑스어를 절대 잊지 말 것을 당부하면서 언젠가 잃어버린 조국을 되찾을 날이 오게 될 것이라는 희망을 주고 있어요.

교육에 대한 중요성과 나라사랑에 대해 일깨워 주는 작품으로, 프랑스뿐만 아니라 성장기의 청소년들이 한번쯤 읽어 보아야 할 명작입니다.

1. 시점이란?

작품 속에서 실제로 이야기를 끌어가는 주체를 화자(또는 서술자)라고 부릅니다. 화자는 작품에 따라 작중 인물(작품 속 인물)일 때도 있고, 사건 밖에 있는 어떤 목소리이기도 합니다. 또 인물에 대하여 모든 것을 다 알고 있다는 듯 이야기하기도 하고, 단지 겉으로 드러난 사실만 옆에서 관찰하듯 서술하기도 합니다. 화자가 작품 안의 다른 사람들을 어떤 각도에서 바라보고 있는가, **사건의 진행 과정이나 인물의 행동에 대한 화자의 시각을 바로 시점**이라고 해요.

2. 시점의 종류

• 전지적 작가 시점

작품 속에 등장하는 인물 중에 화자가 있는 것이 아니라, 그 밖에서 이야기를 풀어나가는 별개의 목소리가 있습니다. 전지전능한 신처럼 등장인물의 심리 상태, 사건이 일어난 동기 등 모든 것을 알고 있어서 전지(全知, 모든 것을 안다는 뜻)라는 단어를 더해 전지적 작가 시점이라고 부릅니다. 주로 토끼전, 심청전 같은 판소리계 소설이 이에 해당하지요.

• 작가 관찰자 시점 (3인칭 관찰자 시점, 선택적 전지적 시점)

전지적 작가 시점과 마찬가지로 작품 속 등장인물이 아닌 제3자가 이야기를 전달합니다. 전지적 작가 시점과 약간의 차이가 있다면 극중에 등장하는 모든 인물들의 마음까지 꿰뚫어 보는 것은 아니고, 겉으로 드러나 있는 등장인물들의 대화와 행동을 관찰하고 묘사하여 이야기로 전달합니다. 전지적 작가 시점이 화자의 주관적인 생각까지 반영된 것이라면, 작가 관찰자 시점은 화자의 주관적인 생각은 배제하고 객관적인 태도로만 이야기를 전합니다.

• 1인칭 주인공 시점

1인칭은 '나'를 뜻합니다. 작품 속에 '나'가 등장하고, 여기서 '나'는 작품을 주도해나가는 주인공을 맡고 있습니다. 주인공 '나'는 자기의 마음 상태나 자기 주변에서 일어나는 사건들을 몸소 겪으면서 자신의 이야기를 직접적으로 풀어 나갑니다.

• 1인칭 관찰자 시점

작품 속에 '나'라는 사람이 등장하는 것은 1인칭 주인공 시점과 같지만, 여기서 '나'는 주인공이 아니라 그 주변에 있는 인물입니다. 그래서 주인공이 행동하고 말하는 것을 그 주변인물 '나'가 관찰한 내용들을 바탕으로 이야기가 진행됩니다.

그렇다면 〈마지막 수업〉은 무슨 시점의 소설일까요? 〈마지막 수업〉에서 이야기를 전달하는 사람(화자)은 바로 프란츠입니다. 프란츠는 이 작품의 주인공이기도 하고, 마지막 수업을 받는 동안 느끼는 다양한 감정들을 프란츠가 직접 설명을 해요. 그리고 프란츠의 눈으로 마을사람들과 아멜 선생님의 모습을 관찰하고 주변 인물들의 감정까지도 프란츠가 미루어 짐작합니다. 이러한 요소들은 앞에서 살펴본 1인칭 주인공 시점의 특징과 일치하네요.

1. 프랑스어 수업 시간 선생님의 질문에 프란츠는 정답을 말하지 못하고 우물쭈물합니다. 아멜 선생님은 그러한 프란츠를 꾸짖는 대신 프랑스어를 제대로 배우지 않은 우리 모두의 잘못이라고 말합니다. 아멜 선생님은 왜 우리 모두의 잘못이라고 말했을까요?

2. 평소 프란츠는 놀기 위해 종종 수업을 빼먹고 공부는 소홀히 하던 학생이었습니다. 그런 프란츠가 왜 아멜 선생님의 마지막 수업을 들을 때는 집중력이 높아지고, 프랑스어 수업이 쉽게만 느껴졌을까요? 프란츠의 마음을 읽어 보세요.

3. 프랑스를 쳐들어 온 프로이센 군사들은 알자스에 사는 사람들이 더 이상 프랑스어를 배우지 못하도록 수업을 막습니다. 100여 년 전 우리나라를 쳐들어왔던 일본 역시도 우리의 말과 글을 쓰지 못하도록 문화말살정책을 펼쳤는데요. 그렇다면 전쟁에서 이긴 나라들은 왜 상대 나라의 말과 글을 쓰지 못하게 막았던 걸까요?

Alphonse Daudet

별

알퐁스 도데(Alphonse Daudet: 1840~1897)

프랑스의 소설가이자 극작가. 프로방스의 님에서 태어난 그는 사업을 하던 아버지의 파산으로 알레스에 있는 중학교 사환으로 일하며 청소년 시절을 보냈어요. 1857년, 파리로 나가 작가 수업을 하고 1858년에 시집 《사랑하는 여인들》을 발표합니다. 그 후 문학에 더욱 몰두하게 되면서 미스트랄을 비롯해, 플로베르, 졸라, 공쿠르, 투르게네프 등과 친분을 가지게 되지요. 1871년, 보불전쟁 참전의 체험을 바탕으로 쓴 단편집 《월요이야기》는 나라와 이웃을 사랑하는 일이 무엇인가를 되새기게 하는 작품입니다.

그의 작품은 시적 정서와 고요하고 아름다운 서정적인 느낌으로 따뜻한 유머와 인간미를 보여 주는 것이 특징입니다.

대표작품으로는 장편소설 〈쾌활한 타르타랭〉과 단편집 《풍차 방앗간 소식》, 《월요이야기》와 희곡 〈아를르의 여인〉 등이 있어요.

내가 뤼브롱 산에서 양치기를 하고 있을 때의 이야기입니다.

몇 주일 동안 사람 구경이라곤 못한 채, '라브리'라는 양치기 개와 함께 양떼를 돌보며 홀로 하루하루를 보내야 했습니다.

가끔 몽 드뤼르 산의 수도사들이 약초를 캐러 가느라 그곳을 지나가거나, 피에몽 산에서 나무를 구하러 오는 숯 굽는 사람들의 새까만 얼굴을 볼 때도 있었습니다.

하지만 그들은 오랫동안 혼자서 자신들의 일만 해왔기 때문인지 말없는 조용한 성격이었고, 다른 사람들과 이야기 하는데 흥미를 보이지 않았습니다. 그래서인지 그들에게 산 아랫마을이나 도시에서 무슨 일이 일어나고 있는지 소식을 물어보아도 전혀 아는 것이 없었습니다.

그래서 두 주일마다 보름치 식량을 싣고 언덕길을 올라오는 주인집 나귀의 방울소리가 들려오거나, 농장의 귀여운 꼬마하인 미아로의 밝은 얼굴과 함께 갈색 모자를 쓴 노라드 아주머니의 모습이 언덕 위로 나타나는 것을 보면 나는 너무나 기뻐서 어쩔 줄 몰랐습니다.

그들에게 아랫마을의 소식을 들을 수 있었습니다.

나는 누가 세례를 받았고, 누가 결혼을 했는지, 또 누가 도시로 떠났는지 등 여러 가지 소식을 물어 보았습니다.

그러나 무엇보다도 내가 알고 싶었던 것은 바로 우리 주인집 딸인 스테파네트 아가씨의 소식이었습니다.

스테파네트 아가씨는 이 세상에서 가장 아름답고, 내가 가장 좋아하는 사람이었습니다.

나는 내 마음을 들키지 않으려고 애쓰면서 꼬마 미아로나 노라드 아주머니에게 아가씨의 소식을 물어보곤 했습니다.

아가씨가 파티에 자주 참석하는지, 야외로 나들이를 자주 나가시는지, 또 지금도 새로운 젊은이들이 찾아와 아가씨의 환심을 사려고 하는지 등을 물어보았습니다.

만약 그때 어떤 사람이 '산 속에서 지내는 보잘 것 없는 양치기인 네가 어째서 그런 것을 궁금해 하느냐?'라고 물었다면 나는 이렇게 대답했을 것입니다.

"나도 이제 스무 살이며, 스테파네트 아가씨는 내가 지금까지 본 사람 중에서 가장 아름다운 사람이거든요."

어느 일요일이었어요. 나는 보름치의 식량이 오기를 손꼽아 기다리고 있었습니다. 그런데 그날따라 도착할 시간이 한참 지났는데도 식량을 실은 나귀가 오질 않았습니다.

아침나절에는 큰 미사가 있었기 때문일 거라고 생각했습니다. 그러다 점심때쯤 되어 소나기가 세차게 내리자, 이번에는 '비 때문에 나귀를 몰고 올 수 없었나 보다.' 하고 초조한 마음을 달랬습니다.

이윽고 오후 3시쯤 되자, 하늘은 비가 언제 왔던가 싶을 정도로 깨끗해지고, 비에 젖은 산도 햇빛을 받아 눈부시게 빛났습니다. 나뭇잎에 매달려 있던 물방울이 똑똑 떨어지는 소리와 갑작스런 소나기로 개울물이 불어나 넘쳐흐르는 소리가 섞인 가운데 나귀의 방울소리가 들려 왔습니다. 그 소리는 마치 부활절에 울려 퍼지는 종소리처럼 명랑하고 경쾌했습니다.

그런데 나귀를 몰고 온 사람은 꼬마 미아로도, 노라드 아주머니도 아니었습니다. 그 사람은 다름 아닌 바로 우리 스테파네트 아가씨였습니다. 소나기가 온 뒤에 산의 깨끗한 공기와 선명한 풍경 속에서 아가씨는 두 볼이 발그레하게 상기되어 있었습니다.

아름다운 아가씨는 나귀에서 내리며, 꼬마 미아로는 병이 나서 누워 있고, 노라드 아주머니는 휴가를 얻어 집에 가게 되어 자기가 직접 오게 되었다고 말했습니다. 그리고 오는 도중에 길을 잃고 헤매다 늦게 도착하게 되었다는 이야기도 했습니다.

꽃 모양의 화려한 리본을 머리에 달고, 눈부신 레이스로 장식한 드레스를 입은 아가씨의 모습은 산속에서 길을 헤매었다기보다는, 오히려 무도회에서 춤추다 늦은 것처럼 보였습니다.

아, 아름다운 아가씨! 아무리 바라보아도 싫증나지 않았습니다. 나는 아직 한 번도 그렇게 가까이 아가씨를 본 적이 없었습니다.

겨울이 되면 나는 산에 눈이 내리기 전에 양떼를 몰고 마을로 내려가 지내곤 했습니다. 그러면 저녁을 먹으러 주인집에 들를 때가 있습니다. 그때 가끔 아름답고 단정하게 차려 입은 아가씨가 거실로 가로질러 가는 모습을 볼 수 있었습니다. 하지만 하인들에게 말을 거는 일은 거의 없었습니다.

그런데 그런 아가씨가 바로 지금 내 앞에 있는 것입니다. 오직 나

상기되다 흥분이나 부끄러움으로 얼굴이 붉어지다.

만을 위해서 여기에 온 것입니다. 그러니 어떻게 내가 넋을 잃지 않을 수 있겠습니까!

바구니에서 가져온 식량을 꺼내놓은 스테파네트 아가씨는 신기한 듯 사방을 둘러보았습니다. 아가씨는 아름다운 나들이옷이 더럽혀질까 봐 치맛자락을 살짝 치켜들고는 양을 몰아넣는 울타리 안으로 들어갔습니다.

양의 털가죽과 짚으로 만든 내 잠자리며, 벽에 걸린 커다란 외투, 양을 몰 때 사용하는 지팡이와 구식 엽총 따위를 재미있다는 듯 쳐다보았습니다.

"그러니까 여기가 네 방이란 말이지? 아아, 가엾어라. 항상 혼자 있으니 얼마나 외로울까? 대체 무슨 생각을 하며 지내는 거야?"

'아가씨만을 생각하며 지낸답니다.'

나는 그렇게 대답하고 싶었습니다. 사실 그렇게 말한다고 해도 거짓말은 아니었을 것입니다. 하지만 나는 가슴이 두근거리고 부끄러워서 한마디도 할 수 없었습니다.

아가씨는 그런 내 마음을 눈치챘는지도 모릅니다. 짓궂은 아가씨는 나를 쩔쩔매게 만들어 놓고 재미있어 했습니다.

"네 여자 친구는 너를 만나러 가끔 올라오니? 물론 예쁜 여자 친구겠지. 그녀는 아마 예쁜 황금 산양이거나, 산봉우리를 날아다니는 요정 에스테렐이겠지……."

아가씨는 나를 놀리면서 머리를 젖히고 예쁘게 웃었습니다. 또한 살며시 나타났다가 사라지는 요정처럼 서둘러서 돌아가려는 아가씨의 그 모습이야 말로 내게는 요정 에스테렐 같이 여겨졌습니다.

"잘 있어라, 목동아."

"조심히 가세요, 아가씨."

아가씨는 빈 바구니를 싣고 나귀 등에 올라타고 돌아갔습니다.

나는 비탈진 오솔길로 아가씨가 사라지는 모습을 오랫동안 지켜보았습니다. 아가씨의 모습이 산길 따라 멀리 사라진 뒤에도, 나귀 말굽에 채여 튕겨나가는 돌멩이 소리 하나하나가 마치 내 심장을 두드리는 것 같았습니다. 그리고 나는 해질 무렵까지 그 소리에 귀를 기울이고 있었습니다. 조금 전에 있었던 꿈같은 일이 사라질까 두려워 그 꿈을 지키고 서 있었던 것입니다.

저녁때가 되어 내려다보이는 산골짜기가 푸르스름해지기 시작하고, 양떼가 음매음매 하고 처량하게 울며 울타리 안으로 다투어 들어갈 때였습니다.

바로 그때 어두워진 산 비탈길 아래서 누군가 나를 부르는 소리가 들렸습니다. 나는 누군가 하고 나가 보았더니, 아가씨의 모습이 다시 눈앞에 나타났습니다. 아가씨는 조금 전의 명랑하던 모습은 어디론가 사라지고, 물에 흠뻑 젖어 추위와 두려움으로 오들오들 떨고 있었습니다. 아마도 산기슭에서 낮에 쏟아진 소나기로 인해 물이 불어난 강을 건너려다 물에 빠질 뻔했나 봅니다.

무엇보다도 곤란한 것은 이제 곧 날이 어두워져 집에 돌아가기 어

렵다는 것이었습니다. 지름길이 있긴 했지만, 험한 길을 아가씨 혼
자서 찾아갈 수 없을 테고, 그렇다고 내가 양떼를 내버려두고 아가
씨를 데려다 줄 수도 없는 노릇이었습니다.

산 위에서 밤을 지새우는 것도 힘들겠지만, 무엇보다도 가족들이
걱정할 것이라는 생각 때문에 아가씨는 더 안절부절 못했습니다. 나
는 아가씨를 안심시키려고 최선을 다했습니다.

"아가씨, 조금만 참으시면 됩니다. 7월의 밤은 짧답니다."

그리고 나는 아가씨의 머리와 옷을 말리기 위해 서둘러 모닥불을
피웠습니다. 그러고는 양젖을 짜서 치즈와 빵과 함께 아가씨에게 주
었습니다. 그러나 가엾은 아가씨는 불을 쬐려고도 음식을 먹으려고
도 하지 않았습니다. 아가씨의 두 눈에 커다란 눈물방울이 맺혀 있
는 것을 보니 나도 그만 울고 싶어졌습니다.

어느덧 밤이 오고야 말았습니다. 서쪽하늘에만 햇빛이 희미하게
남아 있을 뿐 해는 자취를 감추었습니다.

나는 아가씨를 울타리 안으로 안내했습니다. 깨끗한 짚단을 새로
깔고 그 위에 부드러운 양가죽을 새로 펴놓고, 아가씨에게 안녕히
주무시라는 인사를 하고 밖으로 나왔습니다.

내 마음은 아가씨에 대한 애틋한 사랑과 열정으로 터질 것만 같았
지만, 나쁜 생각은 조금도 하지 않았습니다.

울타리 안의 한 구석에서, 아가씨의 잠든 얼굴을 신기한 듯 바라
보는 양들 바로 곁에서, 아가씨가 그 어느 양보다도 가장 순결하고

소중한 양이 되어 내 보호를 받으며 편히 자고 있다고 생각하니 너무나 가슴이 벅찼습니다.

늘 보아왔지만, 밤하늘이 이렇게 깊고 푸르며, 별들이 이처럼 아름답게 빛나는 것을 본 적이 없었습니다.

멍하니 별들을 바라보고 있는데, 갑자기 울타리 사립문이 삐걱하며 열리더니 아름다운 스테파네트 아가씨가 밖으로 나왔습니다.

아가씨는 잠을 잘 수 없었던 모양입니다.

양들이 짚 위에서 움직일 때마다 바스락거리는 소리를 내고, 또 잠결에 '매애' 하고 우는 소리를 내곤 했으니까요. 그래서 차라리 모닥불 곁에서 밤을 새는 것이 낫겠다고 생각했을 겁니다. 나는 아

가씨 어깨 위에 내 양가죽을 걸쳐준 다음, 모닥불에 장작을 더 얹어 불꽃을 돋우었습니다. 그리고 아가씨와 나는 아무 말 없이 나란히 앉아 있었습니다.

밤이 되면 또 하나의 세계가 펼쳐집니다. 만일 한번만이라도 밖에서 밤을 새워 본 적이 있는 사람이라면 알 것입니다. 모든 것이 잠든 깊은 밤에도 또 다른 신비의 세계가 고요함과 정적 속에서 깨어난다는 것을……

그때 샘물은 더욱 깊고 맑은 소리를 내며 흐르고, 연못에서는 작은 불꽃들이 반짝이고, 나무들은 더욱 신선한 공기를 뿜어냅니다. 산의 온갖 요정들이 자유롭게 뛰어 다니고, 공중에서는 나뭇가지나 풀잎이 조금씩 자라나는 것 같은 소리가 들릴 듯 말 듯 스쳐 지나갑니다. 낮에 들리지 않던 작은 소리도 생생하게 들려옵니다.

낮이 살아 있는 것들의 세상이라면, 밤은 사물들의 세상입니다.

그래서 이런 밤의 세계에 익숙하지 않은 사람은 밤이 무척 무섭게 느껴질 것입니다. 그래서인지 우리 아가씨도 바스락거리는 소리만 들려도 소스라치게 놀라며 내게 바짝 다가앉았습니다.

한번은 슬프게 우는 듯한 소리가 아래쪽 연못에서 메아리처럼 들려왔습니다. 바로 그 순간, 머리 위에서 아름다운 별똥별 하나가 방금 소리가 난 쪽으로 흘러갔습니다.

"저게 뭘까?"

스테파네트 아가씨가 작은 목소리로 물었습니다.

정적 쓸쓸한 느낌이 들 정도로 아주 고요함.

“천국으로 가는 영혼이랍니다.”

나는 별똥별이 떨어진 방향으로 성호를 그으며 대답했습니다.

아가씨도 나를 따라 성호를 긋고는, 잠시 고개를 들어 하늘을 올려다보고는 내게 다시 물었습니다.

“너희 목동들은 모두 점성가라던데, 사실이야?”

“그렇지 않아요, 아가씨. 하지만 이렇게 별들과 가까이 지내다 보니, 산 아래 사는 사람들보다는 별들의 변화에 대해 더 많이 알고 있답니다.”

아가씨는 한 손으로 턱을 괸 채, 양털 가죽을 두르고 밤하늘을 바라보고 있었습니다. 그 모습은 마치 하늘나라에서 내려온 귀여운 양치기 같았습니다.

“참, 많기도 해라. 어쩜 저렇게 아름다울까? 저렇게 많은 별들은 본 적이 없는데……. 저 별들의 이름을 너는 다 알고 있니?”

“그럼요, 아가씨. 우리 머리 바로 위에 있는 저 별들이 ‘성 야곱의 길(은하수)’입니다. 저것은 프랑스에서 스페인까지 쭉 뻗어 있지요. 옛날에 용감한 샤를마뉴 왕이 사라센 사람들과 싸웠을 때, 바로 갈리스의 성 야곱이 왕께 길을 알려 주기 위해서 그려 놓은 것이랍니다. 저쪽 멀리 보이는 것은 ‘영혼의 수레(큰곰자리)’지요. 반짝이는 네 개의 바퀴가 보이나요? 그 앞에 있는 세 개의 별이 수레를 끄는 세 마리 말이고, 맨 앞에 반짝이는 작은 별이 마부랍니다. 그리고 그 둘레에 흩어져 있는 별무리는 하느님께서 하늘나라에 들이고 싶어 하

성호 거룩한 표라는 뜻. 종교를 믿는 사람이 손으로 가슴에 긋는 십자가를 이르는 말.
점성가 별의 빛이나 위치, 운행 따위를 보고 점을 치는 점술가.
별무리 별이 많이 모여 한 덩어리로 빛나는 것.

지 않는 영혼들이에요. 좀 더 아래 있는 별은 '쇠스랑'이라고 부르기도 하는 '삼왕성(오리온)'입니다. 우리 양치기에게는 시계 구실을 해 주는 별이지요. 저 별을 보면 지금 자정이 지났다는 것을 알 수 있어요.

좀 더 아래쪽에 반짝이는 것이 하늘의 횃불인 '장 드 밀랑(시리우스)'이에요. 저 별에 관해서 양치기들 사이에 이런 이야기가 전해지고 있지요. 어느 날 '장 드 밀랑'은 '삼왕성'과 '병아리장(북극성)'과 함께 친구별의 결혼식에 초대를 받아 갔대요.

'병아리장'이 제일 먼저 출발했답니다. '삼왕성'은 그보다 낮은 곳으로 질러가서 그 별을 뒤쫓아 갔지요. 그런데 게으름뱅이 '장 드 밀랑'은 그만 늦잠을 자다가 맨 꼴찌로 처지게 되었답니다. 그러자 화가 난 '장 드 밀랑'은 그들을 멈추게 하려고 지팡이를 던졌대요. 그래서 지팡이를 맞은 '삼왕성'을 '장 드 밀랑의 지팡이'라고도 부른답니다. 그렇지만 아가씨, 수많은 별들 중에서 가장 아름다운 별은 바로 우리들의 별입니다. 저 '목동의 별' 말이에요.

우리가 새벽에 양떼를 몰고 나갈 때나 저녁에 다시 몰고 돌아 올 때나 한결같이 우리를 비춰 주는 별이랍니다. 우리들은 그별을 '마그론느'라고 부르지요. 아름다운 '마그론느'는 '프로방스의 피에르(토성)'를 찾아가 7년에 한 번씩 피에르와 결혼을 한답니다."

"어머, 별들도 결혼을 해?"

"물론이죠, 아가씨."

그리고 내가 그 결혼이라는 것이 어떤 것인가를 설명하려 했을 때, 무언가 따뜻하고 보드라운 것이 살짝 내 어깨에 와 닿는 것이 느껴졌습니다. 그것은 리본과 레이스와 곱슬거리는 머리카락을 귀엽게 비벼대며, 졸음을 이기지 못하고 내게 기대어 잠든 아가씨의 머리였습니다. 아가씨는 먼동이 터 올라 하늘의 별들이 하나씩 그 빛을 잃고 꺼질 때까지 꼼짝하지 않은 채 그대로 있었습니다.

나는 그녀의 잠든 모습을 보고 가슴이 설레었습니다. 그리고 아가씨의 얼굴을 가만히 지켜보며 꼬박 밤을 새웠습니다. 설레는 가슴은 어쩔 수 없었지만, 내 마음은 오직 아름다운 것만을 생각하게 해 주는 밤하늘의 성스러운 보호를 받으며 순결함을 잃지 않았습니다.

우리 주위에는 헤아릴 수 없이 많은 별들이 순한 양떼처럼 그들의 갈 길을 계속 가고 있었습니다.

나는 마음속으로 상상해 보았습니다.

저 수많은 별들 중에 가장 귀하고 아름답게 빛나는 별 하나가 길을 잃고 헤매다가, 내 어깨에 내려앉아 고이 잠들어 있노라고.

먼동 날이 밝아 올 무렵의 동쪽.

작품 줄거리

나는 프로방스 지방의 뤼브롱 산에서 양을 치는 목동입니다. 내게 세상 소식을 전해 주는 사람은 농장에서 보름에 한 번씩 식량을 날라다 주는 꼬마하인과 노라드 아주머니뿐입니다.

나는 이들에게 이런저런 소식을 묻지만 가장 듣고 싶은 것은 바로 아름다운 주인집 딸인 스테파네트 아가씨 소식이었지요. 그러던 어느 일요일, 병이 난 꼬마하인과 휴가 간 노라드 아주머니 대신 스테파네트 아가씨가 식량을 가지고 왔어요.

그런데 식량을 전해 주고 집으로 돌아가던 아가씨는 물에 옷이 흠뻑 젖어 되돌아옵니다. 소나기로 물이 불어난 강에 빠질 뻔했고, 날이 어두워져 돌아갈 수가 없었나 봅니다. 나는 불을 피워 옷을 말려 주고 아가씨에게 먹을 것을 내주며 아늑한 잠자리도 만들어 주었습니다. 하지만 그녀는 쉽게 잠을 이루지 못하고 내가 앉아 있는 모닥불 곁으로 나오게 되지요.

스테파네트 아가씨는 밤하늘을 올려다보며 내가 들려주는 별들에 관한 이야기를 듣다가 어느새 내 어깨 위에 머리를 기댄 채 잠이 듭니다. 나는 끝까지 순결함과 성스러움을 잃지 않고, 아가씨의 잠든 얼굴을 바라보며 밤을 지새웁니다.

이해와 감상

이 소설은 양치기 소년의 주인집 아가씨에 대한 성스럽고 순결한 사랑을 아름답고 환상적으로 묘사한 작품입니다. 작가 알퐁스 도데가 고향인 프로방스 지방의 일들을 회상한 내용들을 토대로 쓴 단편집 《풍차 방앗간 소식》에 들어 있는 소설 중에 하나이지요.

주인집 아가씨에 대한 '나'의 사랑은 바라보는 것만으

로도 가슴이 벅찬 고귀한 사랑입니다. 신분적인 차이 때문에 '별'처럼 멀고 이루어질 수 없는 사랑이지만, 안타깝거나 아쉬워하는 감정은 찾아볼 수 없지요. 끝까지 순수함을 잃지 않는 주인집 아가씨에 대한 '나'의 사랑은 그 자체만으로도 아름답게 느껴집니다.

낭만적이고 순수한 사랑을 섬세하고 투명한 언어들로 표현한 아름다운 작품입니다.

앞서 〈큰 바위 얼굴〉의 배경지식 단원에서 작품 속 배경의 의미와 역할에 대해 잠시 살펴보았습니다. 배경은 단순히 작품 속 인물들이 어느 공간에 있고, 어느 시간에 사는 사람들이라는 단순한 정보만 알려주는 것이 아니라 이야기의 주제를 전달하는 데 도움을 주고, 작품의 분위기를 만들어가는 중요한 역할을 담당합니다. 작품을 이해하는 데 있어 중요한 부분이니만큼 배경에 대한 세부 내용들을 보다 자세하게 알아보는 시간을 갖도록 하겠습니다.

1. 배경의 구성요소

배경 속에는 '시간'과 '공간'이 자리합니다. 인물이 살아가고 사건이 발생하는 기간이나 시대가 곧 '시간'이고, 시간을 중점으로 한 소설에서는 주로 시간 순서에 따라 사건이 발생하는 경향이 있습니다. 그리고 '공간'은 행동과 사건이 발생하는 자연 환경이나 생활 터전을 의미하고, 공간에 중점을 둔 소설은 시간의 흐름이 확실하게 나타나지 않는 대신 인물을 둘러싼 환경과 갈등 관계에 있는 인물의 성격을 자세하게 그려냅니다.

2. 배경의 유형

- **자연적 배경** : 작품 속에 나타난 시간과 공간, 지역과 계절을 뜻합니다. 시간적 배경, 공간적 배경이 이에 해당합니다.

  예) 이효석 〈메밀꽃 필 무렵〉의 메밀밭이라는 공간, 오 헨리 〈마지막 잎새〉의 병실 등이 이에 해당합니다.

- **사회적 배경** : 작품 속 사회 현실과 역사적인 장면들을 의미합니다.

  예) 하근찬 〈수난이대〉의 배경이 되는 6·25전쟁 직후의 혼란스러운 한국, 루쉰 〈고향〉에서 근대화를 겪고 있는 중국의 모습.

- **심리적 배경** : 작품 속에 등장하는 인물이 놓여 있는 심리적 상황이나 독특한 내면세계를 의미합니다. 주인공이 마음속으로 독백을 하고, 등장인물들의 내면 심리 분석을 위주로 하는 소설에 이러한 심리적 배경이 많이 등장합니다.

  예) 이상 〈날개〉에 나오는 주인공의 심리상태.

- **상황적 배경** : 인간의 본질과 삶에 대한 탐구를 바탕으로 한 실존주의 소설에 많이 등장하는 배경이고, 인물이 처한 구체적 상황이 작품의 배경이 되는 것을 말합니다.

  예) 손창섭 〈비오는 날〉, 전쟁이라는 비참한 상황 앞에서 무기력한 인간의 모습.

3. 알퐁스 도데 〈별〉에 나타난 배경

〈별〉의 주인공 '나'는 별이 한창 많이 보일 시기인 7월이라는 시간적 배경, 외로울 정도로 고요한 사람들의 발길이 없는 '뤼브롱산 목장'을 공간적 배경으로 삼고 이야기를 진행하고 있습니다. 〈별〉에서의 고즈넉한 배경설정은 주인공 '나'와 스테파네트 아가씨의 이야기를 더욱 낭만적이고 순수함이 느껴질 수 있도록 아름다운 분위기를 만들어 줍니다.

1. 주인공 '나'와 '스테파네트 아가씨'의 사이가 가까워
   질 수 있도록 도움을 준 것은 무엇인가요?

----

2. 두 사람의 성격은 대조적이면서도 비슷한 공통점이 있습니다. 아래의 빈
   칸에 적당한 단어들을 넣어 보세요.

구분	나	스테파네트
하는 일	뤼브롱 산에서 일하는 ○○○	주인집 ○
성격	주인집 딸을 사랑하지만 자신의 처지와 수줍은 마음 때문에 그 마음을 내비치지 않는다.	주인공의 순수한 사랑을 받고 있으며 ○○하고 쾌활하다.
공통적인 성격	○○한 영혼을 갖고 있다.	

3. 예전에 비하여 사랑의 의미가 많이 가벼워졌다는 이야기를 하고는 합니
   다. 사랑의 빛깔이 점점 본래의 색을 잃어가는 요즘에도 순수한 사랑을 그
   려낸 알퐁스 도데의 〈별〉은 여전히 많은 사람들의 사랑을 받고 있습니다.
   사람들이 각박하고, 마음의 여유가 없는 요즘에도 〈별〉을 찾아 읽는 이유
   는 무엇일지 여러분의 생각을 적어 보세요.

Guy de Maupassant

목걸이

기 드 모파상(Guy de Maupassant: 1850~1893)

프랑스의 자연주의 소설가. 프랑스의 노르망디 중산층 가정에서 태어난 모파상은 어릴 때부터 어머니의 친구였던 플로베르에게 문학수업을 받았어요. 1880년 에밀 졸라가 간행한 문집 《메당의 저녁》에 〈비계 덩어리〉를 실어 주목받기 시작했고, 단편집 《메종 텔리에》, 《피피 양》을 발표한 후 1883년에 쓴 장편소설 〈여자의 일생〉으로 톨스토이로부터 극찬을 받아요. 10여 년간의 짧은 작가생활 동안 장편 6편, 단편 300편 등 많은 작품을 남겼는데, 그의 작품은 속물스러운 인간들의 허위와 허식, 인간의 헛된 생각이 만들어내는 결말 등을 풍자와 아이러니로 표현했어요. 또 그의 작품에는 이상한 성격의 소유자나 비관적 인물이 많이 등장하지요. 모파상은 명석한 문체, 객관적인 묘사, 교묘한 극적구성이 돋보이는 작품들로 세계 3대 단편작가 중 한 사람으로 불리게 되었어요.

대표작품으로는 장편 〈벨아미〉, 〈몽 트리올〉, 〈여자의 일생〉, 〈죽음보다 강하다〉와 단편집 《메종 텔리에》, 《피피 양》, 《달빛》, 《롱돌리 자매》 등을 남겼어요.

1892년 니스에서 자살을 시도하는 등 정신질환으로 입원해 그 다음해, 43세의 나이로 우울한 일생을 마치게 됩니다.

운명의 장난이랄까, 가끔 하급 관리의 가정에 예쁘고 귀여운 여자아이가 태어나는 일이 있다. 마틸드도 그렇게 어여쁜 아가씨였다. 지참금도 없었고 물려받을 유산도 없었다. 그런 그녀가 돈 많고 지위가 높은 남자를 만나 결혼할 수 있는 길은 거의 없었다. 그래서 그녀는 교육부에 근무하는 한 하급관리가 청혼하자마자 결혼하고 말았다.

하급 공무원의 형편이 다 그렇듯이 그녀도 몸치장을 할 만한 여유가 없어 늘 소박하게 지내고 있었다. 그녀는 원래보다 낮은 계급으로 전락한 여자처럼 불행하다고 느꼈다.

여자란 본래의 신분이나 가문이 좋지 않아도 그들이 지닌 아름다움과 매력만 있으면 그것이 곧 훌륭한 가문을 대신할 수 있다. 타고난 기품과 우아한 매력, 그리고 총명함과 재치가 있으면 특권 계급의 여인이 될 수 있으며, 평민 출신이어도 귀족 부인과 어깨를 나란히 할 수 있는 것이다.

그녀는 자신이 이 세상에서 온갖 좋은 것과 사치를 누리기 위해 태어난 사람이라고 생각했다. 때문에 평범하고 누추한 집, 낡아빠진 의자, 초라한 치마, 그리고 색 바랜 커튼 등 이 모든 것을 볼 때마다 괴롭기만 했다.

이런 것들은 다른 여자들 같으면 별로 마음에 두지 않았겠지만 그녀는 너무나 속이 상하고 화가 났다. 브르타뉴 출신의 여자아이를 하녀로 두었는데, 이 여자애를 볼 때마다 서글픈 생각이 들고 절망

전락하다 ①아래로 굴러떨어지다. ②나쁜 상태나 타락한 상태에 빠지다.

적인 안타까움과 미칠 것 같은 꿈이 떠올라 머릿속을 어지럽히는 것
이었다.

그녀는 동양풍 커튼이 걸려 있고, 높은 청동 촛대에 화려한 불빛
을 밝힌 깨끗한 응접실을 상상해 보았다. 거기에는 짧은 바지를 입
은 건장한 하인 두 명이 따뜻한 난로 때문에 졸음이 와서 커다란 의
자에 앉아 깜빡 졸고 있는 풍경까지…….

그녀는 고풍스러운 비단을 깐 넓은 객실과 진귀하고 값비싼 골동
품들이 놓여 있는 우아한 가구들도 그려 보았다.

그리고 모든 여자들의 선망의 대상이 되는 사교계의 인기 있는 여
인들이나 잘 차려입은 신사들을 친한 친구로 두고, 향기가 가득한
멋진 살롱에서 그들과 함께 저녁식사를 하며 이야기 나누는 장면도
상상해 보았다.

저녁식사 때, 사흘이나 빨지 않은 식탁보를 깔아놓은 둥근 식탁
앞에 마주 앉은 남편이 뚜껑을 열고

"야, 이 스프 맛있는데! 이보다 더 맛있는 스프는 없을 거야."
하며 기뻐하는 소리를 듣자, 그녀는 다시 호화로운 만찬이 차려진
장면을 그려 보았다.

반짝거리는 은그릇들, 요정들이 사는 숲 속의 기이한 새나 옛날이
야기의 인물들이 수놓인 카페트를 생각했다.

멋진 그릇에 담긴 맛있는 음식들, 사람들이 불그스름한 생선이나
들꿩고기를 먹으면서 다정하게 이야기를 나누는 것이 눈앞에 어른

선망 부러워하여 바람.

거렸다.

그녀에게는 화장품도, 나들이옷도, 장신구도 없었다. 그러나 그녀가 좋아하는 것은 그런 것들뿐이었다. 그녀는 그런 것들을 위해 세상에 태어났다고 여기는 사람이었다. 사람들의 마음에 드는 것, 부러움을 받는 것, 화제의 대상이 되는 것, 이런 것들이 그녀가 그토록 바라던 것들이다.

그녀에게는 수도원 학교에서 함께 지낸 돈 많은 친구가 한 명 있었다. 하지만 잘사는 친구를 만나는 것이 마음 아픈 일이었기 때문에 그 친구를 만나고 싶지가 않았다. 어쩌다 그 친구를 만나고 돌아오면, 며칠 동안 슬픔과 비탄에 젖어 하루 종일 울었다.

그러던 어느 날 저녁, 남편이 자랑스러운 얼굴로 들어와 손에 들고 있는 큰 봉투를 내밀었다.

"이거, 당신에게 주는 선물이야."

그녀는 얼른 봉투를 뜯어 그 속에 있는 카드를 꺼냈다. 거기엔 다음과 같이 적혀 있었다.

'교육부 장관 조르주 랑포노 부부는 루아젤씨와 그 부인을 1월 8일 월요일 저녁 장관 관저에서 열리는 파티에 초대합니다.'

남편은 아내가 몹시 기뻐할 거라고 생각했지만, 기뻐하기는커녕 화가 난 듯 초대장을 테이블 위로 내던지며 중얼거렸다.

장신구 몸치장을 하는 데 쓰는 물건. 반지, 귀고리, 노리개, 목걸이 따위를 통틀어 이르는 말.
비탄 몹시 슬퍼하면서 탄식함. 또는 그 탄식.
관저 정부에서 장관급 이상의 고관들이 살도록 마련한 집.

"이걸 가지고 어쩌라는 거죠?"

"마틸드, 난 당신이 기뻐할 줄 알았는데 그게 무슨 말이야? 당신은 이제껏 외출 한번 제대로 하지 못했는데 이건 참 좋은 기회잖아. 초대장을 얻으려고 얼마나 애썼는지 알아? 모두 서로 가지려 했다고. 아랫사람들에겐 몇 장 나오지도 않았어. 유명한 사람들만 모이니까 가면 좋을 거야."

그녀는 울상을 지으며 남편을 노려보더니 마침내 참을 수 없다는 듯 쏘아붙였다.

"도대체 나더러 무슨 옷을 입고 가라는 거예요?"

남편은 거기까지 미처 생각을 하지 못했다. 그래서 그는 이렇게 말했다.

"당신이 극장에 갈 때 입는 옷 있잖아. 당신에겐 그 옷이 잘 어울려……."

그는 더 이상 말을 잇지 못하고, 울고 있는 아내를 바라보고 있었다. 커다란 눈물방울이 그녀의 볼을 타고 입가로 천천히 흘러 내렸다. 남편이 당황하며 물었다.

"왜, 왜 우는 거야?"

겨우 슬픔을 가라앉힌 그녀는 눈물을 닦으며 차분한 목소리로 말했다.

"아무것도 아니에요. 그냥 입을 옷이 없어서 그러는 거예요. 그러니 파티에 안가겠어요. 그 초대장은 좋은 옷을 가진 아내가 있는 당신 친구에게나 주세요!”

실망한 남편은 이렇게 말했다.

“마틸드, 좋은 옷 한 벌 사는데 돈이 얼마나 들지? 나들이할 때도 입을 수 있고, 특별한 곳에 입고 나가기에 적당하면서도 그리 비싸지 않은 옷으로 말이야.”

그녀는 잠깐 생각하면서 값을 따져 보았다. 잠시 후 그녀는 더듬거리며 말했다.

“정확한 가격은 모르겠지만 4백 프랑 정도는 있어야 될 거예요.”

남편의 얼굴은 약간 어두워졌다. 사실 남편은 그동안 아껴서 조금씩 돈을 모아 오고 있었다. 그 모은 돈이 딱 400프랑이었다. 그는 그 돈으로 엽총을 사서 여름에 친구들과 낭테르 벌판으로 새 사냥을 갈 계획이었다. 친구들은 일요일마다 그곳에 종달새를 잡으러 가곤 했다.

그러나 남편은 결심한 듯 말했다.

“좋아, 400프랑을 줄 테니, 멋진 옷을 사도록 해.”

파티 날은 점점 다가왔다. 하지만 마틸드는 그날이 가까워질수록 슬픔과 걱정으로 불안한 듯 했다. 나들이옷은 이미 다 준비되어 있었으나 한 가지 걱정이 더 있었던 것이다.

어느 날 저녁, 이상하게 생각한 남편이 물었다.

“여보, 왜 이렇게 기운이 없어? 무슨 걱정이라도 있는 거야?”

그러자 그녀는 작은 목소리로 대답했다.

프랑 프랑스, 스위스, 벨기에의 화폐 단위.

“몸에 걸칠 장신구 하나 없으니 어쩌면 좋아요. 다들 보석으로 치장하고 올 텐데, 내 모습이 얼마나 초라하겠어요? 차라리 파티에 안 가는 게 낫겠어요.”

남편이 다시 말했다.

“꽃을 달고 가면 어떨까? 10프랑만 주어도 예쁜 장미 몇 송이는 살 수 있을 거야.”

그녀는 고개를 가로저었다.

“싫어요! 돈 많은 여자들 틈에서 가난해 보이는 것처럼 창피한 건 없어요.”

그러자 갑자기 남편은 큰 소리로 말했다.

“당신도 참 바보로군! 당신 친구 포레스티에 부인에게 장신구 좀 빌려달라고 부탁해 봐. 서로 친하니까 그 정도는 들어줄 거야.”

그 말을 듣자 그녀는 좋은 생각이라며 기뻐했다.

“오, 맞아요! 이제까지 왜 그런 생각을 못했을까요?”

다음날, 마틸드는 그 친구를 찾아가 자신의 딱한 처지를 말했다. 포레스티에 부인은 거울이 달린 장롱으로 가서 커다란 보석상자를 들고 와서 뚜껑을 열며 그녀에게 말했다.

“자, 마음에 드는 걸로 골라 봐.”

마틸드는 먼저 팔찌를 보고, 그 다음에는 진주 목걸이와 금과 진주로 되어 있는 베니스산 십자가 장신구 살펴보았다. 그녀는 거울 앞에 서서 이것저것 달아 보며 어떤 것을 빌려야할지 망설였다.

"또 다른 건 없어?"

"왜 없겠어? 찾아봐. 어떤 게 마음에 들지 잘 모르니까."

친구가 가리키는 쪽을 바라보니 까만 벨벳상자 속에 눈부신 다이아몬드 목걸이가 들어 있는 것이 보였다. 그녀는 그것을 본 순간 가슴이 걷잡을 없이 뛰기 시작했다. 떨리는 손으로 목걸이를 집어 들었다. 그녀는 목걸이를 걸어 보고 거울에 비친 아름다운 자신의 모습에 도취되고 말았다.

그러고 나서 그녀는 이렇게 말했다.

"이거 빌려 줄 수 있니? 다른 건 필요 없어."

"그렇게 해."

그녀는 친구를 꼭 껴안으며 입맞춤을 했다. 그리고 그 목걸이를 들고 집으로 돌아왔다.

드디어 파티 날이 되었다. 파티에 참석한 마틸드는 그 어떤 여자보다도 눈부시게 아름답고 우아했다. 모든 남자들이 그녀의 미소에 사로잡혀 그녀가 누구인지 물었으며, 소개를 받으려 했다.

그리고 파티에 참석한 모든 남자들이 그녀와 춤추고 싶어 했다. 장관조차도 아름다운 그녀를 유심히 바라보았다. 마틸드는 너무나 행복한 기분으로 춤을 추었다. 자신의 아름다움과 파티의 열기에 도취되어 다른 것은 아무것도 생각할 수 없었다. 행복해서 가슴이 터질 것만 같았다. 그녀는 다음날 새벽 4시가 되어서야 집으로 출발했다. 남편은 자정부터 조그만 응접실에서 다른 세 사람과 함께 졸고

벨벳 거죽에 곱고 짧은 털이 촘촘히 돋게 짠 비단. 비로도, 우단.

있었다.

남편은 돌아갈 때 입으려고 가져온 평소에 입는 낡은 겉옷을 아내의 어깨에 걸쳐 주었다. 초라한 그 옷은 멋진 파티복과는 어울리지 않았다. 그래서 마틸드는 화려한 모피를 두른 다른 여인들의 눈에 띄지 않도록 몸을 피하려고 했다.

"이대로 밖에 나가면 추워서 감기에 걸릴 거야. 잠깐 기다려. 마차를 불러올게."

그러나 그녀는 남편의 말을 귀담아 듣지 않고 재빨리 계단을 내려갔다. 두 사람은 거리로 나왔지만 마차는 한 대도 눈에 띄지 않았다. 마차를 찾지 못하자 두 사람은 할 수 없이 추위에 떨며 센 강 쪽으로 내려갔다. 그곳에서야 겨우 마차 한 대를 잡을 수 있었다. 그들은 마차를 타고 마르티르 거리에 있는 집으로 돌아갔다. 그리고는 쓸쓸하게 집 계단을 올라갔다. 그녀는 화려했던 파티 생각을 떨칠 수가 없었다.

마틸드는 다시 한 번 자신의 화려한 모습을 보기 위해 거울 앞에 섰다. 그 순간 그녀는 갑자기 비명을 질렀다. 목에 걸려있던 목걸이가 보이지 않았던 것이다.

남편이 놀라며 물었다.

"무슨 일이야?"

그녀는 넋이 나간 얼굴로 남편을 쳐다보았다.

"모…… 목걸이가 없어졌어요!"

"뭐라고? 그럴 리가 있나!"

그들은 드레스 속과 외투 깃, 그리고 호주머니 속까지 다 뒤져 보았으나, 목걸이는 보이지 않았다.

남편이 다시 물었다.

"파티장에서 나올 때까지 분명히 있었어?"

"그럼요, 장관 댁 현관에서 만져 보기도 했는걸요."

"만약 길에서 떨어뜨린 거라면 소리라도 났을 텐데. 마차에서 잃어버린 것이 틀림없어."

"그런 것 같아요. 당신 그 마차 번호 기억나세요?"

"아니, 당신은 번호 못 봤어?"

"보지 못했어요."

잠시 후 남편은 다시 옷을 입고 나가보려 했다.

"내가 나가서 우리가 걸어온 길을 다시 한 번 가볼게. 혹시 찾을지도 모르니까."

남편이 밖으로 뛰어 나간 후, 마틸드는 의자에 털썩 주저앉았다. 옷을 갈아입을 생각도, 불을 피울 생각도 하지 못하고 멍하니 앉아 있었다.

남편은 아무것도 찾지 못한 채 아침 7시쯤 돌아왔다. 경찰서와 신문사에 가서 분실물 신고를 했다. 그리고 마차회사를 모두 찾아보았다. 할 수 있는 것은 다했다. 그러나 아무런 소득이 없었다. 마틸드는 이 끔찍한 재난 앞에서 혼이 나간 사람처럼 하루 종일 남편을 기

다리고 있었다. 저녁때가 되어서야 남편은 지쳐서 핼쑥해진 얼굴로
돌아왔다.

"당신 친구에게 편지를 쓰도록 해. 목걸이 고리가 망가져서 고쳐
서 주겠다고. 그렇게 하면 찾아다닐 수 있는 시간이 생길 테니까."

마틸드는 남편이 일러 주는 대로 편지를 썼다.

일주일이 지났다. 목걸이를 도저히 찾을 길이 없다는 사실을 깨닫
게 되자 그들은 모든 희망을 잃고 말았다.

그새 5년은 늙어버린 것 같은 남편이 결정을 내렸다.

"그 목걸이와 똑같은 것을 사 주어야겠어."

그리고 그 다음날, 이들 부부는 목걸이가 들어있던 빈 보석 상자
를 들고 그 안에 적힌 보석상을 찾아갔다. 보석상 주인은 목걸이 상
자를 주의 깊게 살펴본 후 장부를 찾아보더니 이렇게 말했다.

"부인, 이 목걸이는 저희가 판 것이 아닙니다. 여기서는 보석상자
만 판 것 같군요."

두 사람은 거리의 보석상을 모조리 뒤지며, 비슷한 목걸이를 찾아
다녔다.

얼마를 헤맨 끝에 마침내 부부는 팔레 루아얄 거리에 있는 어느
보석상에서 잃어버린 것과 똑같아 보이는 다이아몬드 목걸이를 발
견했다.

목걸이 값은 4만 프랑이었으나 깎아서 3만 6천 프랑까지 해 주겠
다고 했다. 두 사람은 사흘 안에 다시 와서 꼭 살 테니 다른 사람에

게 팔지 말아달라고 보석상 주인에게 부탁했다. 그리고 만일 잃어버린 목걸이를 다시 찾게 되면 3만 4천 프랑에 보석상 주인이 다시 사 주기로 했다.

남편에게는 아버지에게 물려받은 1만 8천 프랑의 유산이 있었다. 돌아가신 아버지가 평생 모아 남겨준 돈이 그 목걸이 값의 딱 절반

에 해당되었다. 그 나머지는 빚을 질 수밖에 없었다.

그는 닥치는 대로 돈을 빌리러 다녔다. 적으면 적은 대로, 많으면 많은 대로 돈을 빌렸다. 수많은 차용증서를 쓰고 전 재산을 저당 잡히고, 이자가 높은 것도 아랑곳 않고 사채업자와도 거래했다. 그는 그 돈을 마련하기위해 남은 인생을 위험에 빠뜨리고, 갚을 수 있을 지조차 모르면서 서류에 마구 서명했다.

이렇게 그는 자신의 모든 것을 걸고 1만 8천 프랑을 마련했다. 그리고 그 다이아몬드 목걸이를 사기 위해 다시 그 보석상에 가서 3만 6천 프랑을 내놓고 목걸이를 가져왔다.

마틸드가 그 목걸이를 가지고 포레스티에 부인을 찾아갔을 때, 부인은 쌀쌀하게 말했다.

"좀 더 일찍 갖다 주었어야지. 나도 언제 쓸지 모르잖니?"

포레스티에 부인은 상자를 열어 보지도 않았다. 마틸드는 물건이 바뀐 걸 알까봐 은근히 마음을 졸였다.

마틸드는 가난한 생활이 얼마나 비참한지를 깨닫게 되었다.

그러나 그녀는 곧 마음을 단단히 먹었다. 우선 그 무서운 빚부터 갚아야했다. 그녀는 한 푼이라도 아끼기 위해 하녀를 내보낸 뒤, 지붕 밑 다락방에 세를 들어 이사했다. 그녀는 집안일이 얼마나 힘든지 알게 되었다. 하녀를 내보낸 그녀는 온갖 집안일을 스스로 해야 했다. 예쁜 손에는 물 마를 날이 없었고, 그녀의 분홍빛 손톱 밑에는 기름과 음식찌꺼기가 끼어있었다. 더러운 옷이나 내복, 걸레 등은

차용증서 남의 돈이나 물건을 빌린 것을 증명하는 문서.
저당 돈을 빌린 사람이 앞으로 빚을 갚겠다는 약속을 하고 자신의 재산(땅, 집, 보석 등)을 보증수단으로 삼는 것.

손으로 빨아 빨랫줄에 널었다. 아침이면 쓰레기를 버리러 거리까지 걸어 나가야했다. 물을 길어오기 위해 양동이를 들고 계단을 몇 번씩 오르내렸다.

하류계급의 여자처럼 옷을 입고, 바구니를 팔에 끼고 식료품가게와 정육점을 드나들며 싼 것만 골랐고, 욕설을 들으면서도 한 푼이라도 더 깎으려고 했다.

남편은 저녁마다 어느 상인의 장부정리를 맡아했다. 또 밤에는 서류를 베껴 주는 일도 했다.

이러한 생활은 10년이나 계속되었다. 10년이 흐른 뒤에야 모든 빚을 갚을 수 있었다. 고리대금의 이자에 오래된 이자까지 완전히 다 갚은 것이다.

마틸드는 이제 늙어버려 할머니처럼 되었다. 억세고 우락부락하고 거친, 가난한 살림꾼 아낙네가 되어 버렸다. 머리는 아무렇게나 빗어 넘기고, 손은 남자처럼 거칠었으며, 볼품없이 구겨진 치마를 입고 큰 소리로 떠들어댔다.

그러나 가끔 남편이 직장에 나간 후 한가할 때면, 창가에 앉아 지난날의 화려하고 아름다웠던 모습으로 사랑받았던 파티를 떠올리곤 했다.

'그 목걸이를 잃어버리지 않았다면 어떻게 되었을까? 누가 알 수 있겠는가! 인생이란 참으로 묘하고도 허무한 거야. 사소한 일 하나가 인생 전체를 바꾸고, 한 치 앞을 모르는 게 인생인가.'

어느 일요일이었다. 마틸드는 한 주일 동안의 피로를 풀기 위해 상제리제 거리로 산책을 나갔다. 그때 아이를 데리고 산책을 나온 포레스티에 부인을 우연히 만났다. 부인은 여전히 젊고 매력적인 모습이었다.

마틸드는 가슴이 두근거렸다. 아는 척 하고 싶었지만 혹시 목걸이 이야기를 할지도 모르기 때문이었다.

'포레스티에에게 그 일을 다 털어 놓을까? 이제 빚도 다 갚았으니 말 못할 것도 없지.'

그녀는 친구에게 다가가 인사를 했다.

"쟌느 아니니? 이게 얼마만이야!"

포레스티에 부인은 마틸드를 전혀 알아보지 못했다. 어느 여인네가 자기를 그토록 정답게 부르는 것이 그저 놀랍기만 했다.

"실례지만 누구신지……. 저는 잘 모르겠는데……. 사람을 잘못 보신 것 같아요."

"나야, 마틸드 루아젤."

그러자 친구는 눈이 휘둥그레지며 소리쳤다.

"뭐? 네가 마틸드라고? 가엾어라, 어쩜 이렇게 변했니?"

"그동안 얼마나 고생을 많이 했는지 몰라…. 비참하게 살았지. 그것도 다 너 때문에……."

"나 때문이라니……. 그건 또 무슨 소리야?"

"기억나지? 10년 전에 내가 장관 댁 파티에 가기 위해 네게 빌렸던 목걸이 말이야."

"그래, 생각나. 그게 어쨌는데?"

"사실은 파티에 다녀온 후 내가 그걸 잃어 버렸거든."

"뭐라고? 그 목걸이는 며칠 후 내게 다시 돌려주었잖니?"

"그건 모양은 같지만 새로 산 다른 목걸이야. 그걸 사는데 든 돈을 갚느라 꼬박 10년이 걸렸어. 이젠 다 갚았어. 마음이 이렇게 홀가분할 수가 없단다."

그때 포레스티에 부인이 멈칫하며 말했다.

"그럼, 내 것 대신에 다른 다이아몬드 목걸이를 사오느라 그 고생을 한 거야?"

"그래, 아직도 모르고 있었구나? 하긴 모양이 똑같았으니까."

마틸드는 자랑스러운 듯 순진한 웃음을 지어 보였다.

"어머, 불쌍한 마틸드, 내가 빌려준 목걸이는 가짜였어. 기껏해야 5백 프랑 밖에 되지 않는……."

Guy de Maupassant

작품 줄거리

마틸드는 아름답고 매력적인 아가씨지만 집안이 가난하여 교육부의 하급관리인 루아젤과 결혼합니다. 가난하고 초라한 자신의 처지를 불행하다고 여기는 그녀는 늘 화려하고 멋진 생활을 꿈꾸지요.

어느 날 루아젤 부부는 장관 부부가 주최하는 파티에 초대받게 됩니다. 파티에 입고 갈 나들이옷이 없다고 화를 내는 마틸드에게 남편은 모아 놓은 돈으로 옷을 사 줍니다. 몸에 치장할 장식이 없다고 불평하던 마틸드는 친구인 포레스티에 부인에게 다이아몬드 목걸이를 빌려오게 되지요.

파티 날, 마틸드는 아름다운 모습으로 많은 남자들의 관심을 한 몸에 받으며 꿈같은 시간을 보냅니다. 하지만 파티가 끝난 후 마틸드는 목걸이를 잃어버렸다는 것을 알게 되어 절망하고 맙니다. 결국 목걸이를 찾지 못한 루아젤 부부는 3만 6천 프랑이라는 엄청난 돈으로 똑같은 목걸이를 사서 친구에게 돌려주지요.

그 후 부부는 목걸이를 사려고 빌린 돈을 갚기 위해 10년 동안 비참한 생활을 하며 갖은 고생을 하게 됩니다. 거칠고 억센 아낙네로 변한 마틸드는 거리에서 우연히 만난 포레스티에 부인에게 10년 전 잃어버린 목걸이에 대해 이야기하게 됩니다. 그러자, 포레스티에 부인은 그 목걸이는 가짜였다고 말합니다.

이해와 감상

이 소설은 빌린 목걸이를 잃어버린 후 그 목걸이가 가짜인 줄도 모른 채 빚을 내어 진짜를 사서 돌려주고, 그 빚을 갚기 위해 10년 동안 허송세월을 보낸 한 부부의 이야기입니다.

이 작품에서 인간은 내면의 진실과 아름다움을 보지 못하고 겉으로 드러나는 화려함만을 쫓는 어리석은 존재로 나타나지요. 허영심은 진실을 알아보지 못하고, 마침내 진짜와 가짜를 구별하지 못하는 지경에 이르게 됩니다.

여기서 이 모든 비극의 원인이 되는 목걸이는 인간의 헛된 허영과 욕망을 상징해요. 인간의 허영심이 얼마나 부질없고, 순간의 실수가 삶을 어떻게 파괴시키며, 처해진 환경에 따라 인간이 얼마나 쉽게 변하는지를 생각하게 해 주지요.

〈목걸이〉는 인간의 욕망을 그대로 잘 드러냈다는 점에서 자연주의 경향을 띤 작품입니다.

배경 지식

1. 구성이란?

구성은 이야기의 모든 요소들을 단단하게 엮어주는 힘을 말합니다. 다른 말로는 짜임새, 플롯(Plot)이라고도 하지요. 한 편의 소설에 나타난 등장인물의 행동, 혹은 사건의 원인과 결과 관계에 의해 생성되는, 작품 전체를 아우르는 구조의 의미를 가지고 있습니다.

작품 안에 등장하는 인물, 인물의 심리 상태, 그리고 그 안에서 일어나는 사건, 사건이 벌어진 시간적·공간적 배경, 사건의 원인과 결과 즉 인과관계 등을 촘촘하게 엮어가면서 그럴듯한 구성을 갖춘 작품이 되기도 하고, 이야기의 요소들이 헐겁게 엮여 있어 독자들의 흥미를 끌지 못하는 작품으로 남기도 합니다.

2. 작품 구성의 단계

- **발단** : 인물과 작품의 배경이 소개되고 사건이 일어날 조짐이 보인다.
- **전개** : 갈등이 나타나기 시작하며 앞으로 전개될 내용을 암시하기도 한다.
- **위기** : 극적인 반전을 위한 계기를 말하는 것으로, 독자들이 책을 읽으면서 최고조의 감정을 느낄 수 있는 '절정'을 만들어내기 위한 상황이 조성되는 단계이다.
- **절정** : 인물들의 성격과 행동이 빚어낸 갈등이 최고조에 이르고 반전이 이루어진다.
- **결말** : 이야기가 마무리되면서 주인공의 운명이 명확해지고 작가가 독자들에게 전하려던 주제가 분명해진다.

3. 구성의 유형

- **단순 구성** : 사건 진행이 단일한 것. 한 가지의 사건이 주가 되어 이야기가 펼쳐지는 것으로 주로 단편소설에서 많이 사용된다.
- **복합 구성** : 둘 이상의 사건이 동시에 진행되거나 사건의 진행이 시간을 오가는 복잡한 형태로 작품이 진행됩니다. 주로 분량이 넉넉한 장편소설에서 이러한 유형을 택하지요.
- **피카레스크 구성** : 각기 자율적인 성격을 지닌 여러 사건들이 나열되고, 그 나열된 이야기들이 다시 전체 구조 속에 포함되는 방식입니다.

활동문제

1. 목걸이를 잃어버린 후 루아젤은 그것이 가짜임을 알아차릴 기회가 몇 번이나 있었습니다. 하지만 루아젤은 모든 걸 친구에게 털어놓을 용기가 없었지요. 여러분이 만약 루아젤 부인의 과거로 돌아가 모든 일을 바로잡을 수 있다면 어느 순간으로 돌아가고 싶나요? 그리고 그 이유도 함께 적어 보세요.

2. 루아젤 부인이 만약 목걸이를 잃어버리지 않았다면 그녀는 행복한 삶을 살았을까요? 아니면 목걸이와 관계없이 불행한 삶을 살게 되었을까요? 목걸이를 잃어버리지 않은 루아젤 부인의 삶을 새롭게 상상해 보세요.

3. 여러분도 루아젤 부인처럼 진실을 고백할 시간을 놓쳐 마음 졸였던 경험이 있나요? 그렇다면 그때의 경험을 적어 보고, 어떤 방법으로 그 고민을 해결했는지 이야기해 봅시다.

• 나의 경험 :

• 해결 방법 :

Guy de Maupassant

비계 덩어리

기 드 모파상(Guy de Maupassant: 1850~1893)

프랑스의 자연주의 소설가. 프랑스의 노르망디 중산층 가정에서 태어난 모파상은 어릴 때부터 어머니의 친구였던 플로베르에게 문학수업을 받았어요. 1880년 에밀 졸라가 간행한 문집 《메당의 저녁》에 〈비계 덩어리〉를 실어 주목받기 시작했고, 단편집 《메종 텔리에》, 《피피 양》을 발표한 후 1883년에 쓴 장편소설 〈여자의 일생〉으로 톨스토이로부터 극찬을 받아요. 10여 년간의 짧은 작가생활 동안 장편 6편, 단편 300편 등 많은 작품을 남겼는데, 그의 작품은 속물스러운 인간들의 허위와 허식, 인간의 헛된 생각이 만들어내는 결말 등을 풍자와 아이러니로 표현했어요. 또 그의 작품에는 이상한 성격의 소유자나 비관적 인물이 많이 등장하지요. 모파상은 명석한 문체, 객관적인 묘사, 교묘한 극적구성이 돋보이는 작품들로 세계 3대 단편작가 중 한 사람으로 불리게 되었어요.

대표작품으로는 장편 〈벨아미〉, 〈몽 트리올〉, 〈여자의 일생〉, 〈죽음보다 강하다〉와 단편집 《메종 텔리에》, 《피피 양》, 《달빛》, 《롱돌리 자매》 등을 남겼어요.

1892년 니스에서 자살을 시도하는 등 정신질환으로 입원해 그 다음해, 43세의 나이로 우울한 일생을 마치게 됩니다.

전쟁에서 패한 군인들이 며칠 동안 도시를 가로질러갔다. 그것은 부대가 아니라 흩어진 오합지졸이었다. 병사들의 수염은 길게 자라 지저분했으며, 누더기 같은 군복에 기진맥진한 걸음을 걷고 있었다. 모두가 패잔병일 뿐이었다. 위풍당당하게 전쟁터로 향하던 모습은 어디에도 없었다.

머지않아 프랑스군을 물리친 프로이센군이 루앙으로 들이닥칠 거라는 소문이 떠돌았다. 깊은 정적과 공포에 질린 침묵이 도시를 맴돌았다. 장사로 인해 무기력해진 뚱뚱한 중산층의 대부분이 그들의 고기 굽는 꼬챙이와 부엌용 칼을 무기로 여기지나 않을까 불안해하며 정복자들을 기다렸다. 삶이 멈춰 버린 듯했다. 모든 가게는 문을 닫았고, 거리는 조용했다. 적군을 기다리며 불안감에 떠는 것보다는 차라리 적이 어서 도착하기를 바라는 사람도 있었다.

프랑스군이 철수한 다음날 오후 프로이센 군대가 모습을 나타냈다. 창을 든 기병들이 거리를 신속하게 가로질러 정찰을 마친 후, 부대가 도시에 들이닥쳤다. 프로이센군은 질서정연하게 발을 맞추어 시청 앞 광장에 모였다. 사람들은 닫힌 덧문 사이로 승리자들을 엿보았다.

서너 명씩 무리지은 군인들이 집집마다 문을 두드려 집 안으로 들어갔다. 그것은 침략에 이은 점령이었다. 전쟁에 패한 사람들은 살기 위해 정복자에게 고분고분하며 기분을 맞춰 주어야 한다는 것을 알았다.

얼마간의 시간이 지나자 공포는 사라지고, 다시 평온해졌다. 많은 집에서 프로이센 장교가 그 집 가족과 함께 식사를 했는데, 장교들 중에선 예의바르고 교양 있는 사람도 몇몇 있었다. 그러면 사람들은 그들의 배려에 감사해 했다.

프로이센 군인들은 매일 저녁 점점 더 오래 집 안에 머무르면서 화롯불에 몸을 녹였다. 도시도 점차 일상으로 돌아갔다. 하지만 여전히 프랑스인들은 거의 외출하지 않았고, 거리에는 프로이센 병사들로 가득 찼다. 그들은 간혹 주민들에게 돈을 요구하는 경우도 있었는데, 그러면 사람들은 순순히 내주었다. 부자들 중에는 자기 재산의 일부가 점령군에 넘어가는 것을 무척 고통스러워하는 사람도 있었다. 도시가 평온해지자 상인들은 다시 돈을 벌고 싶다는 욕망을 느끼게 되었다. 그중 일부는 아직 프랑스군이 장악하고 있는 르아브르와 큰 거래를 하고 있었는데, 그들은 도시를 떠나 그곳에 가서 돈을 벌고 싶었다.

마침내 몇몇 사람들은 미리 사귀어둔 프로이센 장교의 힘을 빌려 르아브르 지방으로 갈 수 있는 여행허가증을 받아냈다. 열 사람이 여행에 참여하기로 했다. 디에프까지 마차로 간 후 거기서 배를 타고 르아브르로 갈 계획이었다. 그들은 사람들이 모여드는 시간을 피해 화요일 이른 새벽에 떠나기로 했다.

떠나기 전날, 밤새도록 눈이 내렸다.

새벽 4시 30분. 여행객들은 마차를 타기 위해 노르망디 호텔 안뜰에 모였다. 잠이 덜 깬 그들은 담요를 뒤집어 쓴 채 추위에 떨며 마차가 출발하기를 기다렸다.

"우리는 루앙에 다시 돌아오지 않을 겁니다. 프로이센군이 르아브르까지 점령하면 그땐 영국으로 갈 겁니다."

한 남자가 말했다. 다들 비슷한 생각을 가진 사람들이라 모두 똑같은 계획을 가지고 있었다.

그런데 아직까지도 마차는 떠날 생각을 하지 않았다. 마차에 말이 매어 있지 않았다. 마차가 떠나길 기다리면서 눈으로 하얗게 뒤덮인 여행객들은 눈이라도 피하기 위해 마차에 올라타기 시작했다. 마부가 몇 번에 걸쳐 말을 데려와 마차에 맨 후, 이윽고 여섯 마리의 말이 끄는 마차가 출발했다.

어느덧 날이 밝았다. 사람들은 희미한 빛 속에 드러난 서로의 얼굴을 호기심 어린 눈빛으로 쳐다보았다.

맨 안쪽 가장 좋은 자리에는 포도주 도매상인 루아조 부부가 마주 앉아 졸고 있었다. 작은 키에 배가 공처럼 불룩 튀어나온 그는 질 나쁜 포도주를 시골의 영세한 소매상들에게 팔아서 많은 이익을 남겨 교활한 협잡꾼, 사기꾼 소리를 듣는 사람이었다. 또 실없는 농담을 잘하기로도 유명했다.

루아조 부부 옆에는 보다 품위 있고 상류층에 속하는 카레 라마동 씨가 그의 젊고 예쁜 부인과 앉아 있었는데, 그는 면직공장을 세 개나 운영하고 있는 도의회 의원이기도 했다. 아름다운 그의 부인은

영세 ①작고 가늘어 변변하지 못함. ②살림이 보잘것없고 몹시 가난함.
협잡꾼 옳지 아니한 방법으로 남을 속이는 짓을 하는 사람.

마차의 초라한 내부를 한심스럽다는 듯 쳐다보고 있었다.

그 옆에 앉아 있는 위베르 드 브레빌 백작 부부는 노르망디에서 가장 유서 깊은 귀족 가문 중 하나에 속하는 사람들이었다.

노신사로서 훌륭한 풍채를 가진 백작은 평소처럼 화려하게 몸치장을 하고 있었다. 프랑스 혁명 당시 왕과 귀족이 시민들과 대립할 때, 백작과 라마동은 함께 왕을 지지하던 동료였다.

백작부인 옆에는 두 명의 수녀가 앉아 있었다.

한 사람은 얼굴에 천연두 자국이 깊게 패인 늙은 수녀였고, 다른 한 사람은 예쁘지만 병약해 보이는 수녀였다. 두 수녀 앞에는 한 남자와 한 여자가 모든 사람들의 시선을 끌고 있었다.

그중 남자는 잘 알려진 민주주의자이자 혁명 때 왕과 귀족에 맞서 공화국을 세워야 한다고 주장했던 코르뉘데라는 남자였다.

그는 아버지에게 물려받은 막대한 유산을 동지, 친구들과 술 마시는데 모두 써 버렸다. 그는 공화국이 건설되면 자신이 이 지방의 정치지도자가 될 것이라고 내심 기대하던 사람이었다. 그런데 프랑스군의 방어시설을 만드는 데에 누구보다도 열성적이었던 그는 프로이센군이 전투에서 승리하자 재빨리 전쟁터에서 빠져 나왔다.

그리고 수녀들 맞은편에 앉은 바람둥이라고 불리는 여자는 '불 드 쉬프' 즉 '비계 덩어리'라는 별명이 붙을 정도로 뚱뚱했다.

이 여자의 직업이 매춘부라는 것을 알게 되자, 마차에 탄 귀부인들은 매춘부는 '공공의 수치'라며 쑥덕거렸다. 그 매춘부의 존재가

풍채 드러나 보이는 사람의 겉모양. 매춘부 돈을 받고 남자에게 몸을 파는 여자.
수치 다른 사람들을 볼 낯이 없거나 스스로 떳떳하지 못함. 부끄러움, 치욕.

서로 잘 알지 못했던 그 귀부인들을 갑자기 친구로 만들어 버린 것이다. 루아조를 제외한 모든 사람들은 불 드 쉬프와 마주치지 않으려고 눈을 내리깔았다. 루아조는 호기심을 가지고 그 여자의 얼굴을 살폈다.

코르뉘데를 제외한 세 남자들은 가까워졌다. 그리고 가난한 사람들을 무시하는 투로 돈에 관한 이야기를 시작했다. 백작은 프로이센군의 점령으로 자기가 입은 피해를 길게 설명했다. 잃어버린 가축과 수확은 겨우 1년밖에 타격을 주지 않았다며, 은근히 자기가 백만장자라는 것을 자랑했다.

라마동은 자기는 꼭 필요할 때 쓸 수 있도록 영국에 60만 프랑을 송금해 놓았다고 했다. 루아조는 전쟁 전, 프랑스 군대에 막대한 양의 포도주를 팔았기 때문에 국가가 그에게 많은 돈을 지불하게 되어 있다고 했다. 르아브르에 가면 그 돈을 받을 작정이었다. 이들은 사회적 지위가 다름에도 불구하고, 돈으로 인해 동지 의식을 느끼는 것 같았다.

마차는 너무 느려서 아침 10시가 되도록 16km밖에 가지 못했다. 남자들은 세 번이나 마차에서 내려 언덕길을 오르는 마차를 밀어야 했다. 토트에서 점심을 먹기로 했는데, 이런 속도라면 밤이 되어도 그곳에 도착할 수 없을 것 같았다. 사람들은 길가에 음식점이라도 있는지 살펴보았다. 때마침 마차가 눈구덩이에 빠져 끌어내는 데 두 시간이나 걸렸다. 점차 허기가 졌다. 하지만 싸구려 음식점 하나 보이지 않았다. 굶주린 프랑스 군이 지나갔기 때문에 모든 장사꾼들이 겁을 먹고 문을 닫은 것이었다.

남자들은 먹을 것을 찾으러 길가에 있는 농장으로 달려갔지만 빵 조각조차 구하지 못했다. 병사들이 강제로 약탈해가는 것이 두려워 농부들이 남은 식량을 모두 감추었기 때문이었다.

갈수록 배는 더 고파왔다. 그러나 코르뉘데는 술이 가득 든 물통을 가지고 있었다. 그가 사람들에게 술을 권하자, 그들은 냉정하게 거절했다. 루아조만이 두어 모금 마시고 고맙다고 말했다.

오후 세시 경, 마을 하나 보이지 않는 끝없는 벌판 한복판에 도착했을 때, 불 드 쉬프는 몸을 숙여 의자 밑에서 하얀 수건으로 덮은 커다란 바구니를 꺼냈다. 바구니 안에는 접시와 잔, 그리고 그녀가 여행하는 동안 여관음식을 먹지 않으려고 준비한 맛있는 음식들이 가득 담겨있었다. 그녀는 닭 날갯살 하나와 '레장스'라고 부르는 빵 한 조각을 곁들여 맛있게 먹기 시작했다. 모든 시선이 그녀를 향했다. 음식 냄새가 퍼지자 사람들은 콧구멍을 벌름거리고, 군침을 삼켰다. 귀부인들은 경멸에 찬 표정으로 그 여자를 노려보았고, 그 사람들 중에는 그녀의 바구니를 빼앗아 그녀와 함께 마차 밖으로 내던져 버리고 싶다고 생각하는 사람도 있었다.

그러나 루아조는 말했다.

"때마침 부인께서는 우리보다 준비를 잘하셨군요. 항상 모든 일을 미리 생각할 줄 아는 사람이 있거든요."

경멸 깔보아 업신여김.

그러자 그녀가 말했다.

"제가 가져온 음식 좀 드시겠어요? 아침부터 아무것도 먹지 않았다면 힘드실 거예요."

그가 대답했다.

"솔직히 말해서 사양할 수가 없군요. 지금은 전쟁 중이니 그에 맞게 행동해야지요."

루아조는 바지를 더럽히지 않으려고 무릎 위에 신문을 펴놓고, 젤리에 버무린 닭다리를 맛있게 먹기 시작했다. 그러자 마차 안에선 누군가 괴로운 듯한 긴 한숨소리를 내뱉었다.

불 드 쉬프는 수녀들에게도 부드러운 겸손한 목소리로 함께 먹자고 말했다. 두 수녀는 고맙다고 중얼거리고 나서는, 허겁지겁 먹어대기 시작했다. 코르뉘데도 역시 그녀의 제의를 거절하지 않았다. 사람들은 정신없이 먹어댔다. 줄기차게 먹던 루아조는 여자에게 자기 아내에게 음식을 주어도 괜찮겠느냐고 물었다.

"그럼요!"

그녀는 상냥한 미소를 지으며 음식이 담긴 그릇을 내밀었다.

브레빌 백작 부부와 라마동 부부는 음식냄새에 숨이 막힐 것 같았다. 이때 라마동의 아내가 갑자기 눈을 감고 고개를 떨어뜨렸다. 의식을 잃은 것이었다. 남편은 깜짝 놀라 도와달라고 소리쳤다. 늙은 수녀가 라마동 부인의 머리를 받치고, 불 드 쉬프의 잔에 담긴 포도주 몇 방울을 라마동 부인의 입에 떨어뜨렸다. 그러자 곧 그녀는 작은 목소리로 기분이 좋아졌다고 말했다.

늙은 수녀는 말했다.

"다른 이유는 없어요. 배가 고파서 그런 거예요."

그때 불 드 쉬프는 난처해하면서 아무것도 먹지 않고 있는 나머지 4명을 쳐다보며 중얼거렸다.

"저 신사들과 부인들께도 대접하면 좋으련만……."

그러고는 실례가 될까봐 얼른 입을 다물었다. 그러자 루아조가 말했다.

"그럼요, 이런 경우에는 서로 돕지 않으면 안 됩니다. 자, 부인들, 격식 차리지 말고 받아들이세요. 이런 속도로 가다가는 언제 토트에 도착할지 몰라요."

그러나 네 사람은 선뜻 음식을 먹으려고 하지 않았다. 마침내 백작이 점잖게 불 드 쉬프에게 말했다.

"그럼, 감사히 먹겠소, 부인."

다만 처음 말하기가 힘들었을 뿐, 백작의 말이 떨어지기가 무섭게 모두들 체면 차리지 않고 허겁지겁 음식을 먹기 시작했다.

금세 음식이 들어 있던 바구니가 바닥이 나고 말았다. 그러나 아직도 바구니의 다른 그릇에 고기와 야채가 가득 담겨 있었다.

불 드 쉬프에게 말을 건네지 않으면서 그녀의 음식을 먹을 수는 없었다. 귀부인들은 처음에 조심스럽게 말을 건넸지만, 곧 그녀가 무척 얌전한 여자라는 것을 알게 되자 허물없이 대했다.

자연스레 전쟁에 대한 이야기를 하다가, 개인적인 이야기를 하게 되었다. 그제야 불 드 쉬프는 자신이 루앙을 떠나는 이유를 말했다.

"처음에는 남아 있으려고 했어요. 정처 없이 고향을 떠도는 것보다 그냥 군인들 몇 명을 먹이는 편이 나을 것 같았죠. 그런데 프로이센 놈들을 보니까 분노가 끓어오르더군요. 그래서 하루 종일 치욕스러워 눈물을 흘렸답니다. 저희 집에도 그들이 묵으려고 왔어요. 그래서 저는 맨 먼저 들어오는 놈의 목덜미에 달려들었죠. 목 졸라 죽이려고요. 그 순간 누가 내 머리채를 잡아당기지 않았다면 나는 그 놈을 해치웠을 거예요. 그 사건 때문에 저는 몸을 피해야 했어요. 그래서 루앙을 떠나는 거예요."

그녀의 말이 끝나자 사람들은 그녀의 용기를 칭찬했다. 그들 중 어느 누구도 그녀처럼 과감한 행동을 하지 못했었다.

사람들이 이야기를 나누는 동안 어느새 바구니는 텅 비어 버리고 말았다. 바구니가 더 크지 않은 것을 아쉬워하며 열 사람이 다 먹어 치운 것이다.

밤이 되자 기온이 더 내려가 추위가 더욱 심해졌다.

불 드 쉬프는 지방이 많은 체질임에도 불구하고 소화가 되는 동안 심하게 추위를 느끼며 떨고 있었다. 브레빌 부인은 숯을 갈아 넣은 자신의 간이 난로를 그녀에 권했다. 불 드 쉬프는 발이 얼어붙는 것 같았기 때문에 즉시 브레빌 부인의 난로를 받았다.

도로 앞에 작은 불빛들이 나타났다. 토트였다.

루앙을 떠난 지 13시간 만에 토트에 도착한 마차는 마을로 들어가 콤메르스 여관 앞에 멈추었다.

마차 문이 열리고 여행객들이 막 내리려던 참이었다.

갑자기 마차 밖에서 귀에 익은 듯한 땅에 칼집 부딪치는 소리가 들려왔다. 이어서 프로이센인이 말하는 소리가 들렸다.

사람들은 공포에 떨며 아무도 내리려 하지 않았다. 잠시 후 마부가 등불을 들고 나타나 마차의 문을 열었다. 마부 곁에는 금발에 키가 크고 마른 젊은 장교가 서있었다. 그는 프랑스 알자스 지방의 딱딱한 말투로 여행객들에게 내리라고 말했다.

"신사, 숙녀 여러분 내리시죠."

온순한 두 수녀가 가장 먼저 복종해 마차에서 내렸고, 다음으로 백작부부가 내렸으며, 라마동 부부가 그 다음으로 내렸다. 루아조는 용의주도하게도 장교에 인사를 하며 내렸으나 장교는 본체만체 했다. 불 드 쉬프와 코르뉘데는 마차 입구 가까이에 있었지만, 적 앞에서 신중하고 거만한 모습으로 맨 나중에 내렸다. 불 드 쉬프는 감정을 억누르고 침착해지려고 애썼다.

여행객들은 여관의 넓은 주방으로 들어가 장교의 조사를 받았다. 장교는 여행객들과 그들의 이름, 직업이 적힌 여행 허가증을 자세히 대조해 본 후 여관에서 묵어도 좋다고 했다.

그제야 비로소 사람들은 안도의 한숨을 내쉬었다. 배가 고팠던 그들은 바로 저녁을 주문했다. 식사가 준비되려면 30분은 기다려야 하

대조 둘 이상인 대상의 내용을 맞대어 같고 다름을 검토함.

므로 사람들은 방을 보러 갔다.

마침내 식탁에 앉으려는데 여관 주인이 들어오며 말했다.

"엘리자베트 루세양이 어느 분이죠?"

불 드 쉬프가 놀란 얼굴로 돌아보았다.

"전데요. 왜 그러세요?"

"아가씨께 프로이센 장교가 급히 할 이야기가 있답니다."

그녀는 당황한 표정으로 잠시 생각하더니 단호히 거절했다.

"난 가지 않겠어요."

그러자 주위에 있던 사람들이 술렁이기 시작했다. 그들은 저마다 장교가 불 드 쉬프를 만나려는 이유를 알고자 의견을 나누었다. 백작이 다가와 말했다.

"그건 옳지 않아요, 부인. 당신이 장교의 지시를 거절하면 당신뿐 아니라 우리 모두 난처해질 수도 있어요. 강자에게 절대 맞서서는 안돼요. 그다지 위험하진 않을 겁니다."

백작에 이어 모든 사람들이 그녀에게 부탁하거나 설교를 하기도 하면서 그녀를 설득시켰다.

마침내 그녀가 말했다.

"여러분을 위해서 그렇게 하겠어요. 정말이에요!"

백작 부인이 그녀의 손을 잡았다.

"우리는 당신에게 감사하고 있어요."

그녀가 나간 후, 사람들은 장교가 자기를 부를 경우에 어떻게 장교의 비위를 맞출 것인가 궁리했다.

그런데 10분쯤 지나자 불 드 쉬프가 빨개진 얼굴로 씩씩거리며 나타났다.

"이 망할 자식! 나쁜 놈!"

모두가 무슨 일인지 알고 싶어 했지만 그녀는 아무 말도 하지 않았다. 백작이 간청하자 그녀는 품위 있게 대답했다.

"여러분과는 상관없는 일입니다. 말할 수 없어요."

그러자 사람들은 그녀에 더 이상 아무것도 묻지 않고 즐겁게 저녁 식사를 했다. 그들은 여관 주인인 폴랑비 부부와 함께 식탁에 앉았다. 저녁식사를 하면서도 화젯거리는 여전히 전쟁 이야기였다. 모두들 지쳐 있었기 때문에 저녁식사를 하자마자 잠자리에 들었다.

그날 밤, 루아조는 복도에서 들려오는 소리를 듣고 문틈으로 내다 보았다. 불 드 쉬프가 코르뉘데와 이야기하고 있는 것이 보였다. 루아조에게는 그들의 말소리가 전혀 들리지 않았으나, 그들이 마지막에 큰소리로 말하는 바람에 몇 마디는 들을 수 있었다. 코르뉘데가 고집스럽게 말했다.

"이보시오, 당신 정말 바보로군. 그것이 당신과 무슨 상관있단 말이오?"

그녀는 화가 난 듯 말했다.

"안돼요, 그런 짓도 하면 안 되는 때가 있어요. 창피한 줄이나 아세요."

그가 이해할 수 없다는 듯 그 이유를 묻자, 그녀는 다시 목소리를 높였다.

"이유를 모르세요? 어쩌면 프로이센 장교가 이 옆방에 있을지 모르잖아요."

적이 가까이 있는 곳에선 절대 몸을 팔지 않겠다는 이 애국심 강한 매춘부의 말에 코르뉘데는 더 이상 아무 말도 못한 채, 가벼운 포옹만 하고 살금살금 자기 방으로 들어갔다.

다음날, 8시에 출발하기로 한 여행객들은 아침 일찍 식당에 모였다. 그런데 마당에는 온통 눈으로 뒤덮인 마차만 있을 뿐 마부도, 말도 없었다.

사람들은 마부를 찾으러 여관 주변을 다녔으나 모두 허탕만 쳤다. 남자들은 마부를 찾기 위해 마을 광장으로 나갔다. 광장 안쪽에는 교회가 있었고, 양편으로는 프로이센 병사들이 묵고 있는 낮은 집들이 보였다. 감자껍질을 벗겨 주는 병사, 청소를 하는 병사, 우는 아기를 달래는 병사, 장작을 패는 병사 등이 고분고분하게 마을 주민들의 일을 도와주고 있었다.

백작은 놀라서 교회지기에게 묻자 그가 말했다.

"저 사람들은 나쁜 사람들이 아니에요. 그들도 전쟁 때문에 어쩔 수 없이 고향을 떠나 온 불쌍한 사람들이랍니다. 저들에게도 우리와 마찬가지로 전쟁은 큰 근심거리일 겁니다. 저들은 못되게 굴지도 않고 집안일도 잘 도와줍니다. 불쌍한 사람들끼리는 서로 도와야지요.

전쟁을 일으키는 것은 높은 양반들이 아닙니까?”

적군과의 사이좋은 모습에 분개한 코르뉘데는 차라리 여관방에
처박혀 있는 것이 낫겠다고 투덜거리며 돌아가 버렸다.

마부를 찾아낸 곳은 마을의 한 술집이었다. 그는 장교의 당번병과
다정하게 술을 마시고 있었다. 백작이 따지듯이 물었다.

“여덟시에 말을 매라고 지시하지 않았는가?”

"예, 그랬지요. 그런데 그 후에 또 다른 지시를 받았어요. 절대로 말을 마차에 매지 말라는 명령이었지요."

"누가 그런 지시를 내린 건가?"

"프로이센 장교가요."

"어떤 이유로?"

"전 아무것도 모릅니다. 직접 가서 물어보십시오. 저는 말을 매지 말라기에 안 맸을 뿐입니다요."

세 남자는 몹시 불안해하며 돌아왔다. 여관 주인 폴랑비를 찾았지만, 하녀가 말하길 그는 천식 때문에 10시 이전에는 절대로 일어나지 않는다는 것이었다. 그래서 장교를 만나려고 했지만 만날 수가 없었다. 장교와 면회를 하려면 반드시 여관 주인을 통해서만 가능하다는 것이다.

그래서 사람들은 기다렸다. 여자들은 자신들의 방으로 다시 올라가 하찮은 일들로 시간을 때웠다.

코르뉘데는 주방 벽난로 옆에서 맥주를 마시며 담배를 피우고, 루아조는 그 마을 주류 소매상들에게 포도주를 팔러 갔다. 백작과 라마동은 정치 이야기를 하기 시작했다.

10시가 되자 드디어 여관 주인 폴랑비가 모습을 드러냈다.

"어제 장교가 마차에 말을 매지 말라고 하더군요. 그리고 또 자기 명령 없이 아무도 이 마을을 떠나서는 안 된다고 말했어요."

그래서 백작과 라마동씨는 폴랑비를 통해 장교에게 면담을 요청

했다.

그날 오후 백작이 장교의 방에 들어섰을 때, 장교는 안락의자에 앉아 다리를 벽난로 위에 올려놓은 채 기다란 사기 파이프 담배를 피우고 있었다. 그는 일어나지도 않았으며, 그들에게 인사를 하기는 커녕 쳐다보지도 않았다.

어느 정도 시간이 지나자 백작이 말을 했다.

"우린 이곳을 떠나고 싶습니다."

"안 됩니다."

"안 되는 이유를 알고 싶습니다."

"내가 허락하고 싶지 않기 때문이오."

"우리는 총사령관으로부터 디에프에 도착할 수 있는 허가증을 받았다는 것을 알아 주셨으면 합니다. 그리고 우리가 잘못한 일도 없지 않습니까?"

"내가 그러고 싶지 않은 것뿐이오. 그만 돌아들 가시오."

세 사람은 모두 허리를 굽혀 인사를 하고 물러났다.

참담한 오후였다. 사람들은 식당에 모여 장교가 그들을 잡아 두려는 이유를 생각하느라 머리가 복잡했다.

인질로 잡아 두려는 건가? 혹은 포로로 데려가려는 걸까? 아니면 엄청난 몸값을 받아내려는 걸까? 이런 생각이 들자, 그들은 공포로 미칠 지경이었다.

밤이 되자 불안한 마음은 더욱 커져만 갔다. 저녁식사를 하기까지는 아직 두 시간이 남아 있어서 루아조 부인은 카드게임을 하자고 제안했다. 기분 전환이 될 것 같아 모두 찬성했다. 게임이 재미있게 진행되는 동안 머리에 떠나지 않던 두려움은 잠시 가라앉았다. 그들이 식탁에 앉으려는데 폴랑비가 다시 나타났다. 그가 쉰 목소리로 말했다.

"프로이센 장교가 엘리자베트 루세양이 아직도 생각을 바꾸지 않았는지 알아보라고 하더군요."

그 말을 들은 불 드 쉬프는 핏기가 싹 가신 얼굴로 서 있었다.

그러다가 얼굴이 빨개지면서 몹시 화를 내며 말했다.

"그 돼먹지 못하고 비열한 프로이센 놈에게 전하세요. 나는 절대로 그 놈이 원하는 대로 하지 않을 거라고요! 알겠어요? 절대로, 절대로 하지 않겠다고요!"

여관 주인이 나간 후 사람들은 간밤에 그녀와 프로이센 장교와 무슨 일이 있었는지 물었다. 그녀는 처음에는 말을 하지 않으려고 했지만, 곧 흥분과 분노에 차서 소리쳤다.

"그 놈이 원한 것이 무엇이냐고요? 내가 매춘부라고 나와 하룻밤을 보내고 싶다는 거예요!"

그녀의 말을 듣고 거기에 있던 모든 사람들은 그 장교를 비난했다. 분노한 코르뉘데는 거칠게 맥주잔을 식탁 위에 내려놓다가 그것을 깨뜨렸다.

백작은 불쾌한 표정으로 프로이센군들이 야만인이나 다름없이 행동한다고 말했다. 특히 귀부인들은 불 드 쉬프에게 다정한 동정의 눈길을 보냈다. 그럼에도 불구하고 처음의 분노가 가라앉자 저녁식사를 하기 시작했다. 하지만 이야기는 거의 하지 않고 모두 생각에 잠겨 있었다.

저녁식사가 끝나자 부인들은 모두 자기 방으로 올라가고 남자들만 모여 카드게임을 했다. 그리고 장교의 반대를 꺾을 수 있는 방법을 교묘하게 물어볼 생각으로 카드게임에 폴랑비를 초대했다. 그러나 폴랑비는 카드게임에만 집중할 뿐 다른 말에 전혀 귀를 기울이지 않았으며, 아무 대답도 하지 않았다.

시간이 흐르고 그에게서 아무런 정보도 얻어 낼 수 없다는 것을 알자, 남자들은 잘 시간이라며 각자 자기 방으로 돌아갔다.

이튿날, 일행은 모두 일찍 일어났다. 토트를 떠나고 싶은 마음은 더욱 커져만 갔다. 하지만 어쩌겠는가. 말들은 여전히 마구간에 있었고, 마부는 보이지 않았다.

아침식사를 하는 사람들의 얼굴은 침울했다. 전날과는 달리 불 드 쉬프에게 냉담한 태도를 보였다.

하룻밤 사이에 사람들의 생각은 크게 변한 것이었다.

불 드 쉬프는 어차피 몸을 파는 매춘부이다. 그러니 그녀에게는 그런 일이 그다지 어려운 일도 아니지 않는가. 그 여자가 프로이센 장교와 하룻밤을 지내기만 한다면 그들은 이 도시를 떠날 수가 있다. 그 여자만 자존심을 거두면 모든 문제는 간단하게 해결된다고

교묘하다 ①솜씨나 재주 따위가 재치 있고 묘하다. ②짜임새나 생김새 따위가 아기자기하게 묘하다.

여긴 것이었다.

그러나 아무도 그런 생각을 입 밖에 꺼내지 않았다.

오후가 되어 사람들이 따분해하자, 백작은 마을 주변을 산책하자고 제안했다. 코르뉘데와 수녀 둘을 제외한 나머지 일행은 산책을 시작했다. 네 명의 여자들은 앞서고 세 명의 남자들은 그 뒤를 따라 걸었다.

"몸을 파는 매춘부 주제에 언제까지 우리를 이런 곳에 남아 있게 할 셈이지?"

루아조가 불만스러운 투로 말했다.

"그래도 그 여자에게 희생을 강요할 수는 없어요."

백작이 말했다.

"걸어서 달아나는 것은 어떨까요?"

루아조가 말했다. 그러자 백작이 맞받아쳤다.

"이 눈 속에 여자들도 데리고 가야 하는데 가능할 것 같소? 곧 추격을 당해 10분도 안되어 붙잡혀 포로 신세가 될 겁니다."

그때 길 끝에서 걸어오는 장교가 보였다. 그는 부인들 곁을 지나가며 고개 숙여 인사했지만 남자들에겐 경멸의 시선을 보냈다.

남자들도 자존심이 상해서 인사를 하지 않았지만, 루아조만이 모자를 벗는 시늉을 하며 인사를 건넸다.

불 드 쉬프는 귀까지 빨개졌다. 세 명의 귀부인들은 그 장교가 그렇게도 무례하게 취급했던 이 매춘부와 함께 있는 모습을 장교에게 보인 것에 심한 모욕감을 느꼈다. 그리고 귀부인들은 그 장교의 얼굴과 모습에 대해 이야기했다. 특히 라마동 부인은 그 장교에 대해 나쁘게 생각하지 않았다. 그는 모든 여자들이 매우 좋아할 만한 강하고 멋진 병사일 수도 있다고 말했다.

그날 저녁식사도 말없이 곧 끝나 버렸고, 잠으로 시간을 때우기 위해 각자 자기 방으로 올라가 누웠다.

다음날, 모두들 피곤해하며 짜증 섞인 얼굴로 내려왔다. 여자들은 불 드 쉬프에게 거의 말도 걸지 않았다.

멀리서 종소리가 들려왔다. 아이들의 세례식을 알리는 신호였다. 불 드 쉬프에게는 다른 집에 맡긴 어린 자식이 있었다. 그녀는 자기 아이를 일 년에 한 번도 만나지 않았다. 그런데 지금 세례식 종소리를 듣고 자기 아이 생각에 감정이 북받쳐 올랐다. 그래서 그녀는 꼭 세례식에 참석하고 싶어졌다.

그녀가 성당으로 가자마자 사람들은 서로의 의자를 끌어당기며 앞날을 의논했다.

"저 여자만 여기에 남겨두고, 우리는 그 장교에게 보내달라고 부탁하면 어떨까요?"

루아조가 말했다. 루아조는 폴랑비에게 그 말을 장교에게 전해달라고 부탁했다. 하지만 폴랑비는 곧 다시 돌아와 장교가 그 제안을 거절했다고 말했다. 그러자 루아조 부인이 천박한 기질을 드러내며 소리쳤다.

모욕감 깔보고 욕되게 하는 것을 당하는 느낌.

"하지만 이곳에서 늙어 죽을 수는 없어요. 어차피 아무 남자의 품에서 천박하게 놀아나는 게 매춘부인데 왜 사람을 가려서 받아들이죠? 지금 우리가 곤경에서 벗어날 수 있느냐 없느냐 하는 것이 문제인데 저렇게 얌전만 빼고 있는 게 말이 됩니까? 내가 보기에 장교가 그 정도면 예의가 바르다고 생각해요. 아마 우리들이 더 맘에 들었을지도 모르죠. 하지만 우리가 귀부인들이니까 존중해 주는 거예요. 나쁜 사람 같았으면 벌써 우리를 겁탈했을 수도 있었다고요."

난폭한 루아조는 '그 매춘부'를 묶어서라도 적에게 넘겨 주고 싶어 했다. 그때 백작이 말했다.

"그 여자가 스스로 결심하도록 만듭시다."

그들은 어떻게 불 드 쉬프의 생각을 바꾸게 할 것인지 의논했다. 서로 다가앉으며 목소리를 낮춰 말했다. 코르뉘데는 따로 떨어져서 그들이 하는 짓에 관여하지 않았다.

"쉿, 그 여자가 와요."

백작이 낮은 소리로 신호를 보내자 모두 고개를 들었다. 불 드 쉬프가 방으로 들어오자 모두가 입을 다물었다. 어색한 분위기가 이어지면서 잠시 침묵이 흘렀다. 백작 부인이 그녀에게 물었다.

"세례식은 재미있었나요?"

아직 세례식의 감동이 가시지 않은 불 드 쉬프는 사람들의 표정이나 태도, 그리고 성당의 모습까지 자세히 이야기했다.

"가끔 기도를 드리는 것도 좋은 일이에요."

　그날 점심때 사람들은 불 드 쉬프가 스스로 결심하도록 만드는 작전을 펴기 시작했다. 처음에는 자기희생에 관한 이런저런 대화를 나누는 것이었다. 그러고는 이 무식한 자들은 상상으로 꾸며낸 황당무계한 이야기를 하기 시작했다. 적을 무찌르기 위해 사랑하지도 않는 남자의 품에 안긴 영웅적인 여자이야기를 하고, 흉악하고 가증스러운 인간들을 굴복시키고 복수와 헌신을 위해 자신의 순결을 희생한 여자들을 모두 인용했다. 이 이야기를 듣고 있으면, 나중에는 이 세상에서 여자가 해야 할 유일한 역할은 자기희생이라는 생각이 들 정도였다.

　불 드 쉬프는 아무 말도 하지 않고 있었다. 사람들은 오후 내내 그녀가 생각하도록 내버려두었다. 그리고 이제 그들이 불 드 쉬프를 대하는 태도는 완전히 바뀌었다. 여태껏 그녀를 ‘부인’이라며 존중하여 불렀는데, 이제는 더 이상 ‘부인’이라고 부르지 않았다. 그녀가 스스로 천한 신분이라는 것을 깨닫게 하려는 목적에서였다. 저녁식사 때도 역시 여인의 희생에 대한 여러 가지 이야기를 꺼내 불 드 쉬프의 마음을 무겁게 만들었다. 이번에는 수녀들까지도 거들었다. 말이 없었던 늙은 수녀는 의외로 대담하고 수다스러웠다. 그녀는 목적이 훌륭하다면 하느님께선 그 어떤 일도 기뻐하신다고 말했다.

　다음날 오후, 백작 부인은 사람들에게 산책을 가자고 말했다.

　백작은 일행에서 뒤떨어져 불 드 쉬프와 같이 걸었다. 백작이 그녀에게 말했다.

"그러니까 프로이센 장교는 자신의 요구가 받아들여지지 않으면 당신은 물론 우리에게까지 폭력적으로 나올 텐데, 그러면 우리 모두가 위험에 처할 수 있다는 생각은 안 들어요? 그래, 우리를 여기에 붙잡아 두는 것이 좋단 말이요?"

불 드 쉬프는 아무 말도 하지 않았다. 백작은 만약에 그녀가 희생해 주면 모든 사람들이 그녀에게 고마워할 것이라는 말도 했다. 그녀는 아무런 대꾸도 하지 않고 일행에 합류했다.

산책에서 돌아온 불 드 쉬프는 자기 방으로 올라가 다시 나타나지 않았다. 사람들은 불안감에 사로잡혔다. 그녀가 장교의 제안을 계속 거절한다면 자기들이 난처해질지도 모르기 때문이었다. 저녁시간이 되어도 그녀는 식당에 내려오지 않았다.

그러자 폴랑비가 들어와, 루세양은 몸이 불편하니 먼저 식사를 하라고 알렸다. 사람들은 모두 귀를 곤두세웠다.

백작이 폴랑비에게 다가가 낮은 목소리로 물었다.

"그 여자가 허락했소?"

"예."

백작은 아무 말 않고 가볍게 고개만 끄덕여 보였다. 곧 모든 사람의 입에서 긴 안도의 한숨이 새어나오고, 얼굴에는 기쁜 기색이 역력해졌다.

루아조가 큰소리로 말했다.

"잘됐어. 이 집에 샴페인이 있다면 내가 한턱내겠소."

모두들 갑자기 수다스러워지고 떠들썩해졌다. 부인들까지도 술을 마셨다. 사람들의 이야기는 활기차고 명랑했다. 루아조가 불 드 쉬프와 장교에 대해서 계속해서 외설스럽고 역겨운 농담들을 했다. 하지만 사람들은 모두들 재미있어할 뿐 아무도 모욕감을 느끼지 않았다. 술에 취한 루아조가 샴페인 잔을 들고 일어섰다.

"우리의 해방을 위해. 건배!"

모두들 자리에서 일어나 그에게 갈채를 보냈다. 그 상황에서 코르뉘데는 입을 꾹 다문 채 한마디도 하지 않았으며, 몸짓 한 번 하지 않았다. 그는 매우 심각한 생각에 잠겨 있는 듯 보였다.

마침내 자정이 가까워져 사람들이 각자 방으로 돌아가려고 할 때, 비틀거리던 루아조가 갑자기 코르뉘데의 배를 툭 치면서 말했다.

"오늘 밤엔 왜 아무 말도 하지 않소?"

그러자 코르뉘데가 갑자기 고개를 쳐들더니, 무서운 눈빛으로 그 자리에 있는 사람들을 노려보았다.

"오늘 여러분들은 수치스러운 일을 저질렀소!"

그는 문 쪽으로 가면서, 다시 한 번 말했다.

"비열한 인간들!"

그리고는 식당을 나가 버렸다.

분위기가 싸늘해지고 사람들은 어리둥절한 표정을 지었다. 루아조도 잠시 말문이 막혀 멍하게 있었지만, 다시 자지러지게 웃으며 여관에 도착한 날 밤에 자기가 복도에서 보았던 코르뉘데의 행동에

대해 이야기를 했다. 그러자 사람들은 미친 듯이 웃어댔다. 그들은 믿을 수가 없었다.

"그럴 수가! 그 사람이 그런 짓을 했다는 것이 확실하오?"

"내가 보았다니까요."

"그래, 그런데 그녀가 거절했단 말이지……."

세 사람은 모두 배가 아프고 숨이 찰 정도였지만, 기침을 하면서 다시 웃기 시작했다.

이튿날 아침, 투명하게 반짝이는 겨울 햇살이 흰 눈을 눈부시게 빛내고 있었다. 밖에서 마부는 양가죽으로 몸을 감싸고 마부석에 앉아 담배를 피우고 있었다. 여행객들은 기쁨에 넘쳐 남은 여행을 위해 분주히 음식을 싸고 있었다.

모든 준비를 마치고 불 드 쉬프를 기다리고 있었는데, 마침내 그녀가 나타났다.

그녀는 약간 당황해하며 부끄러워하는 것 같았다. 그녀는 머뭇거리면서 일행이 있는 쪽으로 다가갔다. 사람들은 모두 비슷한 동작으로 마치 그녀를 알아보지 못한 것처럼 외면했다.

어리둥절해진 불 드 쉬프는 잠시 걸음을 멈추었다. 그리고 가까스로 용기를 내어 라마동의 아내에게 다가가 공손하게 말했다.

"안녕하세요, 부인."

그러자 상대방은 자신의 정숙함에 모욕을 당한 듯한 시선을 보내면서 예의 없이 고개만 까닥했다. 사람들은 모두 바쁜 듯이 보였고,

---

정숙하다 여자로서 행실이 곧고 마음씨가 맑고 곱다.

마치 그녀가 치마 속에 전염병이라도 가져온 것처럼 그녀와 멀찌감치 떨어졌다. 그러고는 서둘러 마차가 있는 쪽으로 걸어갔다. 그녀만 맨 나중에 마차로 올라 처음 올 때 앉았던 그 자리에 말없이 앉았다. 식당에서와 마찬가지로 사람들은 그녀를 본체만체 했다. 불 드 쉬프는 고개를 들지 못했다. 동시에 그녀 곁에 있는 모든 사람들에 대해 분노를 느꼈다. 그들이 위선을 떨며 자신을 프로이센 장교의 품안에 내던져, 그가 자기 몸을 더럽히고 굴복시켰다는 것에 모욕감을 느꼈다. 마차가 출발하자 귀부인들은 자기들끼리 이야기를 나누었다. 두 수녀는 묵주를 꺼내 들고, 경쟁이라도 하듯 중얼거렸다.

세 시간쯤 지났을 때, 루아조의 아내가 끈으로 묶은 꾸러미를 열어 여관에서 준비해 온 냉동 송아지고기를 맛있게 먹었다. 이어서 백작부부가 준비해 온 토끼고기 파이와 치즈를 꺼내 먹기 시작했다. 두 수녀는 마늘 냄새나는 소시지를 펼쳐 놓았고, 코르뉘데도 그가 가져온 삶은 달걀을 통째로 씹어댔다.

불 드 쉬프는 서둘러 나오느라 당황해서 음식을 챙겨오지 못했다. 그녀는 분노로 숨이 막힐 지경이 되었다. 아무도 그녀에게 음식을 함께 먹자고 하지 않았다. 처음에는 끓어오르는 분노에 몸이 떨렸다. 그래서 그들이 저지른 짓에 대해 욕설을 퍼붓고 싶었다. 그러나 울분으로 목이 막혀 말을 할 수가 없었다.

아무도 그녀를 쳐다보지도 생각하지도 않았다. 그녀는 이 파렴치한 인간들이 자신을 경멸하고 있다는 것을 알았다. 자기를 희생시키

위선 겉으로만 착한 체함. 또는 그런 짓이나 일.

고 마치 불결하고 쓸모없는 물건처럼 내던졌다는 것을 느꼈다. 그녀는 지난번 이들이 게걸스럽게 먹어치운 맛있는 음식이 가득 들어있던 자기의 커다란 바구니가 생각났다. 그녀는 갑자기 울고 싶어졌다. 그녀는 안간힘을 다해 눈물을 삼켰다. 그러나 눈물이 솟아올라 양볼 위로 흘러내렸다. 사람들이 자기를 바라보지 않기를 바란 그녀는 창백한 얼굴로 꼿꼿하게 앉아있었다.

그러나 그들 중 몇 사람이 그녀가 우는 것을 보았다.

백작은 '어쩌란 말이야. 내 잘못도 아닌데.'라고 생각했고, 루아조 부인은 그녀가 부끄러워서 운다고 했다.

그때 코르뉘데는 맞은 편 의자 밑으로 긴 다리를 뻗고 팔짱을 끼고는, 장난스런 표정을 지으며 휘파람으로 프랑스 국가를 불기 시작했다. 사람들은 듣기 싫어했다. 하지만 그는 그것을 알면서도 계속했으며 떨리는 목소리로 노래를 부르기까지 했다.

조국에 대한 성스러운 사랑이여,
인도하라, 붙들어라, 복수하는 우리의 팔을.
자유, 사랑하는 자유여,
그대들의 수호자와 함께 싸우라!

마차는 더 빨리 달렸다. 디에프까지 음울한 여행의 긴 시간 동안, 코르뉘데는 단조로운 복수의 휘파람을 계속 불어댔다. 사람들은 지치고 화가 났지만 어쩔 수 없이 그 노래를 끝까지 들으며, 박자마다 가사 하나하나를 되뇌어야 했다.

불 드 쉬프는 여전히 울고 있었다. 그리고 어둠 속에서 퍼져 나오는 노래 사이로 참을 수 없는 흐느낌이 가끔씩 새어나왔다.

작품 줄거리

프로이센군에게 마을이 점령당하자 몇몇 사람은 길을 떠나기 위해 높은 사람의 힘을 빌려 여행 허가증을 받아 냅니다. 마차를 타고 떠나는 승객 중에는 루아조 부부, 카레 라마동 부부, 위베르 드 브레빌 백작부부, 두 명의 수녀, 민주혁명가 코르뉘데, 그리고 '불 드 쉬프(비계 덩어리)'라는 별명을 가진 매춘부 엘리자베트 루세 등 모두 10명이었어요. 기나긴 여정 때문에 아무것도 먹지 못한 여행객들은 배고픔으로 고통 받고 이때 불 드 쉬프가 준비해 온 음식을 꺼내어 동승한 사람들에게 함께 먹자고 권합니다. 그러자 위엄을 떨며 그녀를 매춘부라 멸시하던 사람들은 게걸스럽게 달려들어 음식을 먹어치우지요.

목적지에 도착했으나 그곳도 프로이센군이 점령했고, 장교는 매춘부 불 드 쉬프를 불러 하룻밤을 요구합니다. 하지만 불 드 쉬프는 거절하고, 장교는 출발 허가를 내주지 않습니다. 초조해진 일행은 그곳을 빠져나가기 위해 온갖 좋은 말로 그녀를 설득시킨 끝에 목적을 달성합니다.

다음날 아침 드디어 그곳을 떠나게 된 일행은 그녀를 전염병 환자 취급하듯 외면하고, 디에프로 가는 마차 안에선 자기네들끼리만 음식을 먹습니다. 은혜를 모르는 파렴치한 인간들 때문에 그녀는 하염없이 흐느낍니다.

이해와 감상

이 작품은 전쟁을 배경으로 하여 프랑스 사회를 비판하고 있는 모파상의 대표작입니다. 모파상은 '비계 덩어리'라고 불리는 한 매춘부와 오만과 가식으로 가득한 귀족과 재력가들을 통해 그녀가 겪게 되는 시련과 고통을 독자에게 전해줍니다. 사회의 권력자들이 약자를 어떻게 짓밟고 이용하는지를 적나라하게 보여 주지요. 여기에 나오는 인물들은 겉으로 도덕적이고 품위 있는 것처럼 굴지만, 내면에는 욕심과 허위로 가득 차 있답니다.

명망 높은 귀족과 재산가는 고상한 미소 속에 이기적이고 비열한 본성을 감추고 있고, 포도주 상인은 전쟁 중에도 장사를 합니다. 또 겉으로 정숙하고 우아해 보이는 여인들도 간교하게 약자를 이용하지요. 그럴듯한 명분을 가진 민주주의자도 알고 보면 위선자일 뿐입니다. 사랑으로 약자를 돕고 보호해야 할 수녀들조차도 권력에 무릎 꿇고 약자를 이용하는 데 앞장서지요. 또한 그들은 자신들을 위해 희생한 은인이 굶주리고 있는 것을 보고도 자기들의 배만 채우고 맙니다. 하지만 아무도 조롱과 야유가 섞인 코루뉘데의 휘파람을 막지 못하는 것은 한 가닥 남은 인간의 양심 때문이 아닐까요.

인물이란?

작품 속에 등장하는 사람을 인물이라고 합니다. 인물이라고 해서 꼭 사람만 해당되는 것은 아니고 곤충이나 동물, 사물이 주인공으로 나오는 이야기에서는 그러한 존재들이 모두 인물이 된답니다.

인물은 작품 속에 등장하여 사건을 이끌어 가는 주체로 사건을 일으켜 이야기를 전개시키는 역할을 하지요. 인물이 나누는 대화와 행동을 통해 인물의 성격이 만들어지고, 그렇게 만들어진 다양한 성격의 인물들은 작품 안에서 서로 부딪히고 갈등하면서 이야기 속에 긴장감을 불어넣어요. 특히 작가가 인물들의 성격을 얼마나 잘 창조해냈는지에 따라 작품의 성공과 실패가 달라지기도 해요. 인물의 성격을 그럴듯하게 만들어내지 못하면 이야기는 설득력을 잃고, 독자들은 이야기에 호기심을 느끼지 못한 채 더 이상 시선을 주지 않거든요. 조금 더 깊이 들어가서 다양한 기준에 따라 인물의 유형을 어떻게 분류할 수 있는지 알아보겠습니다.

1. 역할에 따른 분류

- **주동적 인물** : 작품을 주도적으로 끌고 나가는 주인공으로 긍정적인 성격을 가진 인물.
- **반동적 인물** : 주인공과 대립되는 위치에 서서 갈등을 일으키는 부정적 성격의 인물.
▶ 춘향전을 예로 들면 이야기를 주도하는 이몽룡과 춘향이는 주동적 인물, 그 반대에서 이들과 갈등을 일으키는 변 사또는 반동적 인물입니다.

2. 대표성에 따른 분류

- **전형적 인물** : 어떤 특정 계층이나 신분을 대표하는 일반적인 성격의 인물.
- **개성적 인물** : 어떤 특정 계층이나 신분에 속하지 않는 독특한 성격의 인물.
▶ 우리는 흔히 착한 사람하면 흥부, 나쁜 사람하면 놀부, 효녀하면 심청, 구두쇠하면 스크루지를 떠올립니다. 이렇게 특정 계층을 대표할 수 있는 인물들을 전형적 인물이라고 해요. 반면 개성적인 인물은 대표성을 띄고 있다기보다 독특함, 강한 개성을 지니고 있어서 어떤 특정한 테두리에 인물을 포함시킬 수가 없어요.

3. 성격 변화 여부에 따른 분류

- **평면적 인물** : 작품 속에서 처음부터 끝까지 성격이 변하지 않고, 일관적인 태도를 취하는 인물.
- **입체적 인물** : 작품 속에서 상황에 따라 성격이 바뀌는, 어떤 결정적인 사건으로 인해 성격 변화가 생긴 인물.
▶ 비계 덩어리에 등장한 인물들을 떠올려 보면, 불 드 쉬프는 처음부터 끝까

지 나라를 사랑하는 대쪽 같은 성격을 유지하고 있으니 평면적 인물입니다. 나머지 인물들은 처음에는 불 드 쉬프를 무시하다가 자기 필요에 의해 친절하게 대하고, 다시 매정하게 대하는 등 상황에 따라 여러 변화를 보이지요. 그러므로 마차 위에 올랐던 대부분의 사람들은 입체적 인물에 해당합니다.

활동문제

1. 〈비계 덩어리〉에 등장하는 대부분의 인물들은 위선적이고 이중적인 면을 갖고 있습니다. 마차에 탔던 사람들은 불 드 쉬프의 희생으로 무사히 프로이센 군사들의 손을 벗어나지만 그녀가 돌아오자 사람들은 처음 마차에 올랐을 때처럼 그녀를 본체만체 무시합니다. 심지어 경멸하듯 쳐다보며 그녀의 배고픔까지 외면하지요. 마차에 탄 사람들 중에 누구의 잘못이 가장 크다고 생각하는지 한 사람을 골라 보고, 왜 그렇게 생각했는지 그 이유도 함께 적어 보세요.

> 포도주 도매상 루아조 부부 / 도의회 의원이자 면직공장을 운영하는 카레 라마동 부부 / 위베르 드 브레빌 백작 부부 / 두 명의 수녀 / 민주주의자 코르뉘데

• 나쁘다고 생각하는 이유 :

2. 사람들은 코르뉘데의 휘파람 소리를 못마땅하게 생각하지만 정작 그에게 아무런 말도 하지 못합니다. 사람들이 침묵을 지킬 수밖에 없었던 이유를 생각해 보세요.

Oscar Wilde

행복한 왕자

오스카 와일드(Oscar Wilde, 1854~1900)

1854년 아일랜드의 더블린에서 안과의사의 아들로 태어난 오스카 와일드는 19세기를 대표하는 영국의 소설가이자, 극작가입니다. 그는 동화 같은 문장으로 감동적이고 아름답게 단편소설들을 완성하여, 부드럽고 조용하게 읽는 사람의 마음을 움직인답니다. 와일드가 가진 삶에 대한 강한 호기심과 예리한 지성, 자유스러운 인품은 그의 작품에 밑바탕이 되었지요.

그는 영국 옥스퍼드 대학을 다녔고, '예술을 위한 예술(Art for art)'을 주장하며, 아름다운 작품을 쓰기 위해 노력한 대표적인 유미주의자였어요.

1882년에는 미국으로 건너가 대학에서 강의를 하며 그는 활동 영역을 넓혔고, 1888년에 동화집 《행복한 왕자》를, 1889년에 장편소설 〈도리언 그레이의 초상〉을 발표했어요. 그 외에도 동화집 《석류나무집》과, 희곡 〈살로메〉등이 있답니다. 또 그의 많은 작품들은 희극으로 상연되어 찬사를 받기도 했어요.

　어느 도시, 거리 한복판의 높은 기둥 위에 '행복한 왕자'의 동상이 서 있었다. 그 동상은 머리부터 발끝까지 순금으로 뒤덮여 있었고, 두 눈은 파란색 사파이어로 되어 있었으며, 손에 든 칼자루에는 크고 빨간 루비가 빛나고 있었다.

　사람들은 그러한 행복한 왕자를 무척 좋아했다.

　예술적 감각이 뛰어나다는 칭찬을 듣고 싶어 하는 한 시의원이 말했다.

　"행복한 왕자는 바람개비처럼 아름답군. 그다지 쓸모가 있어 보이지는 않지만 말이야."

　어떤 현명한 어머니는 어린아이가 떼를 쓰며 울면, 아이를 달래려고 행복한 왕자를 가리키며 말했다.

　"저 행복한 왕자님 얼굴을 좀 보렴. 저 분은 결코 떼쓰며 울지 않는단다."

　또 불행과 절망에 빠진 사람들은 이 행복한 왕자의 동상을 보면서 희망을 가지기도 했다.

　"이 세상에 저렇게 행복한 사람이 있다는 것은 다행이야."

　주홍색 외투에 흰 치마를 입은 고아원 아이들이 교회를 가다가 말했다.

　"왕자님은 정말 천사 같아!"

　그때 옆에 있던 수학 선생님이 물었다.

　"너희들은 천사를 본 적도 없으면서 그런 걸 어떻게 아니?"

“꿈속에서 보았어요.”

하지만 아이들이 꿈에서 천사를 보았다는 말을 믿지 않은 선생님은 언짢은 듯 고개를 저었다.

그러던 어느 날 밤, 작은 제비 한 마리가 이 도시로 날아왔다.

다른 친구 제비들은 6주 전에 이미 따뜻한 이집트로 떠났는데, 아름다운 갈대와 사랑에 빠진 이 제비는 그만 떠날 시기를 놓치고 말았던 것이다.

아직 쌀쌀한 이른 봄날, 제비는 크고 노란 나방을 따라 강가를 날다가 날씬한 갈대 아가씨를 보고 첫눈에 반했다.

자기 생각을 숨김없이 말하지 않고는 못 견디는 제비가 갈대 아가씨에게 말을 건넸다.

“당신을 사랑해도 되나요?”

갈대 아가씨는 살며시 고개를 숙였다.

그래서 제비는 날개로 물을 스쳐 은빛물결을 일으키고 갈대 아가씨의 주위를 맴돌며 날아다녔다.

그 후로 제비는 여름 내내 갈대 아가씨와 함께 지냈다.

“갈대와 사귀다니 어리석은 짓이야. 저 갈대 아가씨는 집도 가난하고 친척도 너무 많아.”

다른 제비들이 수군거렸다.

그리고 보니 그 강가에는 정말 많은 갈대가 자라고 있었다.

어느덧 가을이 되어 친구 제비들은 모두 따뜻한 남쪽나라로 떠나

버렸다.

친구들이 다 떠나 버리자 제비는 쓸쓸해졌다. 그리고 갈대 아가씨와 사랑을 나누는 것도 이제 싫증이 난 것처럼 보였다.

"갈대 아가씨는 나랑 한마디도 안 해. 게다가 언제나 바람하고 웃고 장난치는 걸 보면 아가씨는 바람둥이인가 봐."

바람이 불 때마다 갈대 아가씨는 고개를 숙여 맵시 있게 인사를 하곤 했다.

"갈대 아가씨는 집안에만 있기를 좋아해. 나는 여행을 좋아하기 때문에 내 아내도 나처럼 여행을 좋아해야 할 텐데."

그래서 제비는 이렇게 말했다.

"아가씨, 나와 함께 멀리 여행하고 싶지 않으세요?"

제비의 말을 들은 갈대 아가씨는 집을 떠날 수가 없다며 고개를 살래살래 저었다.

"당신은 그동안 나를 사랑한 것이 아니었군요! 나는 피라미드가 있는 나라로 떠나겠어요. 안녕!"

제비는 이렇게 소리치며 날아가 버렸다.

하루 종일 하늘을 날던 제비는 밤이 되자 행복한 왕자가 서 있는 이 도시에 도착했다.

"어디서 쉬지? 이 마을에 쉴 만한 곳이 있으면 좋을 텐데."

제비는 높은 기둥 위에 서 있는 동상을 보며 기뻐서 말했다.

"저기서 하룻밤 묵어야겠다. 공기도 맑고 아주 좋은 자리 같아."

제비는 행복한 왕자의 두 발 사이에 가볍게 내려앉았다.

"오늘은 황금둥지에서 잘 수 있겠는걸."

제비는 주위를 살피며 조용히 이렇게 말하고 잘 준비를 했다.

제비가 막 날갯죽지 안으로 머리를 파묻으려고 할 때였다.

갑자기 커다란 물방울이 제비 날개 위로 똑 떨어지는 것이었다.

깜짝 놀란 제비는 소리쳤다.

"참 이상한 일이야. 하늘에는 구름 한 점 없고, 별들이 저렇게 초롱초롱 빛나는데, 비가 내리다니……. 북유럽의 날씨는 도무지 종잡을 수 없단 말이야. 하기야 갈대 아가씨는 비를 좋아했지."

그때 물방울이 또 하나 떨어졌다.

"비도 제대로 막아 주지 못한다면 동상이 무슨 소용이 있어? 차라리 굴뚝 구멍이나 찾아봐야겠어."

제비가 이렇게 말하며 날개를 펴고 그 자리를 막 떠나려고 하는 순간, 또 다시 물방울이 떨어졌다.

제비는 위를 쳐다보았다.

아! 제비가 본 것은 무엇이었을까?

그것은 행복한 왕자의 두 눈에 가득 괴어 있는 눈물이었다.

눈물은 왕자의 황금빛 두 뺨 위로 흘러내리고 있었던 것이다.

달빛을 받은 왕자의 얼굴은 너무나 아름다웠다. 그리고 그런 왕자의 모습을 본 제비는 가슴이 뭉클해졌다.

"당신은 누구신가요?"

제비가 왕자에게 물었다.

"나는 행복한 왕자란다."

"그런데 왜 눈물을 흘리고 있나요? 당신 때문에 내가 흠뻑 젖었답니다."

"내가 살아서 사람의 심장을 가지고 있을 때, 나는 궁전에서 걱정 없이 살았기에 슬픔을 모르고 살았어. 때문에 눈물이 무엇인지도 몰랐단다. 그 시절 나는 낮에는 친구들과 함께 정원에서 뛰어놀고, 밤이면 커다란 홀에서 춤을 추었지. 그리고 정원은 높은 담으로 둘러싸여 있어서 그 담장 너머로 무슨 일이 일어나고 있는지 전혀 몰랐고 관심도 없었어. 내 주위의 모든 것은 무척 아름다웠지. 신하들은 나를 행복한 왕자라고 불렀는데, 만일 즐겁게 지내는 것이 행복이라면 난 분명히 행복했다고 할 수 있지. 나는 그렇게 즐겁고 행복하게 살다가 죽었어. 그리고 내가 죽자 사람들은 나를 높은 곳에 세워 놓았어. 나는 여기서 이 도시의 온갖 슬픈 일들과 비참한 일들을 모두 보게 되었지. 그래서 비록 내 심장이 납으로 만들어져 있어도 눈물을 흘리지 않을 수가 없단다."

행복한 왕자는 이렇게 말했다.

'어? 이 왕자님은 단단한 금으로 만든 게 아닌가!'

제비는 마음속으로 그렇게 생각했지만 그런 말을 소리 내어 말하지 않았다. 그것은 그가 예의바른 제비였기 때문이었다.

왕자는 낮은 목소리로 노래 부르듯 이야기를 이어갔다.

"저 멀리 좁은 길가에 가난한 집 한 채가 있어. 창문이 열리면 방 안에 한 여자가 탁자 앞에 앉아 있는 게 보이지. 얼굴은 야위고 피곤해 보이고, 삯바느질 하느라 손가락은 바늘에 찔려 늘 빨갛게 부어 있단다. 지금은 비단옷에 수를 놓고 있는데, 그 옷은 왕비의 시녀 가운데 제일 예쁜 아가씨가 다음에 열릴 파티에 입을 옷이지. 그리고 방 한구석에 있는 침대에는 어린 소년이 병들어 누워 있어. 열이 심한 소년은 오렌지를 먹고 싶다고 하지만 어머니는 줄 것이 물밖에 없단다. 그래서 그 애는 울고 있구나.

제비야, 제비야, 작은 제비야. 네가 내 칼자루에 박힌 루비를 뽑아서 아이의 엄마에게 가져다주지 않겠니? 나는 발이 받침대에 붙어 있어서 조금도 움직일 수가 없구나."

행복한 왕자가 제비에게 부탁했다.

"저는 친구들이 기다리는 이집트로 가야해요. 친구들은 지금 나일 강가에 내려앉아 커다란 연꽃들과 이야기하며 놀고 있을 거예요. 그러고 나서 위대한 왕의 무덤에 가 잠을 잔답니다.

왕은 화려하게 색칠한 관 속에 누워 있는데, 노란 천에 싸여 썩지 않는 향료에 보존되어 있지요. 왕의 목에는 옅은 초록빛 목걸이가 걸려 있고, 손은 마치 시든 나뭇잎처럼 말라 있어요."

제비가 이렇게 대답하자 왕자가 말했다.

"제비야, 제비야, 작은 제비야! 하룻밤만 내 곁에 머물면서 내 심부름을 해줄 수는 없겠니? 목말라 하는 소년을 보고 엄마가 몹시 슬

향료 향기를 내는 데 쓰는 물질.

퍼하는구나."

"저는 남자아이들을 좋아하지 않아요. 지난여름 제가 강가에 머물러 있을 때 방앗간집의 버릇없는 두 아들이 저를 보기만 하면 돌을 던지곤 했어요. 물론 저는 한 번도 맞지는 않았어요. 우리 제비들은 그런 돌보다야 훨씬 빠르게 날 수 있으니까요. 또 저는 빠르기로 유명한 집안에서 태어났거든요. 어쨌든 돌을 던지는 것은 나쁜 행동이에요."

제비는 이렇게 말했지만 행복한 왕자가 너무 슬퍼 보여서 문득 미안한 생각이 들었다.

"이곳은 무척 추워요. 그렇지만 왕자님과 하룻밤만 함께 지내면서 왕자님의 심부름을 해드릴게요."

"제비야, 정말 고마워."

제비는 왕자의 칼자루에 박힌 커다란 루비를 뽑아 부리에 물고는 도시의 지붕 위로 날아갔다.

제비는 흰 대리석에 천사가 조각되어 있는 성당의 탑을 지나갔다. 궁전 위를 지날 때는 파티를 하는 듯한 흥겨운 음악소리가 들렸다. 그리고 아름다운 아가씨가 사랑하는 사람과 함께 발코니에 나와 있었다.

"별들이 정말 아름답네요. 사랑의 힘은 정말 크군요."

남자가 말했다.

"다음 파티까지는 내 새 드레스가 완성되었으면 좋겠어요. 그날

입을 드레스에 꽃 자수를 놓아달라고 주문했는데, 그 재봉사가 너무 게을러요." 아가씨가 말했다.

제비는 강을 건너면서 배의 돛대에 매달려 있는 등불들을 보았다. 유대인의 거리를 지날 때에는 나이 많은 유대인들이 서로 흥정을 하며 구리 저울에다 돈을 달아서 값을 셈하는 모습도 보았다. 마침내 제비는 가난한 집까지 도착해 집 안을 들여다보았다.

아이는 심한 열로 괴로워하며 침대 위에서 몸을 뒤척이고 있었다. 아이 엄마는 너무나 피곤한 탓에 깊이 잠들어 있었다.

제비는 방 안으로 살짝 날아 들어가 탁자위에 있는 골무 옆에 그 큰 루비를 내려놓았다. 그리고 침대 주위를 조심스럽게 날아다니며 날개로 아이의 이마에 부채질을 해 주었다.

"아, 시원해! 이제 곧 병이 나을 것 같아."

아이는 이렇게 말하더니 단잠 속에 빠져들었다.

제비는 행복한 왕자에게 돌아와 자기가 한 일을 말했다.

"참 이상해요. 날씨가 이렇게 추운데도 지금 아주 따뜻하게 느껴져요."

"그것은 네가 착한 일을 했기 때문이란다."

그 말을 들은 제비는 뭔가를 생각하다가 잠이 들고 말았다.

날이 밝자 제비는 강으로 날아가 목욕을 했다.

그때 마침 다리를 지나가던 조류학자가 제비를 보고 말했다.

"이 추운 겨울에 제비가 있다니, 거참 이상한 일인걸."

그리고 그는 지방 신문에 이 제비에 대해 긴 글을 썼다.

사람들은 그 글을 잘 이해하지도 못하면서, 자주 그 내용에 대해 이야기했다.

"오늘 밤에는 꼭 이집트로 가야지."

기대감에 부푼 제비가 말했다.

제비는 거리에 있는 기념탑을 모두 돌아보고 나서 한참 동안 교회의 탑 꼭대기에 앉아 있었다.

어디를 가든 참새들이 제비를 보며 재잘거렸다.

"아, 참 특별한 손님이야!"

그 말을 들은 제비는 기분이 좋아졌다.

달이 떠오르자 제비는 다시 행복한 왕자에게 날아갔다.

"왕자님, 이집트에 전할 말씀이라도 있으신가요? 저는 지금 그곳으로 떠나려고 해요."

"제비야, 제비야, 작은 제비야. 하룻밤만 더 머물지 않겠니?"

"친구들이 제가 오기만을 기다리고 있어요. 그리고 내일이면 친구들은 나일 강의 두 번째 폭포를 향해 날아올라갈 거예요. 그곳에서는 갈대 숲 속에 하마가 웅크리고 있고 커다란 화강암 위에 멤논이라는 신이 앉아있지요. 그 멤논신은 밤새도록 별을 바라보고 있다가 샛별이 빛나면 기쁨의 탄성을 한번 지르고는 이내 조용해진답니다. 낮이 되면 누런 사자가 강가로 내려와 물을 마시는데, 그 두 눈은 에메랄드같이 빛나고, 그들이 으르렁거리는 소리는 폭포 소리보

멤논 그리스 신화에 나오는 에티오피아의 왕. 티토노스와 새벽의 여신 에오스의 아들.

다 더 우렁차지요.”

“제비야, 제비야, 작은 제비야.”

왕자가 다시 제비를 불렀다.

“마을 건너 저 멀리 보이는 다락방에 한 청년이 종이가 여기저기 흩어진 책상에 기대어 앉아 있어. 그 옆 꽃병에는 시든 제비꽃 한 다발이 꽂혀 있단다. 갈색 곱슬머리를 가진 청년의 입술은 붉은 석류알 같고 큰 두 눈은 마치 꿈을 꾸는 사람 같지. 그 청년은 지금 연극 대본을 써서 연출가에게 주어야 하는데 방이 너무 추워서 글을 쓰지 못하고 있어. 벽난로는 있지만 장작이 없어 불을 피울 수도 없고, 또 너무나 배가 고파 쓰러지려고 한단다.”

“하룻밤만 더 왕자님 곁에서 지낼게요.”

착한 마음씨를 가진 제비는 그렇게 말했다.

“그럼, 왕자님. 루비를 하나 갖다 줄까요?”

“이제 루비는 없어, 내게 남은 것은 두 눈 뿐이야. 내 눈은 천 년 전에 인도에서 가져온 아주 귀한 사파이어란다. 이 한쪽 눈을 빼내어 그 청년에게 갖다 주어라. 그러면 그가 그것을 보석상에 팔아서 먹을 것과 장작을 사면 그 연극 대본을 마저 쓸 수 있게 될 거야.”

“왕자님, 전 그럴 수 없어요.”

제비는 그만 울음을 터뜨렸다.

“제비야, 제비야, 작은 제비야. 제발 내가 시키는 대로 해 주렴.”

왕자가 말했다.

할 수 없이 제비는 왕자의 눈을 빼서 그 청년의 다락방으로 날아
갔다. 다락방은 지붕에 구멍이 뚫려 있어 제비가 어렵지 않게 방안
으로 들어갈 수 있었다.

청년은 두 손으로 머리를 감싸고 있었기 때문에 제비의 날개가 퍼
덕거리는 소리를 듣지 못했다.

그러다 문득 얼굴을 치켜 든 청년이 시든 제비꽃 위에 놓인 사파
이어를 보고 기뻐서 소리쳤다.

"사람들이 드디어 내 글의 가치를 알아주기 시작한 거야. 이 사파
이어는 내 글을 아주 좋아하는 사람이 여기에 두고 간 것이 틀림없
어. 이제 나는 대본을 끝낼 수 있게 되었어."

그 청년은 무척 행복해 보였다.

다음날, 제비는 항구로 날아갔다. 그곳에서 제비는 큰 돛대 위에
앉아 뱃사람들이 배 밑 창고에서 커다란 상자를 끌어올리는 것을 구
경하고 있었다. 뱃사람들은 밧줄을 당길 때마다 '영차 영차' 하고
소리쳤다.

"나도 이제 이집트로 가요."

제비는 큰 소리로 말했다. 그러나 아무도 제비의 소리에 귀 기울
이는 사람은 없었다.

밝은 달이 뜨자 제비는 다시 행복한 왕자 곁으로 돌아왔다.

"왕자님께 작별인사를 드리러 왔어요."

제비가 말하자 왕자가 또다시 제비에게 부탁했다.

"제비야, 하룻밤만 더 내 곁에 있어 주지 않을래?"

"왕자님, 지금은 겨울이에요. 이곳은 머지않아 눈이 내릴 거예요. 하지만 이집트에선 햇살이 푸른 야자수를 따뜻하게 비춰 주고, 악어는 게으름을 피우며 진흙탕 위에 누워 있을 거예요. 그리고 내 친구

들은 발벡 사원에 둥지를 틀고, 분홍색, 흰색 비둘기는 그것을 구경하며 '구구구' 노래한답니다. 왕자님, 저는 오늘 떠나야만해요. 하지만 왕자님을 절대 잊지 않겠어요. 그리고 내년 봄에, 왕자님이 다른 사람에게 나누어준 보석을 대신할 아름다운 보석 두 개를 갖다 드리겠어요. 장미보다 더 붉은 루비와 바다보다 더 새파란 사파이어를 갖다 드릴게요."

그러나 왕자가 말했다.

"저 아래쪽 광장에 성냥을 파는 작은 소녀가 보이지? 그 소녀는 성냥을 모두 흙탕물에 떨어뜨려서 못 쓰게 되었어. 소녀가 돈을 가져가지 못하면 아버지한테 매를 맞기 때문에 저렇게 울고 서 있는 거야. 게다가 소녀는 양말도, 신발도 신지 못하고, 머리엔 모자도 쓰지 않고 있구나. 그러니 내 눈 한 개를 마저 빼다가 저 소녀에게 갖다 주어라. 그러면 소녀는 아버지에게 매를 맞지 않을 거야."

"하룻밤만 왕자님 곁에 더 머무를게요. 하지만 저는 왕자님의 눈을 또 뽑을 수는 없어요. 그러면 왕자님은 앞을 볼 수가 없잖아요."

"제비야, 제비야, 작은 제비야. 내가 시키는 대로 해다오."

제비는 어쩔 수 없이 왕자의 한쪽 눈을 빼가지고 순식간에 날아가 소녀의 손바닥 위에 살며시 놓았다.

"어머나! 정말 예쁜 유리알이네!"

소녀는 환하게 웃으며 집으로 달려갔다.

그리고 제비는 다시 왕자에게 돌아와 말했다.

"이제 왕자님은 장님이 되셨으니, 전 언제까지나 왕자님 곁에 있겠어요."

"안 돼, 작은 제비야. 넌 이제 이집트로 가야해."

"아니에요, 전 언제나 왕자님과 함께 있을 거예요."

제비는 이렇게 말하고 왕자의 발 옆에서 잠이 들었다.

다음날, 제비는 하루 종일 왕자의 어깨 위에 앉아 자기가 보았던 낯선 지방의 이야기를 해 주었다.

나일 강변에 길게 늘어서서 부리로 금붕어를 잡아먹는 붉은 따오기들에 대한 이야기며, 이 세상 나이만큼 오래 살아서 무엇이든 다 알고 있는 사막의 스핑크스 이야기를 해 주었다.

그리고 손에 호박 목걸이를 쥐고 낙타 옆을 천천히 걸어가는 장사꾼 이야기와 까만 벨벳처럼 새까만 달의 왕이 커다란 수정을 숭배하는 이야기도 해 주었다. 또 스무 명의 성직자들이 벌꿀 케이크를 먹여서 키운다는 야자수 위의 잠자는 푸른 왕뱀 이야기와 크고 넓적한 나뭇잎을 타고 넓은 호수를 돌아다니며 항상 나비와 전쟁을 하는 난쟁이 이야기도 해 주었다.

"사랑스런 작은 제비야. 네가 들려주는 이야기는 정말 놀라운 이야기들이로구나. 하지만 이 세상에 그 어떤 것보다도 놀라운 것은 고통 받는 사람들의 이야기란다. 작은 제비야, 이 도시를 날아다니며 네가 본 것들을 내게 이야기해 주렴."

그래서 제비는 도시의 여기저기를 날아다녔다.

벨벳 겉에 곱고 짧은 털이 촘촘히 돋게 짠 비단.

제비는 부자들이 아름다운 집에서 즐겁게 살고 있는 동안 그 집 대문 앞에 앉아 있는 거지들을 보았다. 어두운 골목길을 날아 가다가 굶주린 아이들이 창백한 얼굴로 깜깜한 거리를 힘없이 바라보고 있는 모습도 보았다. 아치모양의 다리 아래에는 두 명의 어린 소년이 추위에 떨며 서로 부둥켜안고 누워있었다.

"아, 너무 배가 고파!"

아이들이 말했다.

"너희들, 여기서 자면 안 돼!"

지나가던 경비원이 소리치자 그곳에서 쫓겨난 아이들은 빗속을 헤매야했다.

제비는 돌아와서 자기가 본 것을 왕자에게 모두 말해 주었다.

그 말을 들은 왕자가 말했다.

"내 몸은 순금으로 덮여 있단다. 그러니 그것을 조금씩 뜯어내어 가난하고 불쌍한 사람들에게 모두 나누어 주어라. 사람들은 금만 있으면 행복해질 수 있다고 생각한단다."

제비는 왕자의 몸에서 금을 한 조각씩 떼어냈다.

왕자는 마침내 보잘것없는 잿빛 동상이 되고 말았다.

제비는 떼어낸 금 조각을 가난한 사람들에게 나누어 주었다.

그러자 창백하던 아이들의 얼굴은 장밋빛으로 변했고, 아이들은 길가에 나와 웃으며 즐겁게 뛰어놀았다.

"우리도 이제 빵을 먹을 수 있게 되었어."

아치 활이나 무지개같이 한가운데는 높고 길게 굽은 형상.

아이들이 신나서 소리쳤다.

어느덧 이 도시에도 눈이 내리고 얼음이 얼어서 거리는 은빛으로 반짝반짝 빛났다. 집집마다 처마 끝에는 수정으로 만든 칼처럼 긴 고드름이 매달려 있었다.

사람들은 모두 털옷을 입고 다녔고, 어린 소년들은 주홍색 모자를 쓰고 얼음 위에서 스케이트를 탔다.

날이 갈수록 점점 더 추워졌지만, 가엾은 작은 제비는 왕자 곁을 떠나려고 하지 않았다.

제비는 왕자를 너무나 사랑했기 때문이었다.

제비는 빵가게 주인이 보이지 않을 때, 빵가게 앞에 떨어져 있는 빵부스러기를 주워 먹고 살았다. 그리고 몸을 따뜻하게 하려고 날개를 퍼덕이기도 했다. 하지만 제비는 머지않아 자신이 죽게 될 것임을 알았다.

이제 겨우 한 번쯤 왕자의 어깨 위로 날아오를 수 있는 힘밖에 남지 않았다.

"사랑하는 왕자님, 안녕히 계세요. 제가 왕자님 손에 입맞춤 해도 될까요?"

제비는 힘없이 말했다.

"작은 제비야, 네가 이집트로 갈 생각을 하다니 정말 기쁘구나. 넌 여기에 너무 오래 머물러 있었어. 그리고 사랑하는 제비야, 내 입술에 입 맞추어도 된단다."

왕자가 말했다.

"왕자님, 제가 가는 곳은 이집트가 아니랍니다. 전 죽음의 집으로 가는 거예요. 죽음은 잠자는 것과 형제간이라지요?"

이렇게 말한 제비는 왕자의 입술에 입 맞추고 왕자의 발 앞에 떨어져 죽고 말았다.

바로 그 순간, 왕자의 몸속에서 뭔가가 깨지는 듯한 소리가 들렸다. 그것은 납으로 만든 왕자의 심장이 두 조각으로 쪼개지는 소리였던 것이다. 그날은 지독하게도 추운 날이었다.

다음날 아침, 시장이 시의원들을 데리고 광장을 지나가다가 행복한 왕자의 동상을 올려다보았다.

"아니, 행복한 왕자가 왜 저렇게 흉하게 되었지?"

그러자 늘 시장의 의견에 맞장구치는 시의원들이 말했다.

"그렇군요. 정말 초라하네요."

사람들은 기둥 위로 올라가 동상을 살펴보았다.

"칼자루에 박혀 있던 루비도 빠져 나가고, 눈도 어디론가 사라졌네. 몸을 둘러싸고 있던 금도 모두 벗겨지고 없잖아. 이제 왕자는 거지나 다름없는걸."

시장이 이렇게 말하자, 시의원들도 덩달아 말했다.

"정말 거지보다 나을 게 없군요."

"그리고 왕자의 발밑에 새도 한 마리 죽어 있잖아! 새가 이런 곳에서 죽으면 안 된다고 명령을 내려야겠어."

시장의 말이 끝나자 서기가 그 말을 받아 기록해 두었다.

그래서 결국 그들은 행복한 왕자의 동상을 끌어내렸다.

"아름답지 않은 왕자는 더 이상 아무런 쓸모가 없지요."

대학의 한 미술 교수가 말했다.

그런 후 사람들은 행복한 왕자의 동상을 용광로에 넣어 녹여버리고 말았다.

그리고 시장은 녹인 쇠로 무엇을 만들 것인지 의논하기 위해 시의원들을 불러 모았다.

"왕자의 동상을 녹인 쇠로 새로운 동상을 하나 만들어야 하는데, 내 동상을 만드는 게 좋을 것 같소."

시장이 이렇게 말했다.

"안됩니다. 그것으로 제 동상을 만들어야 합니다."

시의원들도 저마다 자기의 동상을 만들어야 한다고 주장해 마침내 싸움이 벌어지고 말았다.

그런데 아직도 그 싸움은 계속되고 있다고 한다.

"참 이상한 일이야. 이 깨진 심장은 용광로 속에서도 녹지를 않으니 말이야. 그냥 내다 버리는 수밖에 없겠어."

주물공장 기술자가 말했다.

그래서 사람들은 행복한 왕자의 심장을 죽은 제비가 버려진 쓰레기더미 속에 던져 버렸다.

어느 날, 하느님이 한 천사에게 말했다.

용광로 높은 온도로 광석을 녹여서 쇠붙이를 뽑아내는 가마.
주물 쇠붙이를 녹여 거푸집에 부은 다음, 굳혀서 만든 물건.

"저 도시로 가서 가장 소중한 것 두 가지를 찾아오너라."

천사는 납으로 만들어진 왕자의 심장과 죽은 제비를 하느님께 가져왔다.

"오, 잘 찾아왔느니라. 앞으로 작은 제비는 내 천국의 정원에서 영원히 노래 부르게 될 것이고, 행복한 왕자는 나의 황금 도시에서 나와 함께 언제까지나 행복하게 지내게 될 것이니라."

하느님은 이렇게 말씀하셨다.

Oscar Wilde

어느 도시 한가운데 동상이 서 있었어요. 온몸이 순금으로 덮여 있고 두 눈동자는 사파이어로, 그리고 허리에 찬 칼자루에는 커다란 루비가 박혀 있는 그 동상을 사람들은 '행복한 왕자'라고 불렀습니다. 사람들은 이 왕자를 무척 좋아했어요.

살아있을 때는 누구보다도 높은 지위에서 행복했던 왕자는 죽은 뒤 동상이 되어 거리를 내려다보면서 그동안 왕궁의 벽에 가려 보이지 않던 도시의 비참함을 알게 됩니다.

어느 늦은 가을 밤, 예쁜 갈대를 사랑하다 남쪽나라로 떠날 시기를 놓친 제비가 서둘러 따뜻한 이집트로 날아가던 중 이 도시로 날아와 왕자의 두 발 사이에서 쉬게 되었어요. 그러자 왕자는 제비에게 자신의 칼자루에 박힌 루비를 빼내어 삯바느질하는 가난한 여인에게 가져다주라고 부탁해요. 그리고 사파이어로 만든 눈 한쪽을 연극 대본을 쓰는 가난한 청년에게, 또 남은 한쪽 눈은 성냥팔이 소녀에게 갖다 주라고 제비에게 부탁하게 되지요. 마침내 왕자는 제비에게 자신의 온몸에 덮여 있는 금을 한 조각씩 떼어내어 가난한 사람들에게 모두 나누어 주라고 말합니다.

이집트에 가야 하지만 왕자를 너무나 사랑한 마음씨 고운 제비는 거절하지 못하고 왕자 곁에 머물면서 모든 부탁을 들어줍니다. 이윽고 추운 겨울이 찾아왔고, 허약해진 제비는 왕자에게 작별인사를 한 후 그의 발밑에 떨어져 죽고 말아요.

다음날 사람들은 보석과 금 조각이 전부 떨어져 보기 흉하게 되어 버린 왕자의 동상을 용광로에 녹여 버리고, 죽은 제비는 쓰레기통에 던져 버렸어요. 그런데 납으로 만들어진 왕자의 심장만은 뜨거운 용광로 속에서도 녹지 않았습니다.

한편 그 모습을 바라보시던 하느님께서는 천사를 시켜 행복한 왕자의 동상

"

이 세워져 있던 도시로 가서 가장 소중한 것 두 가지를 찾아오라고 명을 내립니다. 천사는 왕자의 깨어진 납 심장과 죽은 제비를 하늘나라로 가져왔고요. 천사가 가져온 두 가지가 마음에 쏙 들었던 하느님은 제비는 하늘나라에서 영원히 노래 부르게 하고, 행복한 왕자는 하늘나라에서 언제까지나 하느님 곁에 있도록 했답니다.

소설 〈행복한 왕자〉는 순금으로 덮인 '행복한 왕자' 동상과 거기에 찾아든 한 마리의 작은 제비가 가난한 사람들을 행복하게 해 주려는 따뜻한 인간애가 담겨 있는 이야기입니다.

아낌없이 자신의 모든 것을 나누어 주는 왕자의 모습에서 진정한 행복의 의미를 생각할 수 있고, 또 인간의 아름다운 마음과 참다운 삶이란 무엇인가를 생각하게 하는 작품이에요.

이 소설의 작가 오스카 와일드가 살았을 무렵, 영국은 세계에서 가장 번창하고 물질이 풍부한 나라였어요. 하지만 돈과 물질에만 정신이 팔려 있는 사람들은 예술이나 아름다움 따위에는 별로 신경을 쓰지 않았지요. 와일드는 당시 그러한 사회에 반발하며 따뜻한 사랑과 아름다움이 무엇보다도 중요하다고 주장했어요.

이 작품에서 온 마을을 바라볼 수 있는 곳에 서 있는 행복한 왕자의 동상을 마을 사람들은 어떻게 보았는지, 왕자와 제비의 대화 속에서 무엇을 느꼈는지를 되새겨 보세요.

행복한 왕자와 제비는 남을 사랑하는 사람들에게 행복이 있고, 사랑을 베풀 때는 생명조차도 아깝지 않다고 말하고 있답니다.

Oscar Wilde

제비는 어떤 새일까요?

제비는 한국에서 흔히 볼 수 있는 여름 철새입니다. 철새는 주변 환경, 기후에 따라 나라와 나라 사이를 옮겨 다니는 새를 말하는데, 제비는 따뜻한 남쪽 지방에 살다가 여름에 잠깐 우리나라를 찾아온답니다.

둥지 재료를 얻기 위해 땅에 잠시 내려앉을 뿐 그 외에는 거의 땅으로 내려오지 않는다고 합니다. 벼랑이나 처마 아래에 진흙으로 둥지를 만들어서 번식하며, 날개 끝이 가늘어서 빠른 비행에 유리하고 주로 곤충을 잡아먹고 살지요. 엄마, 아빠가 어렸을 때만 해도 제비는 지붕 처마 밑에서 쉽게 볼 수 있는 친숙한 새였다고 해요.

원래 제비는 3~4달 정도 우리나라에 머물다 떠났지만, 최근에 들어서는 점점 우리나라에 머무르는 기간이 길어지고 있다고 해요. 이상 기온 현상때문에 우리나라의 기후가 더워지고 있어서지요. 따뜻한 온도는 제비가 살기에 적합하기 때문에 예전보다 제비가 오래 머무르게 된 것이라고 합니다.

하지만 제비들이 잡아먹던 작은 벌레들은 농약을 이용한 농사 때문에 자취를 감췄고, 덩달아 제비의 먹이도 사라지게 돼서 우리나라에 사는 제비의 수는 부쩍 줄어들었다고 해요. 물론 환경오염도 큰 원인이 되었고요. 종적을 감췄던 제비가 다시 돌아온다면 인간의 수명도 4년이나 연장된다는 기사가 얼마 전에 나기도 했습니다. 제비가 돌아올 만큼의 깨끗한 환경이면 당연히 사람들이 살기에도 좋겠지요? 동물과 사람 모두가 건강하게 지구에서 살 수 있도록 자연을 보호하는 일에도 더욱 관심을 기울여야겠습니다.

1. 제비가 죽자 납으로 된 왕자님의 심장은 쩍- 하는 소리를 내며 갈라졌습니다. 제비가 이 세상을 떠나던 순간 왕자님이 제비에게 전하고 싶었던 마지막 말은 무엇이었을지 상상하여 써 보세요.

2. 따뜻한 마음을 가진 왕자님은 많은 것을 희생해 가며 사람들을 도왔습니다. 물론 제비 친구의 도움도 컸지요. 여러분도 어려운 상황에 처한 누군가를 도운 적이 있나요? 그렇다면 자신의 경험을 적어보고, 아직 그런 경험이 없다면 앞으로 어려운 사람들을 어떻게 돕고 싶은지 써 보세요.

3. 하느님은 천사에게 세상에서 가장 소중한 것을 가져오라고 하였습니다. 그래서 천사는 행복한 왕자의 심장과 제비를 가지고 갔지요. 만약 여러분이 하느님의 명령을 받은 천사였다면 이 세상에 존재하는 많은 것들 중에 무엇을 바쳤을까요? 그리고 그 이유도 함께 적어 보세요.

Chekhov, Anton Pavlovich

귀여운 여인

안톤 체호프(Chekhov, Anton Pavlovich, 1860~1904)

러시아의 소설가이자 극작가. 남러시아의 항구도시 타간로그에서 잡화상의 아들로 출생했어요. 1879년 모스크바 대학 의학부에 입학한 후, 파산한 아버지를 대신해 가족을 부양하기 위해 유머 잡지와 신문에 단편과 콩트를 발표하기 시작합니다.

1884년 의사로 개업하면서 본격적인 창작 활동을 시작해 〈광야〉, 〈초원〉, 〈등불〉, 〈지루한 이야기〉 등으로 명성을 얻었어요.

1890년에 시베리아 횡단을 기점으로 사회문제를 주제로 한 작품을 많이 다루었고, 사회 활동에 적극 참여하게 되며, 르포〈사할린섬〉을 발표했어요. 젊어서와 달리 만년에는 희곡을 주로 썼는데, 특히 〈갈매기〉, 〈바냐아저씨〉, 〈세 자매〉, 〈벚꽃동산〉은 그의 4대 희곡으로 손꼽히지요.

1904년, 그의 나이 44세가 되던 해 남부독일의 요양지인 바덴바이러에서 페결핵으로 세상을 떠납니다. 초기 작품들은 웃음을 자아내는 경쾌한 필치로 하급관리, 상인, 배우, 화가 등 소시민들을 희화화했고, 후기에는 〈6호실〉, 〈상자 속에 든 사나이〉 등 사회의 부정, 부패를 파헤치는 데 주력하면서 비관적인 경향의 작품을 많이 발표했습니다. 러시아의 안톤 체호프는 프랑스의 모파상, 미국의 오 헨리와 함께 세계 3대 단편 소설 작가로 손꼽히는 작가랍니다.

　퇴직한 관리 플레마니아코프의 딸 올렌카는 자기 집 현관 계단에 앉아 생각에 잠겨 있었다. 더운 날씨에 파리까지 극성을 부렸지만, 이제 곧 선선한 저녁이 된다고 생각하니 기분이 좋았다. 동쪽에서는 이따금 불어오는 습기 찬 바람과 함께 검은 비구름이 몰려왔다.

　이집 건넌방에 세 들어 살고 있는 티볼리(로마 부근의 경치가 좋기로 이름만 곳에서 따온 이름) 야외극장 지배인 쿠킨이 뜰 한복판에서 하늘을 쳐다보고 있었다.

　"또 비가 올 모양이군! 허구한 날 비만 오는데 야외공연을 어떻게 하란 말이야. 매일 엄청난 손해를 보고 있으니 이러다간 파산하겠어. 파산!"

　그는 두 손을 마주치더니 올렌카를 향해 말을 걸었다.

　"우리들 생활이란 게 요 모양입니다. 올렌카, 정말 울고 싶어요. 조금이라도 나은 작품을 무대에 올리기 위해 죽도록 기를 쓰며 일해 봐야 그게 다 무슨 소용이겠습니까? 첫째 우리는 온갖 정성을 다해 명가수를 동원하고 고상한 오페라나 무언극을 공연하지만 야만스런 관중들은 그런 것보다는 광대가 공연하는 아주 저속한 것을 좋아합니다. 게다가 날씨까지 이 모양이니……. 거의 매일 저녁 비가 오질 않습니까? 5월 10일부터 시작해서 계속 장마니, 정말 어처구니가 없죠! 구경꾼은 오지도 않는데 극장 임대료는 꼬박꼬박 물어야 하고, 배우들에게도 출연료를 지불해야만 하죠."

　다음날 저녁에도 비구름이 몰려오자 쿠킨은 신경질적으로 웃으며

허구하다 날, 세월 따위가 매우 오래다.　파산 재산을 모두 잃고 망함.
무언극 대사 없이 표정과 몸짓만으로 내용을 전달하는 연극.

소리쳤다.

"도대체 어쩌겠다는 거야? 비야, 어디 한번 네 멋대로 내려 봐라! 차라리 극장이 몽땅 잠기고, 나도 물에 잠겨 헤어나지 못하게 실컷 퍼부으란 말이야! 배우들 출연료 못준 죄로 고소당해 벌을 받아도 좋다. 시베리아로 유형을 보내도 상관없고, 사형을 당해도 겁날 것 없다! 으하하핫!"

그 다음날도 마찬가지였다…….

올렌카는 잠자코 진지한 표정으로 쿠킨의 말을 듣고 있었다. 때로는 그녀의 눈에 눈물이 고인 적도 있었다. 마침내 그녀는 쿠킨의 불행에 마음이 흔들려 그를 사랑하기 시작했다. 그는 키가 작고 바짝 마른데다가, 안색이 누렇고 이마에 곱슬머리가 덮인 사람이었다. 또 목소리는 가늘었고, 말할 때는 입을 실룩거렸으며, 얼굴에는 언제나 절망의 빛이 떠돌고 있었다. 그런 그가 그녀 가슴 속에 깊은 애정을 불러일으켰던 것이다.

그녀는 언제나 누군가를 사랑하고 있었다. 사랑 없이는 한 순간도 살아 갈 수 없는 여자였다. 어릴 적에는 아버지를 무척 좋아했으나 지금은 병이 들어 하루 종일 팔걸이의자에 앉아 괴로운 숨을 내쉬고 있었다. 한때 숙모를 몹시 좋아한 적도 있었고, 여학교 시절에는 프랑스어 선생님을 사랑한 적도 있었다.

올렌카는 고운 마음씨를 가졌으며 착하고 정이 많은 여자였다. 다정하고 부드러운 눈매를 가진 그녀는 무척 건강했다. 그녀는 또

유형 죄인을 귀양 보내던 형벌.

통통한 장밋빛 뺨과 보드랍고 흰 살결에 까만 점이 있는 목덜미를 가지고 있었으며, 무엇인가 재미있는 이야기를 들을 때면 어김없이 귀여운 미소로 답하는 아가씨였다.

그런 올렌카를 보며 이웃들은 말하곤 했다.

"그녀는 참 귀여운 아가씨야!"

올렌카는 쿠킨의 걱정을 이해해 주었고, 연극 공연이 끝나고 이른 새벽녘에 돌아오면 커튼 사이로 얼굴을 내밀며 미소로 맞아 주었다. 결국 쿠킨이 청혼하여 두 사람은 결혼했다. 그리고 그 역시 올렌카 의 목덜미며, 통통한 어깨를 보고 자기도 모르게 손뼉을 치며 중얼 거렸다.

"당신은 정말 귀염둥이야."

그들은 행복하다고 느꼈지만 결혼식 날에도 하루 종일 비가 내렸 다. 내리는 비를 바라보는 쿠킨의 얼굴에서는 실망의 빛이 사라지지 않았다.

결혼 후 두 사람은 즐거운 나날을 보내고 있었다. 올렌카는 헌신 적으로 남편의 일을 도왔다. 그녀는 사무실에서 유원지를 단속하는 일을 하거나 회계 일을 맡아보았다. 그리고 그녀는 이웃사람들을 만 날 때마다 이 세상에서 가장 소중하고 가치 있는 것은 연극이라고 말했다. 또 사람들에게 수준 높은 연극을 야외극장에서 공연하니까 꼭 구경하러 오라는 부탁도 잊지 않았다. 남편이 그랬던 것처럼 연 극에 대해 무관심한 태도를 보이거나 무시하면 화를 내기도 했다.

헌신적 몸과 마음을 바쳐 있는 힘을 다하는. 또는 그런 것.
회계 나가고 들어오는 돈을 따져서 셈을 함.

또 지방 신문에서 자기들 연극에 대해 혹평이라도 하는 날이면 눈물을 흘리고 속상해 하며, 따지려 신문사로 달려가기도 했다.

배우들도 올렌카를 좋아했다. 그들은 그녀를 '또 하나의 바니치카' 또는 '귀여운 여인'이라고 불렀다.

올렌카 부부는 겨울에도 잘 지냈다. 시내의 극장을 한겨울 내내

혹평 가혹하게 비평함.

빌려 다른 극단들에게 단기간씩 빌려 주었다.

올렌카는 점점 뚱뚱해지고 얼굴도 환해졌지만 쿠킨은 야위어 갔고, 사업에 성공했는데도 손해를 보았다며 투덜거렸다.

그는 언제부턴가 밤마다 기침을 했다. 그럴 때마다 올렌카는 남편에게 딸기라든가 라임을 짜서 끓여 먹이기도 하고, 찜질도 해 주었으며, 자기의 따뜻한 숄로 감싸 주며 정성껏 간호했다.

"당신은 정말 좋은 분이에요."

그녀는 쿠킨의 머리를 쓰다듬으며 진심으로 그렇게 말했다.

두 사람 사이에 잠시 동안의 이별이 있었다. 쿠킨이 다음 해 극장에서 공연할 새 배우를 구하기 위해 모스크바로 떠난 것이다. 결혼 후 남편이 없으면 잠을 이룰 수 없었던 올렌카는 창 너머로 별들을 보면서 밤을 지새우곤 했다.

부활절 전 일요일, 밤늦게 갑자기 문밖에서 불길한 노크 소리가 났다. 누군가 문밖에서 우울하고 낮은 목소리로 말했다.

"죄송하지만 문 좀 열어 주시오. 전보가 왔습니다."

올렌카는 전에도 남편의 전보를 받은 일이 있었지만, 이번에는 왠지 가슴이 두근거렸다. 그녀는 부들부들 떨리는 손으로 봉투를 뜯어 전보를 읽었다. 그것은 남편의 갑작스런 죽음을 알리는 전보였다.

"아아, 사랑하는 쿠킨!"

올렌카는 그의 이름을 부르며 울기 시작했다.

"그리운 나의 쿠킨! 왜 나는 당신을 만나고 당신을 사랑했을까요?

이제부터 홀로 된 저는 누구를 의지하고 살아야 합니까?”

화요일, 모스크바에서 쿠킨의 장례식을 치르고 집에 돌아온 올렌카는 방에 들어가자마자 침대에 엎드려 큰 소리로 울었다. 그 울음소리는 거리와 이웃집 마당에까지 들렸다.

이웃들은 이 귀여운 여인이 당한 슬픔을 생각하며 그녀가 빨리 상처를 이겨내길 기도했다.

남편이 죽은 지 석 달이 지났다. 상복을 입은 올렌카는 성당에서 미사를 마치고 쓸쓸하게 집으로 돌아오고 있었다. 우연히 이웃에 사는 바실리 안드레이치 푸스토바로프라는 남자가 그녀와 같이 걷게 되었다. 그는 바바카예프라는 큰 목재상의 관리를 맡고 있었는데, 밀짚모자를 쓰고 흰 조끼에 금줄을 늘어뜨리고 있어 상인이라기보다는 차라리 지주처럼 보였다.

그는 올렌카에게 의젓하게 위로의 말을 건넸다.

“우리가 사랑하고 아끼는 사람이 죽는다 해도 그것은 모두 하느님의 뜻입니다. 마음을 굳게 먹고 슬픔을 이겨내야만 합니다.”

그는 집 앞까지 올렌카를 데려다 준 다음 작별인사를 하고 돌아갔다. 그 후 그녀의 귓가에는 그의 의젓한 목소리가 맴돌았고, 눈을 감기만 하면 그의 검은 수염이 떠올랐다. 그녀는 그를 좋아하게 된 것이다. 그 역시 그녀를 마음에 두고 있었다.

그로부터 며칠 후, 마을의 어떤 중년 부인이 올렌카를 방문했다. 그녀는 식탁에 앉자마자 푸스토바로프에 대한 칭찬을 늘어놓았다.

그가 아주 착실하고 믿음직한 신랑감이기 때문에 어떤 여자라도 그와 결혼하고 싶어 할 거라고 말했다.

그리고 사흘 후에는 푸스토바로프가 올렌카의 집을 방문했다. 그가 10분정도 머물렀을 뿐, 몇 마디 하지도 않고 돌아갔지만 올렌카는 벌써 그를 사랑하고 있었다.

얼마 후 두 사람은 결혼식을 올렸다. 푸스토바로프와 올렌카는 무척 행복하게 살았다. 전처럼 올렌카는 남편의 일을 적극적으로 도왔다. 오후 내내 남편을 도와 목재소 사무실을 지키며 일했다.

그녀는 남편을 너무나 사랑한 까닭에 나무에 대해서도 금방 관심과 애정을 가지게 되었다. 얼마 안 가 올렌카는 나무 전문가가 되었다. 나무를 베고 운반하는 꿈을 꿀 정도였다. 남편이 생각하고 느끼는 것은 동시에 그녀가 생각하고 느끼는 것이었다.

이웃사람들이 매일 목재소를 지키는 올렌카에게 말했다.

"부인, 부인은 늘 집 아니면 사무실에만 계시는군요. 가끔 극장이나 곡마단에도 가고 그러세요."

그러면 올렌카는 망설이지 않고 대답했다.

"우리는 나무에 관한 일 때문에 늘 바쁘기 때문에 그런 여유가 없어요. 연극이 뭐 그렇게 좋은 건가요?"

토요일이면 부부는 밤 미사에 참석하고, 일요일에는 아침 미사에 참석했다. 집에 돌아오면 차를 마시고 맛있는 빵에 여러 가지 잼을 사이좋게 발라 먹었다. 매일 점심때가 되면 그 집에서는 야채수프나

양고기 등 맛있는 음식을 만들어 먹는데, 그 냄새가 집밖까지 퍼져 나가 지나는 사람들의 군침을 돌게 했다.

사무실에선 찾아오는 고객들에게 둥근 빵과 차를 대접했다.

올렌카는 아는 사람을 만날 때마다 이렇게 말했다.

"덕분에 행복한 생활을 하고 있어요."

또 이웃들에게 자랑스럽게 말했다.

"저는 너무나 행복해요. 무척 감사한 일이죠. 여러분도 우리처럼 행복했으면 좋겠어요."

남편이 모길레프 현으로 목재를 사러 떠나자, 그녀는 몹시 쓸쓸해 하며 며칠이고 잠도 자지 않은 채 눈물만 흘렸다. 가끔 저녁에 그녀의 집 별채에 세 들어 사는 군 수의사인 블라디미르라는 젊은이가 놀러오곤 했다. 그는 여러 가지 이야기를 들려주었는데, 그런 것들이 올렌카에게는 위로가 되었다. 그중에서도 특히 그녀의 관심을 끈 것은 그의 가정생활이었다. 수의사에게는 아내와 아들이 하나 있었는데, 아내의 행실이 좋지 못해서 헤어졌다고 했다. 그는 아내를 미워하면서도 아들의 양육비로 매월 40루블씩 보내 주고 있었다. 이런 이야기를 들으면 올렌카는 한숨을 내쉬면서 마음속으로 그를 동정했다.

"하느님께서 당신을 구해 주시도록 기도할게요. 그리고 아드님을 위해서라도 부인을 용서하고 화해하세요."

그녀는 촛불을 들고 계단까지 나와 그를 배웅했다.

루블 러시아의 화폐 단위. 기호는 Rub.

남편이 돌아오자 올렌카는 그에게도 불행한 수의사이야기를 들려주었다. 두 사람은 한숨지으며, 그의 아들은 아마 아버지를 그리워하고 있을 거라고 말했다. 그런 다음 성모 마리아 앞에 무릎을 꿇고, 자기들도 아기를 갖게 해달라는 기도를 드렸다.

이렇게 푸스토바로프 부부는 서로 깊이 사랑하면서 정답게 6년의 세월을 보냈다. 그런데 어느 겨울날, 푸스토바로프는 사무실에서 뜨거운 차를 마신 다음, 모자도 쓰지 않은 채 목재를 내주려고 밖에 나갔다가 감기에 걸려 앓아눕게 되었다.

병은 점점 더 심해져 실력 있는 의사를 데려와도 소용이 없었다. 그렇게 넉 달 동안 앓던 남편은 끝내 숨을 거두고 말았다.

올렌카는 또다시 혼자가 되었다.

"나를 두고 이렇게 가시면 도대체 나는 누구를 의지하고 살란 말이에요?"

그녀는 남편의 장례식을 치르고 나서 흐느껴 울었다.

남편이 죽은 후 올렌카는 줄곧 검은 상복만 입었으며, 화려한 모자를 쓰거나 장갑도 끼지 않았다. 그리고 남편의 묘지에 가는 경우 외에는 집밖으로 나오지 않았다. 마치 수녀원의 수녀와 같은 생활을 했다.

남편이 죽고 6개월이 지나자, 올렌카는 상복을 벗고, 창의 덧문도 열어놓게 되었다. 아침나절에 가끔 그녀가 하녀를 데리고 나가는 모습이 보였으나, 그녀가 집안에서 어떤 생활을 하고 있는지, 집안 형

편이 어떤지는 알 수가 없었다.

그녀는 때때로 정원에서 수의사와 차를 마시거나, 또 그 수의사가 그녀에게 신문을 읽어 주었다. 그리고 언제부턴가 올렌카는 이웃에게 가축에 대한 이야기를 자주하기 시작했다.

"가축의 건강이란 사람 못지않게 중요하기 때문에, 가축관리를 제대로 해서 가축의 병을 미리 예방해야 한답니다."

그녀는 수의사의 견해를 남에게 되풀이해서 말했다. 이제는 무슨 일이든지 그와 똑같은 의견이었다. 올렌카는 그 누군가에 대해 열중하지 않고는 단 1년도 살아갈 수 없는 여자임이 분명했다. 올렌카를 잘 아는 이웃들은 그녀가 새로운 사랑을 만났다는 것을 알아차렸다.

수의사는 그의 아내와 정식으로 이혼을 하지 않은 사람이었다. 그래서 다른 사람들이 둘의 관계를 비난할 수도 있었겠지만 올렌카의 진심을 잘 아는 이웃들은 누구도 그녀를 나쁘게 생각하지 않았다. 그런 것이 그녀에게는 너무도 당연하다고 생각했기 때문이었다. 가끔 블라디미르의 동료가 방문하면 올렌카는 차나 저녁식사를 대접했는데, 이때 그녀는 수의사들 사이에 끼어들어 동물에 관한 이야기를 마치 자기의 견해인양 거침없이 늘어놓았다.

이런 일들로 인해 블라디미르는 그녀에게 화를 내기도 했지만, 그들은 행복하게 지냈다.

그러나 올렌카의 세 번째 사랑은 오래가지 않았다. 블라디미르가 소속된 부대가 먼 곳으로 이동하게 되어 그도 따라 가야했다. 다시

견해 어떤 사물이나 현상에 대한 자기의 의견이나 생각.

올렌카는 홀로 남는 처지가 되었다.

이번에야말로 그녀는 정말 혼자가 되었다. 아버지는 이미 오래 전에 세상을 떠났고, 아버지가 즐겨 쓰시던 팔걸이의자만이 다리 하나가 부러진 채 먼지투성이가 되어 다락방에 처박혀 있었다. 그녀의 통통한 얼굴은 많이 야위고 초췌해져 귀여운 모습이 사라졌다. 거리에서 만나는 사람들도 전처럼 그녀에게 미소를 보내 주지 않았다. 젊고 아름답던 시절은 지나가 버려 다시 되돌아올 수 없었다.

그리고 이제 행복은 꿈도 꿀 수 없는 우울한 생활이 시작되었다. 해가 지면 올렌카는 정원으로 내려가는 계단에 앉아 멍한 표정으로 자기 집 정원을 멀거니 바라보고 있었다. 그러다 밤이 깊어지면 침실로 들어가 잠을 청했다. 그녀는 먹고 마시는 것도 마지못해 하는 것 같았다.

그러나 그중에서도 가장 슬픈 일은 이제 그녀에게 자기의 의견이 사라졌다는 것이었다. 주위에 있는 사물들이 보이고 주위에서 일어나는 일들을 이해할 수는 있었지만, 그런 일에 대해서 의견을 내세울 수가 없고 어떤 이야기를 해야 좋을지 도무지 분간할 수가 없었다. 자기 의견을 가질 수 없다는 것이 그녀에게는 얼마나 무서운 일인지 모른다. 누가 천 루블을 줄 테니 생각을 말해 보라고 해도 아무 말도 하지 못할 것 같았다.

쿠킨이나 푸스토바로프, 수의사와 함께 지낼 때는 모든 일에 대해 설명할 수 있었고, 그럴 듯한 자기 의견을 말할 수 있었다. 그러나

분간 사물이나 사람의 옳고 그름, 좋고 나쁨 따위와 그 정체를 구별하거나 가려서 앎.

지금 그녀의 머릿속과 가슴속은 자기 집 뜰 안처럼 공허했다.

세월은 무심하게 흘러갔다. 올렌카가 살던 마을도 예전의 모습과 크게 달라졌다. 집시들이 살던 이름 없는 마을에도 거리의 이름이 붙여졌고, 티볼리 극장과 목재소가 있던 땅에도 주택이 들어섰다. 변하지 않은 것은 올렌카의 집뿐인 것 같았다.

그을음에 찌들고, 지붕은 녹슬고, 헛간은 한쪽으로 기울어졌으며, 뜰에는 잡초와 가시나무가 무성했다.

올렌카는 겨울이 지나 봄이 와도 아무 생각이 없었다. 다만 지난 날의 추억이 한꺼번에 되살아나면 눈물을 쏟기도 했지만, 그것도 잠시뿐이었다. 사랑스럽던 젊은 날의 모습도 완전히 사라져 버렸다. 그녀에게 필요한 것은 사랑이었다. 자기의 온몸과 영혼을, 있는 그대로의 이성을 바칠 수 있는 사랑, 자기에게 생활과 방향을 가리켜 주는 사랑, 자기의 피를 따뜻하게 해 주는 그런 사랑이 필요했다.

올렌카의 시간은 이렇게 슬프게 지나갔다. 그녀의 집에는 하녀가 한 명 있었지만 그녀는 하녀에게도 아무런 의견을 말하지 않았다. 하녀가 말하면 무엇이든 좋다는 식이었다.

어느 더운 여름날 저녁, 누군가 문을 두드렸다. 문을 열어 주러 나간 올렌카는 얼핏 밖을 내다보고는 소스라치게 놀라 그 자리에 멍하니 서 있었다. 문 밖에 서 있는 사람은 바로 수의사 블라디미르였다. 그는 이미 머리가 희끗희끗했고, 군복이 아닌 일반인 복장을 하고 있었다. 그 순간 그녀에게 그동안 잊고 지냈던 추억이 한꺼번에 되

살아났다. 그녀는 한마디도 못한 채 그의 가슴에 얼굴을 파묻고 흐느꼈다. 올렌카는 너무나 흥분해서 그를 어떻게 집안으로 안내했는지도 기억나지 않았다.

그녀는 기쁨에 떨리는 목소리로 속삭이듯 말했다.

"블라디미르! 어디 계시다 이렇게 오셨나요?"

"실은 이 고장에 아주 살려고 왔습니다. 군대도 그만두고, 이제 내 맘껏 일해서 안정된 생활을 하려고 왔어요. 게다가 아들도 이제 중학교 갈 나이구요. 그리고 전 아내와 화해를 했답니다.""그럼, 가족은 지금 어디 있나요?"

"마을 여관에 있습니다. 그리고 전 집을 구하러 돌아다니다가 올렌카에게 인사하러 온 겁니다."

"그럼 저희 집으로 오세요. 집세를 안 주셔도 되니까 가족과 함께 여기서 사세요. 저는 하녀와 별채에서 살아도 충분해요."

올렌카는 너무나 흥분한 나머지 또다시 눈물을 흘렸다.

이튿날 올렌카는 오랫동안 손보지 않은 집을 단장하기 시작했다. 안채 지붕과 벽에 페인트를 칠했다. 그녀는 두 손을 허리에 올려놓고 집안을 돌아다니며 여러 가지 일을 감독했다. 마치 오랜 잠에서 깨어난 것처럼 온몸에 활기가 넘쳤고, 얼굴에는 예전과 같이 미소가 빛났다. 수의사 가족이 이사를 왔다. 블라디미르의 아내는 야윈 몸집에 못생긴데다 짧은 머리를 하고 고집이 있어 보이는 여자였다. 아들 사샤는 나이에 비해 키가 작고 통통했으며, 아름다운 파란 눈동자와 양 볼에 보조개가 있었다.

사샤는 도착하자마자 올렌카의 고양이와 장난을 쳤다. 소년의 즐거운 웃음소리가 여기저기서 들리는 올렌카의 집은 이제야 사람 사는 집 같았다.

올렌카는 사샤와 함께 차를 마시며 이야기를 하고 있으면 가슴이 따뜻해져 오고, 마치 이 아이가 자기 자식처럼 여겨졌다. 저녁에 사샤가 책상에 앉아 복습을 하고 있으면, 그녀는 대견스럽게 바라보며 중얼거렸다.

"참 귀엽기도 하지. 어쩌면 저렇게 똑똑하기도 할까……."

사샤는 공부한 내용을 외우기 위해 책을 소리 내어 읽었다.

"섬이라는 것은 육지의 일부로 사면이 바다에 둘러싸여 있는 것을 말합니다."

올렌카는 자기도 모르게 사샤가 읽는 내용을 따라했다.

그녀는 이제 오랜 침묵과 슬픔과 공허에서 벗어나 자기 의견을 말하는 사람이 되었다. 올렌카가 특히 관심을 기울인 것은 교육이었다. 수의사 부부를 초대한 저녁식사 자리에서도 교육이 얼마나 중요한 문제인지를 말하기도 했다.

사샤는 이제 중학교에 다니게 되었다. 그의 어머니는 하르코프에 있는 자기언니네 집으로 가서 돌아오지 않았고, 아버지는 가축검사를 하기 위해 다른 지방에 출장 가는 일이 많았기 때문에 집을 자주 비웠다. 올렌카는 사샤가 부모로부터 버림받아 쓸모없는 인간으로 취급받으며, 굶주려 죽어가고 있는 것만 같았다.

그래서 그녀는 사샤를 자기가 사는 별채에 데리고 와서 방 하나를 마련해 주었다.

사샤가 올렌카에게 온 지도 어느덧 반년이 지났다. 매일 아침 올렌카가 소년의 방에 들어가면 그는 한쪽 뺨 밑에 손바닥을 괴고 숨소리하나 내지 않고 잠자고 있었다. 그러면 그녀는 사샤를 깨우는 것이 안쓰럽다고 느꼈다.

"사센카! 일어나야지. 학교 갈 시간이야."

사샤는 일어나서 옷을 갈아입고 하느님께 기도를 드린 다음, 차 석 잔과 커다란 도넛 두 개, 그리고 버터 바른 빵을 조금 먹었다. 그는 아직 잠이 덜 깨어 뾰로통한 얼굴이었다.

"그런데 사센카야, 지난번 학교에서 배운 동화를 제대로 외우지 못했더구나."

올렌카는 이렇게 말하며 마치 아이를 먼 여행에 떠나보내기라도 하듯 타일렀다. 올렌카가 이것저것 당부하면 때때로 사샤는 신경질을 부리기도 했다.

이윽고 사샤가 커다란 모자를 쓰고 책가방을 둘러메고 학교를 향해 걸어갔다. 그러면 올렌카도 그 뒤를 슬금슬금 따라가 사샤의 손에 대추나 캐러멜을 쥐어 주었다. 학교가 있는 골목길로 접어들면 사샤는 몸집이 큰 아주머니가 자기를 뒤따라오는 것이 창피해서 이렇게 말했다.

"이제 돌아가세요, 아주머니. 혼자서 갈 수 있어요."

그러면 그녀는 멈춰 선 채로 눈도 깜빡거리지 않고, 사샤가 교문 안으로 들어가 보이지 않을 때까지 바라보았다.

사샤에 대한 그녀의 사랑이 얼마나 깊은지 아는 사람은 아무도 없었다.

지금까지 사랑한 그 누구에게도 이보다 깊은 사랑을 준 적은 없었다. 사샤를 위해서라면 자기의 목숨과 영혼을 바치고 어떤 희생도 할 수 있을 것 같은 모성애를 느꼈다. 그녀는 그 아이에게 눈물과 기쁨으로 자기의 한평생을 바칠 수 있었다. 어떻게 그런 사랑이 생기느냐고 묻는다면, 과연 누가 대답할 수 있겠는가?

사샤를 학교까지 데려다 준 그녀는 흡족한 마음으로 천천히 집으로 돌아왔다. 새로운 사랑이 생기면서 한결 젊어진 그녀의 얼굴에는 밝은 미소가 떠날 줄 몰랐다. 거리에서 만난 이웃들은 그런 그녀를 보고 흐뭇해하며 그녀에게 말을 건넸다.

"안녕하세요, 귀여운 올렌카 아주머니! 요즘은 어떻게 지내세요?"

"요즘엔 중학교 공부도 상당히 어려워졌어요. 보통일이 아니에요. 글쎄 어제는 1학년 애들에게 동화시 암기하기와 라틴어 번역과 수학 숙제까지 내주었으니……. 아직 어린애들에게 너무 부담이 크지 않겠어요?"

그러면서 그녀는 선생님들에 대한 이야기, 수업, 교과서 이야기 등 사샤에게 들은 이야기를 그대로 늘어놓았다.

오후 세시에 점심을 먹고, 저녁에는 함께 예습을 했다. 사샤를 잠자리에 눕히며 그녀는 몇 번이고 성호를 긋고 기도를 드렸다.

그런 뒤에 자기도 잠자리에 누워 사샤가 대학을 마치고, 의사나

기술자가 되어 마구간과 마차까지 있는 커다란 저택을 가지게 되고,
또 결혼해서 자식을 낳고…… 이처럼 사샤가 훗날 멋진 남자가 되어
근사한 인생을 살아가는 것을 상상했다. 눈을 감고 이런 생각을 하
면 행복에 겨워 기쁨의 눈물을 흘리기도 했다.

어느 날 밤, 갑자기 문을 두드리는 소리가 났다. 올렌카는 벌떡 일
어나 두려움에 떨었다. 가슴이 쿵쿵 뛰며 심장이 터질 것만 같았다.
잠깐 후에 또다시 문을 두드리는 소리가 들려왔다.

'하르코프에서 전보가 왔나? 사샤의 어머니가 그 애를 하르코프
로 보내달라는 소식이면 어쩌지? 아아, 어쩌면 좋아.'

그녀는 이런 생각을 하며 절망 속에 빠져들었다. 그리고 이 세상
에서 자기보다 더 불행한 사람은 없을 거라는 생각을 했다.

잠시 후 사람의 목소리가 들렸다. 수의사가 클럽에서 돌아온 것이
었다.

'아, 정말 다행이야.'

그녀는 쿵쿵 뛰던 심장 소리도 가라앉고, 다시 편안한 기분이 되
었다. 올렌카는 누워서 다시 사샤에 대한 생각을 했다. 옆방에서는
가끔씩 사샤의 잠꼬대 소리가 들려왔다.

Chekhov, Anton Pavlovich

올렌카는 다른 사람의 아픔을 사랑으로 감싸 주는 다정다감하고 착한 여자입니다. 어릴 때부터 많은 사람들을 사랑하며 자란 그녀는 잠시도 사랑하지 않고는 살 수 없는 성격을 지녔어요.

또 사랑스럽고 귀여운 외모와 타고난 상냥함 때문에 사람들은 그녀를 '귀여운 여인'이라고 부르지요.

그런 올렌카는 건넌방에 세 들어 사는 야외극장 지배인 쿠킨과 결혼을 해요. 그녀는 남편을 도와 함께 극장 일을 열심히 합니다. 그러던 어느 날, 남편이 모스크바로 새 배우를 구하러 갔다가 갑자기 죽자 올렌카는 큰 슬픔에 싸이게 됩니다. 석 달이 지난 후 그녀는 목재상인 푸스토바로프와 사랑에 빠져 결혼을 하지만, 그조차도 6년 만에 병으로 세상을 뜹니다.

그 후 몇 개월이 지나자 올렌카는 자기 집 건넌방에 세 들어 사는 수의사와 가까워집니다. 수의사와 행복한 시간을 보내던 그녀는 그가 근무지를 옮겨 떠나게 되자 아무런 기쁨도 없는 공허하고 적막한 생활을 합니다.

그러던 어느 날, 가족을 데리고 돌아온 수의사를 보자 다시 기쁨을 되찾게 됩니다. 수의사와 사이가 좋지 않은 그의 아내는 얼마 후 언니의 집으로 가서 오지 않고, 수의사도 출장이 잦아 아들 사샤를 돌보지 못하게 되자 올렌카가 그 소년을 돌보게 되지요.

사샤를 키우면서 올렌카는 지금까지 한 번도 느껴보지 못했던 사랑, 즉 한평생 자신을 희생할 수 있는 강한 모성애에 눈뜨게 되어 진정한 기쁨을 느끼게 됩니다.

체호프의 수많은 단편 중 가장 널리 알려진 작품으로 작가는 이 소설에서 잠시도 사랑하지 않고는 살 수없는 인물을 보여 주고 있어요. 주인공 올렌카는 쉽게 사랑에 빠지지만 누군가를 한번 사랑하기 시작하면 그 사람에게 동화되어 완전히 몰두하며 헌신합니다.

극장 지배인과 결혼했을 때는 연극 옹호론자가 되었던 그녀가 목재상과 결혼한 후에는 그의 생활과 취향을 그대로 받아들여 극장에는 한 번도 가지 않습니다. 목재상 남편이 죽고 수의사와 가까워지면서는 수의사의 생각을 자기의 생각처럼 이야기하고, 사샤를 사랑하게 되면서부터 온통 사샤에 관한 이야기만 합니다.

하지만 사샤를 만나면서부터 올렌카의 사랑은 전과는 색다른 모습을 띠게 되지요. 그 전까지의 사랑이 자기만족을 위한 이기적인 사랑이었다면, 사샤에 대한 사랑은 이타적이고 희생적인 모성애였어요.

과거에 불완전한 사랑과 달리 그녀가 사샤를 만남으로써 얻게 된 사랑은 아무런 조건이 없는 사랑이며 동시에 영혼을 가득 채우는 완전한 사랑인 것입니다. 작가는 올렌카의 인생을 통해 그녀가 진정한 사랑에 도달하는 모습을 잘 그려내고 있지요.

1. 문체

소설 문장에 나타난 개성적인 특징들을 바로 문체라고 합니다. 작가의 생각 또는 감정들은 문장 곳곳에 스며들어 재치 있고 참신한 표현, 다양한 글투를 빌어 독자들에게 전달됩니다. 시대에 따라 유행하는 문체가 달라지기도 한답니다.

2. 문체의 종류

1) 간결체 : 문장을 짧게 끊어서 간단하게 표현합니다. 의미를 전달하기에는 좋지만, 너무 문장을 끊어서 쓰면 글의 맛이 살아나질 않습니다.

2) 만연체 : 간결체와 반대되는 개념으로 감정을 섬세하게 표현하거나, 장황에게 어떤 것을 설명하다 보니 문장이 길게 이어집니다.

3) 강건체 : 당차고 힘이 느껴지는 글투라서 독자들에게 강한 인상을 줍니다. 주로 연설문에 많이 사용되지요.

4) 우유체 : 강건체와 반대되는 개념으로 말하는 느낌이 굉장히 부드럽고 다정합니다. 우유체는 주로 동화책에 쓰입니다.

5) 화려체 : 빛깔을 표현하거나 음악적 리듬감이 느껴지는 말을 두루 섞어서 글을 화사하게 치장하여 쓴 문체를 말합니다. 너무 과하게 사용하면 내용은 없고 겉만 화려한 알맹이 없는 문장이 될 수도 있습니다.

6) 건조체 : 문장에서 꾸미는 말을 최대한 없애고, 딱 전달하려는 내용만 집중하는 문체를 말합니다. 주로 설명문에 많이 쓰입니다.

7) 문어체 : 일상의 대화에서 쓰는 말은 구어체라고 하는데 문어체는 그에 반대되는 개념이에요. 글에서만 쓰이는 점잖고, 예스러운 문체들을 말합니다. 주로 고전문학에 많이 등장하는 문체이지요.

8) 구어체 : 口(입 구) 語(말씀 어), 다른 말로는 입말이라고도 합니다. 일상생활의 말을 문장에 그대로 사용한 표현입니다. 드라마를 보면 등장인물들이 우리가 실생활에서 사용하는 자연스러운 말로 연기를 하지요? 그처럼 문학 작품에도 우리가 평소에 사용하는 말을 그대로 쓰기도 한답니다. 때로는 점잖지 않은 표현들까지도 작품에 사용합니다.

1. 〈귀여운 여인〉에 등장하는 올렌카는 다른 사람을 통해서 행복과 사랑을 느끼는 사람입니다. 그녀가 경험한 많은 사랑 중 결국에 깨닫게 된 진정한 사랑은 무엇이었을까요?

----

2. 사람들은 올렌카를 '귀여운 여인'이라고 불렀습니다. 왜 그렇게 불렀는지 이유를 생각해 보세요.

----

3. 잠시라도 누군가를 사랑하지 않고서는 살아갈 수 없는 인물 '올렌카.' 올렌카는 사랑을 시작하면 상대의 사고방식과 의견에 완전히 빠져들어 같은 의견을 갖게 되고 올렌카의 독립적인 생각은 사라지고 맙니다. 사랑하는 사람에게 모든 관심을 집중하며 스스로를 희생하고 헌신하는 사랑을 하지만, 한편으로는 사랑하는 사람 없이는 절대 혼자서 살아갈 수 없는 의존적인 사람이기도 하지요. 이러한 올렌카에게 여러분은 어떤 조언을 해 주고 싶나요?

O. Henry

크리스마스 선물

오 헨리(O. Henry, 1862~1910)

미국의 소설가로 본명은 포터(William Sydney Porter)이며 노스캐롤라이나 주 그린즈버러에서 의사의 아들로 태어났습니다. 그가 어렸을 때 어머니는 세상을 떠나고 아버지도 집안을 돌보지 않게 되자, 15세부터 숙부의 약국에서 일합니다. 이후 미국 각지로 일자리를 찾아 떠돌다가 1884년 텍사스 주에 정착합니다. 1891년 주간지 《롤링스톤》을 창간하였으나 실패했고, 1896년 공금횡령 혐의로 고소당하자 남미에서 도피생활을 합니다. 그러다 아내의 병세가 위독해지자 1898년에 귀국해 3년간 감옥생활을 합니다. 그는 복역 중 자신의 풍부한 체험을 소재로 단편소설을 쓰기 시작했어요.

그는 10여 년의 작가생활 동안 300여 편의 작품과 13권의 작품집을 남겼고, 따뜻한 유머와 재치가 넘치면서도 깊은 인간애를 느낄 수 있는 작품을 주로 썼습니다. 오 헨리는 프랑스의 모파상, 러시아의 체호프와 함께 세계 3대 단편소설가 중에 한 사람으로 꼽히며, 서민과 빈민들의 애환을 생생하고 다채로운 표현으로 잘 그려냈어요. 특히 재미있는 이야기 전개와 의외의 내용으로 결말을 맺는 특징이 있습니다.

대표작으로는 〈경찰관과 찬송가〉, 〈마지막 잎새〉, 〈크리스마스 선물〉, 〈20년 후〉와 단편집 《운명의 길》(1909), 《구르는 돌》(1913) 등이 있어요.

1달러 87센트. 그것이 전부였다. 그중에서 60센트는 1센트짜리 동전이었다. 1센트짜리는 채소가게나 정육점에서 실랑이를 벌여 값을 깎아서 한 푼, 두 푼씩 모은 돈이다. 델라는 세 번이나 돈을 세어 보았다. 1달러 87센트. 그런데 내일은 크리스마스다.

델라는 작고 낡은 소파에 엎드려 엉엉 우는 수밖에 없었다. 결국 델라는 울고 말았다. 울면서 인생이란 눈물과 미소로 이루어졌고, 그중 눈물을 흘릴 때가 더 많다는 것을 깨달았다.

한참 울고 난 델라는 방 안을 둘러보았다. 일주일에 8달러를 내는 가구가 딸린 초라한 셋방이었다. 여기는 부랑자들을 붙잡으러 오는 경관들을 피하기 위해 '아파트'라는 이름을 붙인 것일 뿐, 보잘것없는 집이었다.

아래층 현관에는 편지라곤 한 번도 온 적이 없어 보이는 우편함과 아무리 눌러도 울리지 않을 것 같은 초인종이 달려 있고, 그 옆에는 '제임스 딜링검 영'이라고 쓰인 문패가 붙어있었다.

그 '딜링검'은 30달러를 받아 경기가 좋을 때에는 팔랑거리는 깃발처럼 당당했지만, 수입이 20달러로 줄어든 지금은 'D'자 한 자로 움츠러든 것처럼 희미해 보였다. 그래도 '제임스 딜링검 영' 씨가 집으로 돌아오면 부인인 델라는 그를 '짐'이라고 부르면서 반갑게 맞아 주었다.

델라는 울음을 그치고 눈물로 얼룩진 얼굴을 분첩으로 고쳤다. 그리고 창가에 서서 회색 고양이가 회색빛 뒷마당의 회색 울타리 위

분첩 분을 묻혀 바르는 데 쓰는 화장 도구.

를 걸어가고 있는 모습을 물끄러미 바라보았다.

내일은 크리스마스인데 짐에게 줄 선물 살 돈은 겨우 1달러 87센트밖에 없었다. 몇 달 동안 아끼고 아껴서 모았는데도 형편이 이 모양이었다. 지출은 항상 그녀의 예상을 초과했다. 짐의 선물을 살 돈은 단 1달러 87센트뿐이었지만 선물을 살 생각을 하면서 델라는 행복해했다. 무언가 훌륭하고 귀한, 짐에게 꼭 어울리는 그런 선물을…….

방의 창문 사이에 좁다란 거울이 있었다. 1주일에 8달러하는 방에서 흔히 볼 수 있는 종류였다. 아주 날씬하고 민첩한 사람만이 몸을 좌우로 움직이면서 전신을 비춰볼 수 있는 거울이었다. 몸이 호리호리한 델라는 그 기술을 터득하고 있었다.

그녀는 갑자기 창문에서 몸을 돌려 거울 앞에 섰다. 두 눈이 반짝이더니, 곧 얼굴이 창백해졌다. 그녀는 빠르게 머리를 잡아당겨 길게 늘어뜨렸다.

제임스 딜링검 영 부부가 무척 자랑스럽게 여기는 것이 두 가지 있었다. 하나는 짐의 할아버지로부터 대대로 물려온 금시계이고, 다른 하나는 델라의 머리카락이었다.

만약 시바의 여왕이 건너편 집에 살고 있었다고 해도 어느 날 델라가 머리카락을 말리려 창밖으로 늘어뜨리기라도 한다면 여왕의 보석과 미모는 빛을 잃었을 것이다. 또 솔로몬 왕이 그의 모든 보물을 지하실에 쌓아놓고 지키고 있다 해도 짐이 그 곁을 지날 때마다

시바(Sheba)의 여왕 BC 10세기에 활동한 아라비아 남서부에 있던 사바(또는 시바) 왕국의 지배자.

시계를 꺼내어 본다면 왕이 부러운 나머지 자신의 턱수염을 쥐어뜯을 것이다.

델라의 아름다운 머리카락은 반짝이는 갈색의 폭포처럼 물결치며 무릎까지 내려와 마치 머리카락으로 만든 옷을 입고 있는 것 같았다. 델라는 거울에 비친 자신의 갈색머리를 물끄러미 바라보다가 무언가 결심한 듯이 머리카락을 다시 빠르게 말아 올렸다. 델라의 눈에선 눈물이 한 방울 두 방울 낡은 붉은 색 카페트 위로 떨어졌다. 그녀는 헌 갈색 재킷을 입고 낡은 갈색 모자를 쓴 후 눈물이 그렁그렁한 눈으로 서둘러 문을 열고 계단을 내려와 거리로 나갔다.

델라가 멈춰 선 곳은 '마담 소프로니-가발 전문점'이라는 간판이 걸린 가발 가게였다. 델라는 단숨에 층계를 뛰어오르더니 숨을 몰아쉬며 마음을 가라앉혔다. 주인여자는 몸집이 크고 피부가 아주 흰데다가 차가운 인상이어서 아무리 보아도 '소프로니'라는 이름이 어울리지 않았다.

"제 머리카락을 사시겠어요?"

델라가 물었다.

"그래요. 모자를 벗고 머리카락을 보여 주세요."

델라가 모자를 벗자 갈색 폭포수가 물결이라도 치듯 머리카락이 쏟아졌다.

"20달러를 드리지요."

주인여자는 익숙한 손놀림으로 델라의 머리카락을 들추어 보며 말했다.

"빨리 주세요."

델라가 말했다.

그로부터 두 시간 동안 델라는 장밋빛 날개를 달고 날아다녔다. 어쨌든 이런 엉터리 비유 따위는 아무래도 좋다. 그녀는 짐의 선물을 사기 위해 가게를 뒤지고 다녔다.

그녀는 마침내 선물을 찾아냈다. 그것은 분명 남편 짐만을 위해서 만들어진 물건이었다. 어떤 가게에도 그것과 비슷한 물건은 없었다. 그건 디자인이 산뜻하고 고상한 백금시곗줄이었다. 좋은 물건이 다 그렇듯이 그것은 겉이 번지르르한 장식 때문이 아니라 그 품질 하나만으로 값어치를 드러내고 있었다. 그 시곗줄은 그의 금시계만큼이나 가치 있는 것이었다.

그녀는 그것을 보자마자 짐이 가져야한다고 생각했다. 그것은 마치 그녀의 남편 짐과 같았다. 은은함과 가치 – 이 표현은 짐과 시곗줄 모두에 적합했다. 그녀는 21달러를 주고 그 시곗줄을 사고 87센트만 남긴 채 서둘러 집으로 돌아왔다. 금시계에 이 시곗줄을 달면 누구 앞에서나 뽐내며 시간을 볼 수 있을 것이다. 그동안 시계는 훌륭했지만 시곗줄이 없어 낡은 가죽 끈을 매어 가지고 다녔다. 그래서 짐은 시계를 볼 때마다 남몰래 들여다보곤 했다.

집으로 돌아오니 흥분이 어느 정도 가라앉았다. 그녀는 가스에 불을 붙이고 머리를 말 때 쓰는 기구를 달궈 사랑을 위해 아낌없이 잘라 버린 머리칼을 매만지기 시작했다. 그것은 상당히 어려운 작업이었다. 40분쯤 걸려 그녀의 머리는 장난꾸러기 소년 같은 짧은 곱슬머리로 바뀌었다. 그녀는 자신의 모습을 오랫동안 찬찬히 뜯어보듯 거울에 비추어보았다.

"설마 짐이 나를 죽이려 들지는 않겠지만, 보자마자 코니아일랜드 합창단 소녀 같다고 할 거야. 하지만 어쩔 수 없었어. 단돈 1달러 87센트로 무얼 할 수 있겠어?"

7시가 되자 델라는 커피를 끓이고 곧바로 요리를 할 수 있도록 프라이팬을 난로 위에 올려놓았다. 짐은 한 번도 늦은 적이 없었다. 델라는 시곗줄 반을 접어 손안에 쥐고 문 옆 탁자에 걸터앉았다. 이윽고 아래층에서 발자국 소리가 들려왔다. 잠시 그녀의 얼굴이 창백해졌다. 평소 습관처럼 작은 소리로 기도하듯 중얼거렸다.

"하느님, 그이가 아직도 나를 예쁘다고 생각하게 해 주세요."

문이 열리고 짐이 들어왔다. 그는 야윈 몸에 몹시 지쳐 보였다. 가엾게도 그는 겨우 나이 스물 둘에 한 가족을 부양하는 책임을 지고 있었다. 외투도 새로 사야 하고 장갑도 없었다.

짐은 문 안쪽에 멈춰 서서 메추라기 냄새를 맡은 사냥개처럼 꼼짝도 하지 않았다. 그는 델라를 뚫어지게 쳐다보았고, 알 수 없는 표정을 지어 그녀를 겁나게 했다. 그것은 델라가 각오하고 있었던 분노도 놀라움도 비난도 공포도 아니었다. 단지 그녀를 빤히 쳐다보며 기묘한 표정을 지을 뿐이었다.

코니아일랜드 미국 뉴욕시 브루클린 남부지역에 있는 유명한 휴양지.

델라는 머뭇거리며 탁자에서 내려와 짐에게 다가갔다.

"짐, 그런 눈으로 보지 마세요."

델라는 울음 섞인 목소리로 말했다.

"난 당신에게 선물을 하지 않고서는 크리스마스를 보낼 수 없었어요. 그래서 머리를 잘라 팔았어요. 머리는 또 자랄 거예요. 괜찮죠? 내 머리카락은 무척 빨리 자라요. "메리 크리스마스"라고 말해 줘요. 짐, 우리 크리스마스를 즐겁게 보내요. 내가 당신을 위해 얼마나 멋지고 근사한 선물을 준비했는지 당신은 모를 거예요."

"머리카락을 잘라 버렸어요?"

짐은 아무리 생각해도 이 상황을 이해할 수 없다는 듯이 간신히 입을 열었다.

"잘라서 팔았어요. 그래도 당신은 나를 이전과 같이 좋아할 거죠? 머리칼과 상관없이 나는 그대로 나잖아요?"

짐은 두리번거리듯 방 안을 둘러보았다.

"당신 머리카락이 없어졌단 말이요?"

그는 얼이 빠져 버린 사람같이 말했다.

"찾아도 없어요."

델라가 말했다.

"팔아 버려서 이젠 없어요. 오늘은 크리스마스이브에요. 내게 잘 해 주어야 해요. 당신을 위해 팔았으니까요."

그녀는 애교 섞인 목소리로 말했다.

"아무도 당신을 향한 나의 사랑을 헤아릴 수는 없을걸요. 그럼 저녁을 차릴까요?"

짐은 멍한 상태에서 갑자기 깨어난 것 같았다. 그는 델라를 꼭 껴안았다.

우리는 여기서 잠깐 다른 생각해 보자. 1주일에 8달러와 1년에 100만 달러는 어떤 차이가 있을까? 수학자나 현자에게 물어도 정확한 답을 얻을 수 없을 것이다. 동방박사들은 값진 선물을 가지고 예수를 찾아왔지만 답은 여기에도 없다. 이 말의 뜻은 나중에 뚜렷해질 것이다.

짐은 조심스레 넣어 온 외투 호주머니에서 조그만 꾸러미를 꺼내어 탁자 위에 놓았다.

"오해하지 말아요, 델라. 당신이 머리를 잘랐거나 면도를 하거나 샴푸를 하거나 당신을 사랑하는 내 마음은 변하지 않아요. 그렇지만, 그것을 열어 보면 내가 왜 한동안 넋을 잃었나를 알게 될 거요."

델라의 하얀 손가락이 재빠르게 끈을 풀고 포장을 열었다. 그리고 탄성이 터져 나왔다. 다음 순간, 델라의 기쁨은 눈물과 흐느낌으로 바뀌었다. 짐은 온갖 수단을 다해 아내를 달래야만 했다. 그것은 머리에 꽂는 장식용 빗 세트였다. 델라가 브로드웨이의 진열장에서 보고 그렇게 갖고 싶어 했던 것이었다. 진짜 자라껍질로 만들어졌고, 가장자리에는 보석이 박혀 있는 아름다운 머리빗이었다. 지금은 없는 그녀의 아름다운 머리에 아주 잘 어울릴 것 같았다.

델라는 그 머리빗의 값이 너무 비싸다는 것을 알았기 때문에 가질 엄두를 못 내고 그저 마음속으로 동경만 하고 있었다. 그런데 지금은 그 머리빗이 그녀의 것이 되었지만 그 멋진 장식품으로 꾸며질 삼단 같은 머리카락은 사라졌다.

그러나 그녀는 선물을 가슴에 꼭 껴안았다. 그리고 눈물을 글썽이며 짐을 올려다보고는 미소를 띠며 말했다.

"짐, 내 머리카락은 금방 자라요."

그러고 나서 델라는 불에 덴 작은 고양이처럼 깜짝 놀라며 소리를 쳤다.

"오, 오!"

짐은 아직 그녀가 준비한 아름다운 선물을 보지 못했다. 그녀는 손을 펴서 선물을 그에게 쑥 내밀었다. 은은한 백금시곗줄은 그녀의 밝고 열정적인 마음이 깃들어져 더욱 반짝이는 것 같았다.

"멋있죠. 짐! 거리를 온통 다 뒤져서 찾아냈어요. 이제부터 하루에 백번도 더 시간을 보고 싶을 거예요. 당신 시계를 줘 보세요. 얼마나 잘 어울리는지 보고 싶어요."

짐은 시키는 대로 하지 않고 소파에 벌렁 누워 팔베개를 하면서 미소 지었다.

"델라. 우리의 크리스마스 선물은 당분간 잘 보관해 둡시다. 지금 당장쓰기에는 너무 훌륭해. 난 당신 머리빗을 사려고 내 금시계를 팔았어요. 자, 이제 저녁이나 먹읍시다."

동경 어떤 것을 간절히 그리워하여 그것만을 생각함.
삼단 같은 숱이 많고 긴 머리.

성경 속의 동방박사들은 선물을 가지고 구유 속의 아기예수를 찾
아 갔다. 크리스마스에 사람들이 선물을 주고받는 것은 여기서 유래
되었다. 동방박사들은 현명한 사람들이었기 때문에 그들의 선물은
분명 지혜로운 것이었다. 아마 선물이 겹칠 경우 다른 물건과 교환
할 수 있는 특전이 있었을 것이다.

여기에서 나는 자신들의 가장 소중한 보물을 가장 현명하지 못하
게 서로를 위해 팔아 버린 어리석은 두 사람의 이야기를 했다. 끝으
로 이 시대의 현명한 사람들에게 한마디 한다면, 이 두 사람이야말
로 가장 현명한 사람이다. 선물을 주고받은 사람들 중에서 이와 같
은 사람이 있다면, 그곳이 어디든 그들이야말로 가장 현명한 사람임
에 틀림없을 것이다.

선물 신약성서의 마태오 복음서에 나타나 있으며, 동방박사(Magi)가 예수 탄생을 경배하기
위해 예물로 준비한 황금, 몰약, 유황의 선물. 구유 소나 말 따위의 가축들에게 먹이를 담아
주는 그릇으로 큰 나무토막이나 돌로 만든다.

O. Henry

1주일에 8달러짜리 초라한 셋방에 사는 델라와 짐은 서로를 많이 사랑하고 있는 가난한 신혼부부였어요. 크리스마스가 다가오고 있었지만 가진 돈이라곤 달랑 1달러 87센트 밖에 없었지요. 아내 델라는 사랑하는 남편 짐에게 크리스마스 선물을 주기 위해 자신의 머리카락을 잘라 팔아요.

탐스러운 델라의 머리카락과 할아버지 때부터 물려받은 짐의 금시계는 이들 부부가 가장 자랑스럽게 여기는 보물이었지요. 델라가 머리카락을 팔아 준비한 선물은 고급 백금시곗줄이었어요. 짐은 그때까지 시곗줄이 없어서 금시계에 낡은 가죽 끈을 매고 다녔기 때문에 시간을 확인할 때마다 부끄러워서 남들 몰래 들여다보곤 했거든요.

저녁에 집으로 돌아온 짐은 짧아진 델라의 머리를 보고 얼이 빠진 듯 말을 하지 못해요. 그리고 외투 주머니에서 멋진 보석이 장식된 머리에 꽂는 예쁜 빗을 꺼내놓아요. 그 빗은 값이 비싸서 그동안 델라가 마음속으로만 동경해 왔던 것이었는데 이제 그 빗으로 장식할 삼단 같은 델라의 머리카락이 없어졌던 거지요.

델라는 눈물을 흘리면서 짐이 사온 머리빗을 꼭 껴안아요. 그리고 자신이 사온 백금시곗줄을 내놓으며 그것을 사기 위해 머리카락을 팔았다고 말합니다. 머리카락은 금방 자랄 거라며 짐을 위로하고, 시곗줄이 잘 어울리는지 보기 위해 시계를 꺼내 보라고 짐에게 말합니다. 델라의 그 말에 짐은 머리빗을 사기 위해 금시계를 팔았다고 고백하고 미소를 짓습니다. 그렇게 둘은 소박하지만 마음만큼은 따뜻한 크리스마스이브를 맞아요.

자신의 가장 소중한 보물을 서로에게 줄 선물을 사기 위해 팔았지만 그 선물이 당장 소용없게 된 상황을 두고 작가는 어리석은 이 부부야말로 가장 현명한 사람이라고 말하며 소설을 마무리 짓습니다.

이 작품은 크리스마스를 앞둔 짐과 델라의 모습을 보여 주고 있습니다. 가난한 상황이 자세하게 그려지다 보니 비참함이 느껴지기도 하지만 상대방을 위해 선물을 마련할 방법을 생각하고 그것을 준비하는 과정이 한편으로 경쾌한 분위기를 만들어 냅니다. 하지만 저녁에 집에서 두 사람이 만나는 순간부터 분위기는 얼어붙는 듯 반전되지요. 짐에게 줄 선물을 사기위해 머리카락을 잘라 팔아 버린 델라는 짐이 준 장식용 머리빗을 당장 쓸 수가 없고, 델라의 선물을 마련하기 위해 금시계를 팔아 버린 짐은 델라가 준 백금시곗줄이 아무 소용이 없다는 것을 깨달았기 때문입니다.

여기서 작가는 가장 소중한 보물을 팔아 서로를 위해 준비한 선물은 당장 아무 쓸모가 없어졌지만, 그 선물을 통해 진실한 사랑을 확인하게 된 두 사람이야말로 누구보다도 행복하고, 가장 현명한 사람이라고 말하고 있어요. 왜냐하면 그들의 선물 속에 담긴 진정한 사랑 때문이지요. 이 소설은 사랑하는 사람을 위해서라면 자기가 가장 아끼는 보물이라도 얼마든지 희생할 수 있고 그것이 바로 행복임을 아는 사람이 가장 현명한 사람이라고 말합니다.

크리스마스의 유래

크리스마스(성탄절)는 예수님의 탄생을 기념하여 만든 날입니다. 크리스마스라는 단어는 로마 카톨릭 교회의 제사를 일컫는 '그리스도의 미사(Christ+Mass)'라는 뜻이라고 해요.

하지만 크리스마스를 기념하는 12월 25일은 실제로 예수님의 탄생일과는 거리가 멉니다. 아기 예수께서 태어나실 때 목자들이 들판에서 밤까지 양떼에게 풀을 먹였다는 이야기가 전해지는데, 양에게 풀을 먹였다는 이야기로 짐작해 볼 때 겨울에는 초원에 풀이 나지 않으니까 한겨울에 태어나신 게 아니란 걸 알아챌 수 있지요.

그렇다면 어째서 12월 25일이 크리스마스가 된 것일까요? 한때는 1월 6일이나 3월 21일을 성탄절로 정하기도 했다고 하는데, 지금처럼 12월 25일로 크리스마스가 굳어지게 된 데에는 동지(24절기 중에 하나로 일년 중에 밤이 가장 길고 낮이 가장 짧은 날)와 깊은 연관이 있다고 합니다.

'정복할 수 없는 태양의 생일' 태양의 신 솔(Sol)의 탄신일이라고 해서 가장 많은 사람들이 숭배하는 축제일이었다고 해요. 로마교회는 자신의 종교를 믿지 않는 이들을 효과적으로 끌어들이기 위해, 그리고 카톨릭을 믿는 사람들이 다른 종교를 믿는 사람들을 정복했다는 의미로 345년경부터 12월 25일을 공식적인 성탄절로 정하고 지켜왔습니다.

요약하자면 크리스마스의 유래는 예수님이 탄생한 날을 기념하는 게 아니라 동서양 모두가 태양의 부활을 축하하는 동지 축제나 마찬가지인 것이지요.

흥미로운 것은 동서양 모두 태양의 부활을 축하하지만 동양에서는 동짓날에 시작과 부활의 의미를 두는 데 비해, 서양에서는 해가 가장 짧은 날이라고 하여 태양이 죽은 날로 여기고 다시 태양이 길어지기 시작하는 25일에 부활의 의미를 담았다는 것입니다. 동서양 사람들의 몸과 마음에 배어 있는 생각의 차이를 단적으로 보여주는 재미있는 예라고 할 수 있겠네요.

지금도 전 세계의 많은 사람들은 크리스마스가 되면 사랑하는 가족, 연인들과 함께 행복한 시간을 보내고 있습니다.

1. 델라의 머리카락과 짐의 백금 시곗줄, 서로를 위해 둘은 자신들의 가장 소중한 보물을 팔았습니다. 각자 준비한 선물들이 더 이상 쓸모없어졌지만 작가는 이 어리석은 부부야말로 가장 현명한 사람이라고 말하며 소설을 매듭짓지요. 작가는 왜 델라와 짐을 두고 가장 현명한 두 사람이라고 했을까요?

----

2. 가난한 젊은 부부, 델라와 짐에게는 서로에게 좋은 선물을 사줄 만한 넉넉한 돈이 없었습니다. 델라와 짐을 기쁘고 행복하게 만들 수 있는 여러분만의 선물을 한번 준비해 보세요. 그리고 왜 그런 선물을 하고 싶은지 이유도 함께 적어 봅시다.

• 델라에게 주고 싶은 선물 :
• 선물을 하고 싶은 이유 :

• 짐에게 주고 싶은 선물 :
• 선물을 하고 싶은 이유 :

O. Henry

마지막 잎새

오 헨리(O. Henry, 1862~1910)

미국의 소설가로 본명은 포터(William Sydney Porter)이며 노스캐롤라이나 주 그린즈버러에서 의사의 아들로 태어났습니다. 그가 어렸을 때 어머니는 세상을 떠나고 아버지도 집안을 돌보지 않게 되자, 15세부터 숙부의 약국에서 일합니다. 이후 미국 각지로 일자리를 찾아 떠돌다가 1884년 텍사스 주에 정착합니다. 1891년 주간지 《롤링스톤》을 창간하였으나 실패했고, 1896년 공금횡령 혐의로 고소당하자 남미에서 도피생활을 합니다. 그러다 아내의 병세가 위독해지자 1898년에 귀국해 3년간 감옥생활을 합니다. 그는 복역 중 자신의 풍부한 체험을 소재로 단편소설을 쓰기 시작했어요.

그는 10여 년의 작가생활 동안 300여 편의 작품과 13권의 작품집을 남겼고, 따뜻한 유머와 재치가 넘치면서도 깊은 인간애를 느낄 수 있는 작품을 주로 썼습니다. 오 헨리는 프랑스의 모파상, 러시아의 체호프와 함께 세계 3대 단편소설가 중에 한 사람으로 꼽히며, 서민과 빈민들의 애환을 생생하고 다채로운 표현으로 잘 그려냈어요. 특히 재미있는 이야기 전개와 의외의 내용으로 결말을 맺는 특징이 있습니다.

대표작으로는 〈경찰관과 찬송가〉, 〈마지막 잎새〉, 〈크리스마스 선물〉, 〈20년 후〉와 단편집 《운명의 길》(1909), 《구르는 돌》(1913) 등이 있어요.

워싱턴 광장의 서쪽에는 여러 갈래의 길이 이리저리 얽혀 있고, '플레이스'라고 부르는 좁은 골목길로 나누어진 작은 구역이 있다. 이 플레이스들은 기묘한 각도와 곡선으로 구부러져 있어, 어떤 길은 길을 따라가다 보면 한두 번은 출발했던 자리로 다시 되돌아온다. 일찍이 한 화가가 이 자리에서 재미있는 일이 일어날 수 있다는 생각을 했다. 물감과 종이와 캔버스 값을 받으려고 찾아오는 수금원이 이 거리에 들어와서 돈 한 푼 받지 못하고 온 길로 되돌아 나간다면 어떻게 될까!

그래서 이 색다르고 고풍스러운 그리니치빌리지로 화가들이 몰려들어, 북쪽으로 난 창과 18세기풍의 박공지붕과 네덜란드풍 다락방이 있는 방세가 싼 방을 찾아다녔다. 그들은 6번가에서 몇 개의 백랍 컵과 한두 개의 요리보온용 접시를 사고 들어와 이곳에 '화가 마을'을 이루었다.

수와 존시는 이곳의 나지막한 3층 벽돌집 꼭대기에 화실을 두고 있었다. '존시'는 조안나의 애칭이다. 수는 메인 주 출신이고 존시는 캘리포니아 주 출신이었다.

두 사람은 8번가에 있는 '델모니코' 식당에서 점심을 먹다가 만나 예술이나 꽃상추 샐러드나 옷소매에 대한 취향이 비슷하다는 것을 알고 화실을 함께 쓰기로 했다. 그것은 5월의 일이었다.

11월이 되자 차갑고 눈에 보이지 않는 불청객 – 의사들이 폐렴이라고 부르는 – 이 '화가 마을'을 돌아다니면서 그 얼음 같은 손가락

박공 맞배지붕의 옆면 지붕 끝머리에 '∧' 모양으로 붙여 놓은 두꺼운 널빤지.
백랍 백랍벌레의 집이나 백랍벌레의 수컷 유충이 분비한 물질을 가열하여 녹인 후 찬물로 식혀 만든 물건.

으로 여기저기 사람들을 건드리고 다녔다. 마을 동쪽에 이 파괴자가 활개치고 다니면서 수십 명의 목숨을 앗아갔다. 하지만 이 비좁고 오래된 플레이스의 미로에서는 그 폐렴의 발걸음도 느렸다.

폐렴은 기사도를 아는 노신사가 아니었다. 캘리포니아의 부드러운 바람 속에서 자란 가냘픈 처녀 존시는 피 묻은 손을 쥐고 숨결이 거칠어진 늙은 악마의 상대가 될 수 없었다. 폐렴에 걸린 존시는 페인트칠이 된 철제 침대에 누워 거의 꼼짝도 못한 채 조그만 네덜란드풍의 창 너머로 옆 벽돌집의 텅 빈 담벼락을 바라보고 있었다.

어느 날 아침, 폐렴으로 바빠진 의사가 숱이 많은 반백의 눈썹으로 눈짓하여 수를 복도로 불러냈다.

"저 환자가 살아날 가망은…… 말하자면 열에 하나일세."

그는 체온계를 흔들어 수은을 떨어뜨리면서 말했다.

"그리고 그것도 저 환자가 살고 싶어 하지 않으면 아무 소용이 없어. 지금처럼 제 발로 장의사에게 달려가려고만 하면 약이 무슨 소용이 있겠나. 저 환자는 이제 낫지 않는다고 아예 마음먹고 있는 것 같아. 무슨 걱정거리라도 있나?"

"쟤…… 쟤는 언젠가 나폴리만을 그리고 싶다고 했어요."
하고 수는 말했다.

"그림을 그려? 어리석긴! 무언가 훨씬 더 골똘히 생각할 만한 가치가 있는 것은 없나? 이를테면 남자 친구라든가."

"남자요?"

수는 어이없다는 듯 퉁명스러운 목소리로 말했다.

"남자가 그럴만한 값어치가…… 아니에요, 선생님. 그런 건 아무 것도 없어요. "

"글쎄 그렇다면 그게 바로 문제였군."이라고 의사는 말했다.

"나는 의술의 힘이 닿는 데까지 최선을 다하겠네. 하지만, 환자가 자기 장례식 행렬의 자동차 수를 세기 시작한다면 치료의 효과는 반 감된다네. 아가씨가 잘 구슬려서 환자가 이번 겨울에 유행할 신형 외투소매가 무엇인가라는 질문이라도 한다면, 가망성이 열에 하나 가 아니라 다섯에 하나라고 약속하지."

의사가 돌아간 뒤 수는 작업실로 들어가서 종이냅킨이 흠뻑 젖도 록 울었다. 그리고는 화판을 들고 휘파람을 불며 으쓱거리면서 존시 방으로 들어갔다. 존시는 이불 속에서 꼼짝하지 않고, 얼굴을 창문 으로 돌린 채 누워있었다. 수는 그녀가 잠들어 있는 줄 알고 휘파람 을 그쳤다. 수는 화판을 세워 잡지 소설의 삽화로 쓸 펜화를 그리기 시작했다. 젊은 작가가 잡지에 소설을 쓰면서 문학의 길을 닦는 것 처럼, 이 젊은 화가는 예술의 길을 닦기 위해 잡지 소설의 삽화를 그 려야 하는 것이다.

수가 소설 속 주인공인 아이다호 카우보이가 말 경진대회에 입는 멋진 승마 바지를 입고 외눈 안경을 쓰고 있는 모습을 그리고 있는 데, 나지막한 소리가 몇 번이나 되풀이해서 들려왔다. 그녀는 얼른 침대 곁으로 갔다.

가망성 될 만하거나 가능성이 있는 상태나 정도.

존시는 눈을 크게 뜨고 있었다. 그녀는 창밖을 내다보며 숫자를 세고 있었다. 숫자를 거꾸로 세고 있었다.

그녀는 "열둘"을 세고 조금 있다가 "열하나", 이어 "열", "아홉", 그러다가 거의 동시에 "여덟", "일곱" 하고 셌다.

수는 걱정스럽게 창밖을 내다보았다. '무엇을 세고 있을까?' 그저 쓸쓸하게 텅 빈 마당과 20피트쯤 떨어진 건너편 벽돌집의 빈 벽

면이 보일 뿐이었다. 울퉁불퉁 뿌리가 시들어가는 한 그루의 해묵은 담쟁이덩굴이 벽돌담 중간쯤까지 뻗어 올라가 있었다. 차가운 가을 바람에 덩굴의 잎들이 거의 떨어져 앙상한 가지만이 부스러져 가는 벽돌에 매달려 있었다.

"애, 뭘 하고 있니?" 하고 수가 물었다.

"여섯" 하고 존시는 거의 속삭이듯이 말했다.

"이제 차츰 빨리 떨어지기 시작하네. 사흘 전에는 거의 백 개쯤 있었어. 그때는 세려면 머리가 다 아팠는데, 하지만 이젠 쉬워. 아, 또 하나 떨어지네. 이제 남은 것은 다섯 개 뿐이야."

"뭐가 다섯 개지? 내게 말해줘."

"잎사귀야. 담쟁이덩굴 잎. 마지막 한 잎이 떨어지면 나도 떠나게 될 거야. 나는 사흘 전부터 알고 있었어. 의사 선생님도 그렇게 말씀 하시지?"

"아니 그런 터무니없는 소리가 어디 있어."

수는 몹시 화를 내며 말했다.

"마른 담쟁이 잎사귀와 네가 병이 낫는 것이 무슨 관계가 있니? 그리고 넌 저 덩굴을 아주 좋아했잖아, 이 말괄량이야. 바보 같은 소리 그만해. 오늘 아침 의사선생님은 네가 나을 수 있는 가능성 이……, 그래, 선생님 말씀 그대로 하면……. 십중팔구라고 그러셨 어! 그건 뉴욕 시내에서 전차를 타게 되거나 새로 지어진 빌딩 앞을 지나갈 가능성이 큰 것처럼 말이야. 자, 이제 수프를 좀 마셔 봐. 그래야 내가 다시 그림을 그리지. 그리고 그림을 잡지사 편집자에게 팔아야 앓아누운 우리 아가씨에겐 달콤한 포도주를, 먹성 좋은 나를 위해선 돼지고기를 사올 수가 있잖아?”

“포도주는 이제 살 필요 없어.”

존시는 계속 창밖을 바라보면서 말했다.

“또 한 잎이 떨어지네! 아니, 수프도 먹고 싶지 않아. 이제 넉 장 뿐이야. 어두워지기 전에 마지막 한 잎이 떨어지는 걸 보고 싶어. 그러면 나도 같이 떠날 거야.”

“존시.”

수는 그녀에게 몸을 구부리며 말했다.

“내가 그림을 다 그릴 때까지 눈을 감고 창밖을 보지 않겠다고 약속해 주겠니? 나는 이 그림을 내일까지 넘겨줘야 해. 커튼을 내려 버리면 되지만, 그림을 그리려면 빛이 필요해.”

“다른 방에서 그릴 수 없어?”

존시는 차갑게 물었다.

“난 네 옆에 있고 싶어서 그래.”

라고 수는 말했다.

“게다가, 네가 줄곧 저 쓸데없는 담쟁이 잎사귀를 쳐다보고 있는 게 싫어서 그래.”

“다 그리고 나면 바로 알려 줘야 해."

존시는 눈을 감고 쓰러진 조각상처럼 창백하게 조용히 누워서 말했다.

"마지막 한 잎이 떨어지는 걸 보고 싶으니까. 난 이제 기다리기에
지쳤어. 생각하는 것도 지쳤고. 모든 것에 대한 집착에서 벗어나, 꼭
저 가엾고 지친 나뭇잎처럼 아래로 떨어지고 싶어."

"좀 자도록 해." 하고 수는 말했다.

"나는 베어먼 할아버지를 불러다가, 늙은 은둔자 광부의 모델이
되어 달라고 부탁해야겠어. 곧 돌아올게. 내가 돌아올 때까지 움직
이지 마."

베어먼 노인은 이집 1층에 살고 있는 화가였다. 나이는 60살이 넘
었고, 미켈란젤로가 그린 모세의 수염 같은 구레나룻이 사티로스 같
은 얼굴에서부터 도깨비 같은 몸에 이르기까지 곱슬곱슬하게 내려
와 있었다.

베어먼은 예술의 낙오자였다. 40년 동안 붓을 휘둘렀지만, 예술의
여신 옷자락에 손이 미치지 못했다. 언제나 걸작을 그린다고 하면서
도 아직 시작도 하지 않았다. 지난 몇 해 동안 상업용이나 광고용의
서투른 그림을 이따금 그린 것 외는 아무것도 그리지 못했다. 그는
전문적인 모델을 쓸 돈이 없는 이 마을 젊은 화가들의 모델이 되어
주고 조금씩 돈을 얻어 쓰고 있었다. 그는 술을 과하게 마시면서도
여전히 머지않아 걸작을 그린다는 말만 하고 다녔다. 몸집은 작지만
성질이 사나워, 마음이 나약한 것을 보면 사정없이 꾸짖었다. 또한
위층 화실에 있는 두 젊은 화가 아가씨들을 지키는 감시견 역할을

은둔자 세상일을 피해 숨어서 사는 사람. 사티로스(satyros) 고대 그리스 신화에서 숲의
신. 남자의 얼굴과 몸에 염소의 다리와 뿔을 가짐. 걸작 매우 훌륭한 작품.

자처하고 있었다.

수가 아래층 베어먼 노인의 방에 가 보니 베어먼은 아래층의 어둠 침침한 방에서 노간주나무 열매의 냄새를 물씬 풍기며 앉아 있었다. 한쪽 구석에는 아무 것도 그리지 않은 캔버스가 이젤에 얹혀 있었다. 그 캔버스는 그 자리에서 25년 동안이나 걸작의 첫 붓질을 기다려 온 것이었다. 수는 노인에게 존시의 망상을 얘기하면서, 존시가 정말 나뭇잎처럼 가볍고 연약해서 이 세상에 대한 가냘픈 집착이 더 약해지면 날아가 버리지는 않을까 걱정스럽다고 말했다. 베어먼 노인은 핏발이 선 눈에 눈물을 글썽이며, 그 어이없는 망상에 큰소리로 경멸과 조소를 퍼부었다.

"뭐라고!"

하고 그는 소리쳤다.

"아니 그래, 다 썩은 덩굴에서 잎이 떨어진다고 저도 죽는다는 그런 얼빠진 소릴 하는 놈이 어디 있어? 나는 그런 말은 들어 본 적도 없어. 에이, 나는 아가씨의 그 바보 같은 은둔자의 모델이 되기 싫어. 어째서 아가씨는 존시가 그런 어처구니없는 생각을 하게 내버려 두지? 아아, 가엾은 존시."

"걔가 몹시 앓아서 쇠약해졌어요."

수는 말했다.

"그리고 열 때문에 마음까지 병이 들어 별의별 이상한 망상만 해요. 좋아요, 베어먼 할아버지. 제 모델이 되기가 싫으시다면 필요 없

노간주나무 열매 독한 술인 진(gin)에 넣는 향료(juniper berries).
조소 비웃음.

어요. 하지만 전 할아버지가 정말 변덕스럽다고 생각할 거예요.”

“너도 어쩔 수 없는 여자구나!”

베어먼은 소리쳤다.

“누가 모델이 안 돼준다고 그랬나? 가라고, 나도 따라갈 테니까. 반시간 전부터 나는 언제라도 모델이 되어 주겠다고 말하려고 했었지. 허, 참! 여긴 존시 같은 착한 처녀가 병들어 누워 있을 데가 못 된다고. 머지않아 나는 걸작을 그릴 거야. 그렇게 되면 우리 모두 다른 데로 옮기자고. 정말이야! 그렇게 하자고.”

두 사람이 위층에 올라가 보니 존시는 잠들어있었다. 수는 커튼을 창턱까지 끌어내리고, 베어먼에게 옆방으로 가자고 몸짓했다. 방에 들어간 두 사람은 겁먹은 듯이 창문으로 담쟁이덩굴을 내다보았다. 그리고 잠시 서로 말없이 쳐다보았다. 차가운 진눈깨비가 쉴 새 없이 내리고 있었다. 베어먼은 낡은 푸른 웃옷을 입고는, 바위 대신 냄비를 엎어놓고 그 위에 은둔자 광부처럼 앉았다.

이튿날 아침 수가 한 시간쯤 자고 눈을 떠 보았다. 살며시 존시가 있는 쪽을 바라다보니 그녀는 흐릿한 눈을 크게 뜨고 창에 내려진 녹색 커튼을 바라보고 있었다.

“열어 줘, 보고 싶으니까.”

그녀는 속삭이는 목소리로 말했다.

수는 마지못해 존시의 부탁을 들어주었다. 그런데 아! 밤새도록 비가 후려치고 강풍이 휘몰아쳤는데도 담벼락에는 아직도 담쟁이

잎 한 장이 뚜렷이 남아있지 않은가! 그것은 담쟁이덩굴에 달려 있는 마지막 잎사귀였다.

줄기 쪽은 아직도 짙은 초록빛이었지만, 톱니 모양의 가장자리는 시들고 말라서 누런빛을 띠는 이 잎사귀는 땅 위에서 20피트쯤 되는 가지에 대견스럽게 매달려있었다.

"저게 마지막 잎새야."

하고 존시는 말했다.

"밤새 틀림없이 떨어질 줄 알았는데. 바람소리를 들었거든. 오늘은 떨어질 거야. 그러면 동시에 나도 죽어."

"얘, 얘!"

수는 지친 얼굴을 베개에 누이면서 말했다.

"네 자신을 생각하고 싶지 않으면 내 생각이라도 해 봐. 난 어떻게 하란 말이야?"

그러나 존시는 대답하지 않았다. 이 세상에서 가장 고독한 것은 신비롭고 먼 여행을 떠날 채비를 하고 있는 영혼이다. 지금 그녀의 모습이 바로 그러했다. 그녀와의 우정 그리고 그녀와 세상을 연결하고 있는 끈이 하나씩 풀어짐에 따라 못된 망상이 점점 억세게 그녀를 휘어잡는 것 같았다.

날이 저물어 해질녘이 되어도 그 외로운 담쟁이 잎은 줄기에 그냥 매달려 있었다. 그리고 밤이 되더니 북풍이 다시 사납게 휘몰아치기 시작했고, 비는 여전히 창문을 두드리고 낮은 네덜란드 풍 처마에선 빗물이 뚝뚝 떨어졌다.

이윽고 날이 밝자, 존시는 명령하듯 커튼을 올려 달라고 했다. 담쟁이 잎은 여전히 그 자리에 있었고, 존시는 드러누워서 오랫동안 그것을 바라보았다. 그러더니 가스난로 위에서 닭고기 수프를 휘젓고 있는 수에게 말을 건넸다.

"난 나쁜 애였어, 수."

존시는 말했다.

"내가 얼마나 못된 애였는가를 알려 주려나봐. 저 마지막 잎새가 저기 남아 있는 것 말이야. 내가 죽고 싶어 했다니 큰벌을 받을 일이었지. 수, 이제 그 수프를 좀 갖다 줘. 우유에 포도주를 탄 것도 좀 주고. 그리고 아니, 손거울부터 먼저 갖다 줄래? 그리고 베개 몇 개를 내 등에 받쳐줘. 지금부터 일어나 앉아서 네가 요리하는 걸 모두 지켜보고 싶어."

한 시간 뒤 그녀는 말했다.

"수, 난 언젠가 나폴리만을 그려 보고 싶어."

오후에 의사가 왔다. 수는 의사가 돌아갈 때 살그머니 뒤따라 복도로 나왔다.

"희망은 반반이야."

의사는 수의 떨고 있는 여윈 손을 잡고 말했다.

"간호만 잘해 주면 당신이 이길 거야. 그럼 이제 아래층에 있는 환자를 보러 가야지. 베어먼인가 하는 노인인데 화가 같더군. 역시 폐렴이야. 나이도 많고 몸도 약한데 급성이라네. 나을 희망은 없지만, 오늘 입원하면 좀 편해지겠지.”

이튿날 의사는 수에게 말했다.

“이제 위험은 벗어났어. 당신의 승리야. 앞으로 남은 것은 영양과 간호뿐이야.”

그리고 그날 오후가 되자 존시는 누운 채로 짙은 털실뜨기를 하고 있었다. 파란색 털실로 별로 쓸모가 없어 보이는 숄을 짜며 만족스러운 미소를 띄우고는 행복해 하고 있었다. 수는 한쪽 팔로 베개와 함께 존시를 껴안았다.

“너한테 할 얘기가 있어, 존시.”

수가 말했다.

“베어먼 할아버지가 오늘 병원에서 폐렴으로 돌아가셨단다. 겨우 이틀을 앓으셨을 뿐인데. 병이 나던 날 아침 관리인이 아래층에 있는 그분 방에 가 봤더니, 할아버지가 몹시 괴로워하고 계시더래. 신발과 옷은 흠뻑 젖어서 얼음처럼 차갑고. 날씨가 그렇게 험한 날 밤에 대체 어디를 갔다 오셨는지 아무도 몰랐었대. 그러다가 켜져 있는 램프와 밖으로 나와 있는 사다리, 흩어진 붓들, 그리고 초록과 노랑 물감을 푼 팔레트를 발견한 거야.

그리고 존시, 창밖을 봐봐. 저 벽에 있는 마지막 담쟁이 잎을 잘 좀 바라보라고. 뭔가 이상한 것 같지? 바람이 부는데도, 조금도 흔들리지 않고 움직이지도 않는 게 이상해 보이잖아. 그렇지? 얘 저건 베어먼 할아버지의 온 인생을 통해 남긴 걸작이었어. 마지막 잎새가 떨어진 날 밤, 바로 그분이 저 자리에 그려 놓으신 거야."

O. Henry

작품 줄거리

존시와 수는 가난한 화가로 워싱턴 광장 서쪽 그리니치 빌리지에 공동화실을 마련해서 그림을 그리며 지내요. 그해 겨울 폐렴이 돌기 시작하자, 존시는 폐렴에 걸리게 되는데 존시가 누워 있는 방 창 너머 이웃집 담벼락에는 시들어가는 담쟁이덩굴이 붙어 있었어요. 존시는 그 담쟁이 잎이 하나씩 떨어질 때마다 자신의 삶도 조금씩 줄어가고 있는 것처럼 느끼게 됩니다. 수의 정성스런 간호에도 불구하고 존시는 계속 절망하며 삶의 의욕을 잃어가지요.

수의 건물 아래층에는 60세가 넘은 할아버지 화가 베어먼이 살고 있었습니다. 다른 화가의 모델이 되어 주고, 광고물 등 서투른 그림을 그려가며 술에 취한 채 살아가는 분이었지만 습관처럼 언젠가는 걸작을 완성하겠다며 큰소리치곤 했지요. 수는 베어먼에게 자기 그림의 모델이 되어달라고 부탁하러 갔다가 존시가 담쟁이 잎이 모두 떨어지면 자신도 죽게 될 거란 망상을 한다는 사실을 그에게 이야기해요.

비바람이 거세게 몰아쳤던 밤이 지나고 아침이 되자 수와 존시는 걱정스러운 눈초리로 창밖을 내다봅니다. 놀랍게도 이웃집 벽에는 아직도 담쟁이 잎사귀 하나가 남아 있었어요. 그날 밤에도 비바람이 몹시 몰아쳤지만 다음날에도 여전히 잎은 떨어지지 않았고, 그러자 존시는 꺼져 가던 희망을 다시 가지게 되고 건강도 조금씩 회복되었습니다.

존시를 진찰하러 왕진 왔던 의사는 베어먼 할아버지가 폐렴으로 돌아가시게 되었다는 사실을 수에게 알려 주고, 관리인으로부터 비바람이 세차게 불던 그날 베어먼 할아버지가 밖에 나가 그림을 그렸다는 이야기를 듣게 되지요. 존시에게 희망의 숨을 불어넣기 위해 차가운 겨울비를 맞으며 자신의 걸작인 마지막 잎새를 그리고 죽은 베어먼 할아버지, 수가 할아버지 화가의 이야기를 존시에게 전하면서 이야기는 끝을 맺습니다.

오 헨리의 소설에서는 가난한 서민들이 많이 등장합니다. 그들의 삶을 따뜻한 시선으로 바라보는 오 헨리의 글은 재기발랄함과 함께 인간미가 스며 있어 읽는 이들로 하여금 훈훈함을 느끼게 합니다. 다채로운 묘사와 표현도 일품이고요.

짧은 이야기 속에 등장하는 인물들은 저마다의 이야기와 함께 개성을 가지고 있지요. 또한 그의 작품은 자연스러운 줄거리 전개와 결말 부분의 극적인 반전을 통해 독자에게 감동과 재미를 줍니다.

오 헨리 작품이 널리 읽히는 가장 큰 이유는 본인이 불우한 삶을 살았음에도 불구하고 항상 어려운 이웃에 대해 따뜻한 시선을 놓치지 않았다는 점 때문이지요. 다양한 사람들이 그려내는 사랑의 모습을 작품 속에 자연스레 녹아냈기 때문에 그의 글에서는 체온이 느껴집니다.

〈마지막 잎새〉에는 가난한 화가들이 모여 사는 그리니치빌리지의 싸구려 화실에서 작업하는 가난하고 병든 젊은 화가가 존시가 등장해요. 그녀는 비바람이 불 때마다 떨어지는 담쟁이덩굴 잎을 보며 자신의 운명을 예견하고 삶의 의욕을 상실하게 됩니다.

그런 그녀를 살린 것은 그녀보다 오히려 힘들게 살아가는, 술에 찌든 늙은 화가 베어먼이었어요. 비록 실패한 화가지만 죽어가는 젊은 화가의 생명을 살리고 꿈을 지켜 주려는 사랑의 마음만큼은 그 누구보다도 따뜻합니다.

이처럼 오 헨리는 고단한 삶을 사는 서민, 하층민의 모습을 담아내면서도 하루하루를 성실히 살아가는 그들에게 따뜻한 응원의 기운을 불어넣습니다. 그의 작품에는 힘든 삶속에서도 인정을 나누며 꿈을 키워가는 희망의 메시지가 담겨 있어요.

O. Henry

소설의 서술자(말하는 사람)는 인물들의 갈등을 크게 두 가지 방법으로 독자들에게 전달합니다. 이때 사용되는 방식이 말하기와 보여주기입니다. 이것을 통해 작품 속 인물들의 성격을 보여주기도, 갈등이 섞인 상황을 만들기도, 때로는 독자들에게 넌지시 또는 직접적으로 주제를 전하기도 합니다. '말하기'와 '보여주기'가 무엇인지 보다 자세하게 알아보도록 하지요.

1. 말하기(직접 제시)

등장인물의 겉모습, 행동, 성격적 특징들을 서술자가 직접 설명하고, 평하는 것을 말합니다. 서술자가 직접 내용을 정리하여 설명을 하다 보니 사건의 진행이 빠르고, 독자들이 쉽게 이해할 수 있다는 특징이 있습니다.
 주로 우리나라의 고전소설에 많이 등장하는 방법입니다. 토끼전에서 자라와 토끼의 모습을 직접 설명하는 대목을 보면 금방 이해할 수 있지요.

2. 보여주기(간접 제시)

등장인물의 행동이나 대화를 통해 어떤 하나의 장면을 보여줌으로써, 독자들은 그 장면을 보면서 자연스럽게 인물의 성격을 짐작할 수 있게 됩니다. 대화, 행동, 상세한 묘사들을 통해 독자들이 어떤 사건이나 인물들의 성격을 상상하게 되기 때문에 말하기에 비해 독자들이 생각하는 상상의 폭이 넓지요. 대화, 행동과 같은 요소들을 통해 이야기가 진행되기 때문에 생동감은 넘치지만 말하기에 비해 사건의 진행이 비교적 느린 편입니다.

예) 〈마지막 잎새〉

"마지막 한 잎이 떨어지는 걸 보고 싶으니까. 생각하는 것도 지쳤고, 가엾고 지친 나뭇잎처럼 아래로 떨어지고 싶어."

존시의 말을 통해 너무 고통 받은 나머지 삶을 체념하고 있는 존시의 마음을 독자들은 읽어낼 수 있습니다.

1. 수는 존시에게 마지막 잎새를 남기고 떠난 베어먼 할아버지의 이야기를 전하면서, 벽에 걸려 있는 담쟁이 잎을 두고 '할아버지의 걸작'이라고 말했습니다. 수는 왜 베어먼 할아버지의 잎사귀 그림을 두고 걸작이라고 표현한 걸까요?

2. 이 작품 안에서 마지막 잎새는 어떤 것을 상징하고 있나요? 빈칸에 들어가는 한 단어를 생각해 보세요.

> 폐렴에 걸려 목숨이 위태로운 존시는 병실 밖의 마지막 잎새를 보며 삶의 마지막 ○○을 걸고 있습니다.

3. 〈마지막 잎새〉에 등장하는 인물들의 성격을 알맞게 짝지어 보세요.

존시 •　　　　　•허풍쟁이 술꾼이지만, 다른 사람의 생명을 구하기 위해 자신을 희생한다

베어먼 할아버지 •　　　　　•지혜롭고 마음이 따뜻하다

수 •　　　　　•섬세하고 감성적이며 고집이 세다

魯迅

고향

루쉰(魯迅 : 1881~1936)

중국의 소설가, 근대문학의 창시자입니다. 본명은 저우수런(周樹人)이고, 루쉰이란 이름은 작품활동할 때 사용한 필명이지요. 저장성 사오싱 지주 집안에서 태어난 그는 일본으로 건너가 센다이 의학교에 입학합니다. 하지만 2년 만에 중퇴하고 도쿄로 가서 문학 공부를 시작했어요. 8년간의 유학생활 후 귀국해서 교사 생활을 하다가 1911년 청나라의 몰락으로 중화민국 임시정부가 수립되자 교육부 관리로 임용되어 15년간 근무하게 됩니다.

1918년, 계몽잡지 《신청년》지에 〈광인일기〉를 발표하면서 문학 활동을 시작, 1921년 베이징의 신문 《천바오》에 연재된 〈아Q정전〉으로 작가의 위치를 확고히 다집니다.

국민당에 대한 저항 활동으로 암살자 명단에 루쉰의 이름이 오르자 그는 아파트에서 은둔생활을 하며 집필 활동에 주력합니다. 하지만 그의 나이 56세가 되던 해 결핵이라는 병으로 세상을 떠나게 됩니다.

민족주의, 민주주의, 근대화 사상을 바탕으로 한 그의 문학은 중국 봉건 사회에 대한 강한 부정과 반외세, 군벌정치, 군벌독재에 대한 저항을 담고 있지요.

대표작으로는 〈광인일기〉, 〈아Q정전〉, 〈공을기(孔乙己)〉, 〈약〉, 〈축복〉, 〈고독자〉 등이 있고, 단편집 《눌함(訥喊)》, 《방황》, 《야초(野草)》, 《조화석습(朝花夕拾)》이 있습니다.

어느 겨울날, 나는 매서운 추위를 무릅쓰고 2천여 리나 떨어진 먼 곳에서 고향으로 돌아왔다. 20년 동안이나 떠나 있었다.

어느새 한겨울이었다. 고향이 가까워질수록 날씨는 음산하게 우중충했고, 차가운 바람이 내가 탄 배 안까지 소리를 내며 불어닥쳤다. 배 너머로 밖을 내다보니 뿌옇게 흐린 하늘 아래 황폐해 보이는 마을이 보였는데, 사람이 사는 곳 같지가 않았다.

그 모습을 보니 슬픔과 허전함이 밀려왔다.

'아, 저것이 내가 지난 20년 동안 간절히 그리워했던 고향이란 말인가!'

내 기억 속의 고향은 이런 모습이 아니었고, 훨씬 더 좋은 곳이었다. 그런데 내가 고향의 아름다운 모습을 머릿속에 떠올리며 좋은 점을 말해 보려고 하면 그 풍경이 잘 떠오르지 않고, 아무런 할 말이 없었다. 그래서 나는 고향은 아무런 발전이 없더라도 내가 느낀 것처럼 반드시 슬프거나 허전한 것도 아니며, 이것은 단지 내 심정이 변한 탓이라고 위로하였다.

이번에 내가 고향에 돌아온 것은 고향과 작별하기 위해서였다.

오래전 우리 가족이 함께 살았던 집은 이미 다른 사람에게 팔아 버린 상태였고, 올해가 가기 전에 집을 비워 주어야만 했다.

그래서 나는 새해가 되기 전에 이곳에 돌아와서 정들었던 옛집과 영원히 이별하고, 고향을 떠나 지금 내가 살고 있는 고장으로 이사를 해야 했다.

황폐 ① 집, 토지, 삼림 따위가 거칠어져 못 쓰게 됨. ② 정신이나 생활 따위가 거칠어지고 메말라 감.

다음날 아침 일찍 나는 고향집 대문 앞에 도착했다.

기와지붕 위에는 끊어진 마른 풀줄기가 바람에 흔들리고 있었다. 그것은 마치 이 오래된 집이 주인이 바뀌어야만 하는 이유를 말해 주는 것 같았다.

별채에 살던 다른 친척들은 이미 이사를 가서 무척 조용했다. 내가 우리 집 문을 열고 들어서자 어머니와 여덟 살 된 조카 홍얼이 나를 반갑게 맞아 주었다.

어머니는 나를 반기면서도 얼굴 한편에는 어두운 빛이 보였다.

나에게 차나 마시자고 하시며 이사에 관해서는 말씀을 꺼내지 못하셨다. 나를 처음 보는 조카 홍얼은 멀찍이 떨어져서 내 얼굴을 바라보기만 했다.

하지만 우리는 결국 이사에 관한 이야기를 꺼냈다. 나는 어머니께 이미 다른 곳에 살 셋집을 얻어놓았고, 가구도 몇 가지 사두었다고 말씀드렸다. 어머니께서도 좋다고 하시면서, 짐도 대충 정리해서 한쪽으로 챙겨놓았고, 가져가기 힘든 목기는 절반쯤 팔아 버렸는데 아직 그 돈은 받지 못했다고 말씀하셨다.

"이사 가기 전에 친척 어른들을 찾아뵙고 인사를 드리자꾸나."

어머니가 말했다.

"그럴게요."

"그리고 룬투가 우리 집에 올 때마다 네 소식을 묻고, 한번 너를 꼭 만나고 싶다고 하더라. 네가 도착할 날짜를 대강 알려 주었으니

목기 木器. 나무로 만든 그릇.

까 아마 곧 너를 찾아올 게야."

이때 나의 머릿속에는 한 폭의 그림이 번갯불처럼 떠올랐다.

짙은 쪽빛 하늘에 둥근 황금빛 보름달이 걸려 있고, 그 아래로는 바닷가 모래사장에 푸른 수박밭이 넓게 펼쳐져 있다. 그 가운데 열두어 살쯤 되는 소년이 손에 쇠갈퀴를 들고서 오소리를 향해 힘껏 찌르는데, 그 오소리란 놈은 한번 비틀거리더니 소년의 가랑이 밑으로 빠져 도망쳐 버리는 것이었다.

그 소년이 바로 룬투였다.

내가 그를 알게 된 것은 열 살이 조금 넘을 무렵이었다. 그때는 아버님도 살아계셨기 때문에 집안 형편이 지금보다는 훨씬 넉넉했고, 나는 부잣집 도련님이었다.

그해 우리 집은 30년마다 돌아오는 제사를 치러야 할 차례였다. 큰 제사였기 때문에 아주 정중히 지내야만 했다.

정월에 조상 앞에서 제사를 지내는데, 차려놓은 음식도 많았고 그릇도 가장 좋은 것을 사용했다. 또 절하는 사람도 무척 많아서 제사 지내는 그릇을 도둑맞지 않으려면 신경을 써야했다.

그때 우리 집에는 망월이 한 사람뿐이었다.

그 망월은 얼마나 바빴던지 자기 아들 룬투에게 제사 지내는 그릇을 지키도록 하면 좋겠다고 아버지께 말씀드렸다.

아버님은 그렇게 하라고 허락하셨고, 나도 무척 기뻤다.

그 애는 덫을 놓아 새 잡는 법을 잘 알았다.

망월 忙月.자기 농사를 지으면서 섣달 대목이나 명절 때, 또는 소작료를 받아들일 때 남의 집에 가서 일을 해 주는 사람.

그래서 나는 늘 룬투가 오는 새해가 오기만을 기다렸다. 한해의 마지막 날이 가까이 오고 있을 무렵, 어머니께서 룬투가 왔다고 일러 주셨다. 나는 날아갈 듯 얼른 뛰어나갔다.

그 애는 부엌에 있었다. 둥글고 붉은 얼굴의 룬투는 털모자를 쓰고 목에는 은 목걸이를 걸고 있었다. 그 목걸이는 룬투의 아버지가 부처님에게 룬투를 위한 불공을 드리고, 복을 기원하기 위해 마련한 것이었다.

룬투는 사람을 보면 무척 부끄러워했는데, 나를 보면 그렇지 않았다. 다른 사람이 없을 때면 나와 이야기를 했기 때문에 우리는 금방 친해졌다.

그때 우리가 무슨 이야기를 했는지는 기억나지 않는다. 다만 룬투가 몹시 기뻐하면서 성안에 들어와 지금까지 보지 못했던 것을 많이 구경했다고 말했던 것만 생각날 뿐이다.

그 다음날, 나는 룬투에게 새를 잡아달라고 했다. 그러자 룬투가 말했다.

"지금은 안 돼. 눈이 많이 내려야 해. 눈이 내리면 눈을 쓸어서 땅 한 군데에 빈터를 만들어놓고, 거기에 막대기로 소쿠리를 받쳐 놓는 거야. 그리고 그 속에 쌀겨를 뿌려놓고 새가 와서 쪼아 먹으면 막대기에 연결한 줄을 휙 잡아당기지. 그러면 새는 그 소쿠리에 갇히고 말지. 무슨 새든지 다 잡을 수 있어."

그래서 나는 눈이 내리기를 간절히 가다렸다. 룬투가 내게 다시 말했다.

"너, 여름이 되면 우리 집에 놀러 와라. 낮에는 바닷가에 가서 조개껍데기를 줍는데, 붉은 것, 푸른 것도 있고, 귀신 쫓는 조개라는 것도 있어. 밤에는 아버지 하고 수박을 지키러 가."

"수박 도둑을 지키는 거니?"

"아니야, 지나가는 사람이 목이 말라 수박 한 개쯤 따 먹는 건 괜찮아. 우리가 지키는 것은 두더지, 족제비, 그리고 오소리 같은 거야. 한밤중에 어디선가 와작와작 하는 소리가 들릴 때가 있어. 오소리 녀석이 수박을 갉아먹는 소리지. 그때 쇠갈퀴를 가지고 가서 그 놈을 잡는 거야."

"그놈이 사람을 물지는 않니?"

"쇠갈퀴가 있으니까 그 놈이 보이기만 하면 당장 찔러 버려야 해. 그놈들은 워낙 빠르기 때문에 사람 쪽으로 달려들어 가랑이 밑으로 살짝 빠져 달아나거든."

그때까지 나는 세상에 이렇게 신기한 일이 많은 줄 몰랐다.

수박 같은 건 그저 가게에서 파는 건 줄만 알았는데, 수박밭에 그렇게 위험한 모험이 있을 줄이야. 룬투의 모든 이야기는 내가 사귀던 친구들도 전혀 모르는 것이었다.

안타깝게도 정월이 다 지나가서 룬투는 집으로 돌아가야만 했다. 나는 엉엉 울었다. 룬투도 부엌에 숨어 울면서 밖으로 나오려 하지 않았지만, 결국 아버지 손에 이끌려 가 버렸다.

룬투는 나중에 자기 아버지를 통해 내게 조개껍질 한 꾸러미와 아름다운 새의 깃털을 보내 주었다. 나도 한두 번 그에게 선물을 보냈지만, 그때 헤어진 이후로 다시 만나지 못했다.

이제 어머니께서 룬투의 이야기를 꺼내시자, 나는 어렸을 때 룬투와 나눈 추억이 되살아나 어머니께 말했다.

"그것 정말 반갑군요. 요즘 그 친구는 어떻게 지내요?"

"글쎄다. 그 애도 살아가는 형편이 어려운 것 같더라."

어머니는 이렇게 말씀하시면서 밖을 내다보셨다.

"이 사람들이 또 왔구나. 말로는 목기를 사러왔다고 하면서 아무 물건이나 닥치는 대로 집어가니 내가 나가봐야겠다."

어머니가 일어나 밖으로 나가시고, 문밖에서는 여자들을 말소리가 들려왔다. 나는 조카 훙얼과 이야기를 하고 있었다.

"우리, 기차 타고 가요?"

"그래, 먼저 배를 타고 그런 다음에 기차를 탈 거란다."

그런데 난데없이 날카롭고 괴상한 목소리가 크게 들려왔다.

"어머, 세상에. 수염도 많이 자라고!"

깜짝 놀라서 고개를 들고 보니, 광대뼈가 튀어나오고 입술이 얇은 쉰 살 정도의 여자가 두 손을 허리춤에 얹고 컴퍼스처럼 두 다리를 떡 벌리고 서있었다.

나는 그 여자가 누군지 알 수 없었다.

"나 몰라보겠어? 내가 많이 안아 줬는데."

내가 어리둥절해하고 있을 무렵 마침 어머니께서 들어오셔서 말씀하셨다.

"이분은 우리 집 맞은편에서 두부가게를 하시던 양씨네 둘째 아주머니란다."

그제야 생각이 났다. 하루 종일 두부가게를 지켰던 이 양씨네 둘째 아주머니를 사람들은 '두부가게 서시'라고 불렀다.

그때 그녀는 하얗게 분을 발랐었고, 지금처럼 광대뼈가 나오지도 않았으며, 입술도 얇지 않았다.

그 여인은 내가 자기를 알아보지 못한 것이 영 불만스러운 표정이었다.

"나를 기억 못한다고? 귀하신 분이라 눈이 높은 모양이군."

"천만에요, 전…… 그저……."

"그래, 자네는 부자가 됐는데 운반할 때 무겁기만 한 이런 하잘것 없는 낡은 목기들을 무엇에 쓰겠나. 나 같은 사람한테나 그냥 주지."

"전 부자가 아닙니다. 이걸 팔아서 생활비에 보태야 합니다."

"큰 벼슬자리를 한다면서 그래도 부자가 아니라고? 자네는 지금 작은 부인이 셋이나 되고 여덟 사람이 떠메는 큰 가마를 타고 다닌다던데, 그래도 부자가 아니야? 흥, 날 속일 순 없어."

나는 더 이상 할 말이 없다는 것을 알고 묵묵히 서 있었다.

그 여자는 화를 내고 투덜거리며 밖으로 가다가 어머니의 장갑 한

서시 西施. 중국 춘추 시대 월나라의 미인. 오나라에 패한 월나라 왕 구천이 서시를 부차에게 보내어 부차가 그 용모에 빠져 있는 사이에 오나라를 멸망시켰다.

켤레를 슬쩍 허리춤에 집어넣고 사라져 버렸다.

그 다음에는 내가 왔다는 소식을 듣고 친척들도 찾아왔다. 나는 친척들과 이야기를 나누는 틈틈이 짐을 꾸렸다. 그러면서 사나흘이 금방 지나갔다.

몹시 추운 어느 날 오후, 나는 점심식사 후 차를 마시고 있다가 밖에서 사람이 들어오는 소리가 들려 고개를 돌렸다.

그 사람을 보는 순간 나는 너무 놀라서 빠른 걸음으로 그를 맞으러 갔다. 룬투가 온 것이었다. 보자마자 나는 그가 룬투라는 것을 알 수 있었다. 그러나 그 역시 어린 시절의 룬투는 아니었다. 발그스름하던 둥근 얼굴은 검고 누렇게 변했으며 주름살도 깊게 패여 있었다. 눈언저리는 그의 아버지처럼 벌겋게 부어 있었는데, 그건 하루 종일 바닷가에서 바람을 맞으며 농사를 지었기 때문이었다. 그는 옷차림도 초라했다. 털모자를 쓰고 아주 얇은 솜옷을 걸치고 있었다. 봉지 하나와 기다란 담뱃대를 들고 있는 그의 손은 거칠고 둔한 것이 소나무 껍질 같았다.

나는 너무 반갑고 흥분해서 무슨 말을 꺼내야 할지 몰랐다.

그래서 단지 이렇게 말했을 뿐이다.

"아, 룬투 형……."

나는 꿩이며, 조개껍데기며, 오소리 등등 많은 이야기가 꿰어 놓은 구슬처럼 잇따라 나올 것만 같았다. 그러나 머릿속에만 맴돌뿐 입 밖으로 나오지 않았다.

룬투도 어찌할 바를 모르는 표정을 지으며 아무 소리도 못했다. 잠시 후 그는 공손한 태도를 취하더니 이렇게 불렀다.

"나으리!"

그 말을 듣는 순간 나는 오싹 소름이 끼치는 것 같았다.

서글프게도 나는 우리 둘 사이에 이미 두꺼운 벽이 가로막혀 있다는 것을 알았다. 나는 아무 말도 할 수가 없었다.

그가 뒤돌아보며 따라온 한 소년에게 말했다.

"쉐이성! 나으리께 인사 올려라."

소년은 룬투의 아들이었다. 그 아이는 30년 전 룬투의 모습 그대로였다. 다만 얼굴빛이 누렇고 야위었으며, 목에는 은 목걸이가 없을 뿐이었다.

"이놈이 제 다섯째입니다."

이층에 있던 어머니와 조카가 내려왔다.

"마님, 보내 주신 편지는 잘 받았습니다. 나리께서 돌아오신다는 것을 알고 어찌나 기쁘던지……."

룬투는 이렇게 말했다.

"이 사람아, 어째서 이렇게 서로 불편하게 인사치레를 하는가. 자네들 옛날처럼 그냥 형, 아우 하게나."

어머니는 기뻐하시면서 이렇게 말씀하셨다.

"아닙니다요. 마님! 그게 될 법이나 한 말씀입니까? 그땐 철이 없어 아무것도 모르고……."

인사치레 성의 없이 겉으로만 하는 인사. 또는 인사를 치러 내는 일.

룬투는 고개를 저으며 말했다. 룬투는 어머니께도 자기 아들 소개를 했다. 그 애는 부끄러워서 룬투 뒤에 찰싹 달라붙어 있었다. 어머니는 쉐이성과 같은 또래인 조카에게 쉐이성과 같이 밖에 나가 놀라고 했다. 잠시 후 두 아이는 금방 친해진 듯 가벼운 걸음으로 함께 밖으로 나갔다.

룬투가 나에게 종이봉투를 내밀었다.

"나으리께 무얼 드리려고 해도 겨울이라 아무것도 없어서…….
이건 풋콩 말린 건데, 좋은 것은 아니지만 저희 집에서 말린 것이니 맛 좀 보시라고 가져왔습니다요. 나으리."

나는 그가 사는 형편을 물었다.

"무척 어렵습니다. 여섯째 놈까지 거드는데도 도무지 먹고 살수가 없지요. 여기저기서 돈만 내 놓으라고 하고……. 농사지은 걸 시장에 내다 팔아도 세금을 몇 번씩 내야하니 남는 게 없습니다. 버는 게 형편없죠."

그는 머리를 흔들었다.

그의 얼굴은 주름살이 잔뜩 잡혀 있으면서도 움직임이 없어 마치 굳은 석상 같았다. 룬투는 집안 일이 많아서 내일 바로 돌아가야 한다고 했다. 어머니는 룬투가 아직 점심을 먹지 않은 것을 아시고 그에게 부엌에 가서 직접 밥을 지어먹으라고 하셨다.

그가 부엌으로 나가자 어머니와 나는 그의 형편을 걱정하며 깊은 한숨을 내쉬었다. 자식은 많고, 농사는 흉년이고, 가혹한 세금, 군

가혹하다 몹시 모질고 혹독하다.

인, 벼슬아치들, 도적떼……. 이 모든 것이 그를 괴롭혀 그의 얼굴에 깊은 주름을 남기고 있었다.

어머니는 우리가 가져가지 않아도 되는 물건은 그에게 주자고 하셨다. 그리고 그가 갖고 싶어 하는 것들도 직접 고르게 하자며 인심을 베풀어 말씀하셨다.

오후에 그는 물건 몇 가지를 골랐다. 기다란 탁자 두 개, 의자 네 개, 향로와 촛대 한 벌, 그리고 짐을 짊어질 때 쓰는 가로대 하나였다. 그는 또 짚을 태우고 나온 재도 전부 달라고 했다. 재는 농사지을 때 비료로 쓰이기 때문이었다.

밤에 룬투와 나는 이런저런 이야기를 나누었다. 모두 중요하지 않은 이야기들이었다.

다음날 아침, 그는 쉐이성을 데리고 집으로 돌아갔다.

그로부터 9일 뒤, 이사 갈 날이 되었다. 룬투는 아침 일찍 다섯 살짜리 어린 딸을 데리고 와 배를 지키게 했다.

우리는 하루 종일 몹시 바빴기 때문에 나는 룬투와 이야기를 나눌 틈이 없었다. 그날 많은 사람들이 우리 집에 왔다. 배웅하러 온 사람, 물건을 가지러 온 사람, 배웅도 하고 물건도 가지러 온 사람들로 온 집안이 가득 찼다.

저녁때 우리가 배에 오를 무렵에는, 오래되고 낡은, 그리고 크고 작은 온갖 잡동사니들로 가득했던 집안이 마치 빗자루로 쓸어낸 듯 깨끗해졌다.

향로 향을 피우는 자그마한 화로.

우리가 탄 배는 노을에 물든 산들을 뒤로 한 채 앞으로 나아갔다. 나는 조카와 함께 어슴푸레한 바깥 풍경을 바라보고 있었는데, 조카가 갑자기 물었다.

"큰아버지, 우리 언제 이곳에 돌아와요?"

"돌아오다니? 너는 가기도 전에 벌써 돌아올 생각부터 하니?"

"쉐이성의 집에 놀러가기로 했거든요."

나와 어머니는 잠시 어리둥절한 표정으로 있었다. 그러다가 다시 룬투 의 이야기를 꺼냈다. 어머니께서 말씀하시기를, 그 양씨네 둘째 아주머니는 우리가 이삿짐을 꾸릴 때 매일 찾아왔는데, 그저께는 잿더미 속에서 접시와 그릇 몇 개를 발견하였다고 한다. 룬투가 재를 운반할 때 그 접시와 그릇들을 가져가려고 숨겨둔 것이라며 소란스럽게 떠들며 수선을 떨었다는 것이었다.

고향집과 고향산천이 내게서 점점 멀어져 갔지만, 나는 아무런 미련이 남지 않았다. 나는 단지 보이지 않는 높은 담에 둘러싸여 내가 외톨이가 된 것처럼 느껴지면서 걷잡을 수없이 마음이 답답해질 뿐이었다.

내 기억 속에 뚜렷했던 어린 시절을 떠올렸다. 한때는 수박밭의 어린 영웅 룬투의 모습이 생생했지만 이제는 갑자기 흐릿해지고 말았다. 이 또한 나를 몹시 슬프게 했다.

어머니와 홍얼은 모두 잠이 들었다. 나도 자리에 누웠다.

배 밑바닥에 찰싹거리며 부딪치는 물소리를 들으며 나는 나의 길

산천 산과 내를 이르는 말로 자연을 뜻한다.

을 가고 있다는 사실을 깨달았다.

룬투를 다시 만나기는 힘들 것이다. 하지만 우리의 어린아이들은 한마음으로 이어져 있지 않은가. 홍얼이 쉐이성을 그리워하고 있는 것처럼.

나는 그 애들이 또 다시 나와 같은 단절을 겪지 않기를 마음 속 깊은 곳으로부터 희망했다. 그들에게는 우리가 살아보지 못한 새로운 삶, 새로운 희망이 생겨나기를 기도했다. 나는 희망이라는 단어를 떠올리며 다시 룬투 생각이 났다.

룬투가 향로와 촛대를 달라고 했다. 그랬을 때 나는 속으로 그를 비웃었다. 그가 아직도 향로와 촛불 앞에서 복을 기원하며 우상 숭배를 하고 있다고 생각했기 때문이었다.

그러나 곰곰이 생각하니 내가 어리석은 생각을 한 것이었다.

내가 어린아이들의 미래에 대해 희망을 가지는 것과 룬투가 촛불을 켜고 희망을 기원하는 것, 이것이 얼마나 다르겠는가.

단지 나의 희망은 아득히 멀고 막연하지만, 그의 소망과 희망은 무척 절실하다는 차이뿐이다.

나는 불현듯 눈앞에 펼쳐지는 바닷가의 푸른 수박밭이 떠올랐다. 맑은 쪽빛 하늘에는 황금빛 보름달이 떠있었다.

나는 생각했다. 희망이란 본래 있었다고 할 수도 없다.

그렇다고 없었다고 할 수도 없는 것일 테다!

그것은 마치 땅 위에 나 있는 길과 같은 것이다.

그리하여 원래는 존재하지 않았지만, 많은 사람들이 걸어가면 그
게 곧 길이 되는 것처럼 희망도 그렇게 생겨나는 것이다.

魯迅

어느 추운 겨울날, 나는 20년 만에 2천여 리 떨어진 고향에 돌아옵니다. 다른 사람에게 팔린 고향집을 정리하고 고향과 작별하기 위해서이지요. 다시 찾아온 고향은 예전과 달리 쓸쓸하고 활력이 없었고, 고향 집 또한 낡고 황량했습니다.

하지만 변한 것은 풍경뿐이 아니었어요. 한때 아리따웠던 두부가게 양씨네 둘째 아주머니는 거칠고 우악스럽게 변하여 나의 고향 집에 찾아와 염치없이 무언가 얻어가려고 하고, 마을 사람들도 마찬가지로 무언가 몰래 가져갈 궁리만 합니다. 어린 시절의 추억으로 간직했던 친구 '룬투' 마저 가난으로 찌든 초라한 모습으로 나타나지요. 나는 룬투에게 필요한 물건이 있으면 가져가라고 하고, 룬투는 몇 가지 물건과 비료로 쓰기 위해 짚을 태우고 난 재를 달라고 합니다.

마침내 나는 고향을 떠나오면서 깊은 상실감에 빠지지만 한편으로 한 가닥 희망을 품게 됩니다. 그건 조카 훙얼과 룬투의 어린 아들 쉐이성이 자기와 룬투처럼 단절되지 않고, 자신들이 살아 보지 못한 새로운 삶을 살아가길 바라는 것이지요.

이 소설은 중국 봉건 사회를 비판하며 근대화와 민주화를 위해 투쟁했던 루신의 작품세계를 잘 보여 주고 있어요. 주인공이 20년 만에 찾아간 고향은 예전 모습과는 달리 황량하고 인정이 메마른 곳으로 변해 있었고, 주인공은 그러한 변화에 서글픔과 허전함을 느낍니다. 고향 사람들은 그동안 함께 했던 어머니가 집을 팔고 떠나게 되었는데도 서운하다고 느끼기보다는 필요한 물건 하나라도 더 챙기려는 뻔뻔함을 보이지요. 추억 속의 옛 친구 룬투마저 고통스러운 삶으로 인해 전혀 다른 모습으로 변해 있었어요.

주인공은 고향 사람들의 이 모든 가난과 무지가 가혹한 세금, 군인과 벼슬아치들의 부패 등 봉건사회의 부조리한 제도 때문임을 알게 됩니다. 힘든 현실 속에서 살아남기 위해 고향 사람들은 그처럼 모질고 비굴한 모습으로 변해 버린 것이지요.

주인공은 떠나면서 그의 조카와 룬투의 아들에게 새로운 앞날에 대한 희망을 걸어봅니다.

이 소설에서 '고향'은 그 당시 중국의 자화상으로서, 중국이 처해 있는 현실은 몰락해가는 고향의 모습처럼 황량하고 쓸쓸하지만 앞으로는 분명 밝은 미래가 있을 것이라는 희망과 의지를 보여 줍니다.

배경 지식

〈고향〉은 중국의 근대화 과정을 바탕으로 쓰인 소설입니다. 중국에 근대화라는 커다란 변화를 불러 일으켰던 역사적 사건 '아편전쟁'에 대해 알아보겠습니다.

아편전쟁

18세기 중반 중국(당시 청나라)과의 무역에서 다른 나라들에 비해 점차 우위를 지켜나가던 영국은 주로 동인도회사를 통해 중국과 무역을 했습니다. 중국의 물품 중 주로 비단과 차, 도자기 등을 수입하여 영국에 팔았고, 영국의 모직물, 시계, 동남아시아의 향료들은 중국에 팔았지요. 그 중에서도 영국 사람들은 중국의 차를 엄청 좋아했습니다. 반면 중국 사람들은 영국에서 들여오는 물건들이 별로 필요 없었고요.

중국 제품은 많이 수입하는데 반해, 영국의 제품은 많이 팔지 못해 영국의

손해는 이만저만이 아니었습니다. 그래서 적자를 줄이기 위해 중국에 위험한 약품 '아편'을 팔기 시작했어요. 아편은 중독성이 강해서 한번 중독되면 폐인이 될 때까지 사람들이 찾는 위험한 것이었어요. 동인도회사에서 아편을 시장에 내놓자 점차 중국에도 아편을 이용하는 사람들이 급격하게 늘어났고, 수입량도 어마어마하게 늘어났습니다.

그러자 청나라는 아편을 사용하는 사람을 사형에 처한다는 엄격한 법을 세우고, 아편 수입을 아예 금지하도록 합니다. 그러한 방침 중에 하나로 1830년 임칙서는 광저우에 부임하자마자 외국 상인들이 가지고 있는 모든 아편을 모아서 버리고, 앞으로는 아편을 가지고 다니지 못하도록 서약하게 합니다. 그리고 이것을 거부한 외국 상인들은 중국에서 쫓아냈고요.

안 그래도 청나라의 무역제한 정책에 불만을 가지고 있던 영국은 이 사건을 계기로 중국을 공격하고, 심지어 중국의 수도였던 베이징 근처까지 군사들을 몰고 와서 위협을 합니다. 중국은 결국 영국에 굴복해서 불평등한 '난징 조약'을 맺고 얼마 뒤 '톈진 조약'까지 체결합니다. 결국 중국은 외국인들의 자유로운 무역과 국내 활동을 보장하는 것은 물론 그들에게 배상금까지 지불해야 했습니다.

거액의 배상금 부담은 농민에게 고스란히 전달되었고 살기 힘들어진 중국의 백성들은 곳곳에서 폭동을 일으켰습니다. 아시아에서 거대한 힘을 자랑하던 중국의 위신도 땅에 떨어져 프랑스와 일본 모두와의 전쟁에서 지면서 '종이호랑이'라는 놀림도 받게 되었고요.

결국 아편전쟁이 도화선이 되어 서양의 힘센 나라들이 중국에 앞 다투어 진출하기 시작했고, 중국인들도 이제는 서양의 뛰어난 문물을 도입해야겠다는 필요성을 절실히 느끼게 되었지요. 그러한 과정을 거치면서 중국에도 근대화라는 거대한 수레바퀴가 구르기 시작했습니다.

1. 주인공 '나'는 매서운 추위를 무릅쓰고 정들었던 고향을 향합니다. 하지만 정작 고향에 도착하자 너무도 변해버린 모습에 마음이 허전해집니다. 그곳의 풍경뿐 아니라 주인공의 정들었던 친구나 동네 사람들을 보면서도 '나'는 슬픔을 느끼지요. 주인공 '나'가 느끼는 슬픔의 원인이 무엇인지 생각해 보세요.

2. 20년 만에 만난 친구 '룬투'는 고통스러운 삶으로 인해 부쩍 늙어 있었습니다. 그뿐만 아니라 많은 것들이 변해 있었지요. 특히나 주인공 '나'를 당황스럽게 했던 그의 한마디는 순식간에 두 사람 사이에 거대한 벽을 만들어 놓았습니다. 룬투가 '나'에게 건넨 슬픈 한마디를 찾아보세요.

3. '나'와 '룬투'는 어린 시절을 함께 보낸 단짝 친구였습니다. 어른이 되어 다시 만난 두 친구는 어색함을 느끼는데, 특히 룬투는 어렸을 때는 몰랐지만 '나'와의 신분차이를 크면서 알게 되었던 것이지요. 그래서 이제는 편하게 말조차 놓지 못합니다. 과연 돈의 많고 적음과 신분의 차이가 있으면 진실한 우정을 나눌 수 없는 것일까요? 우정을 나누는 데 있어 가장 중요하게 여겨야 할 부분은 무엇인지 여러분의 생각을 적어 보세요.